유성의

인연 流星の絆

2

RYUSEI NO KIZUNA

© Keigo HIGASHINO 2008

All rights reserved.

Original Japanese edition published by KODANSHA LTD.

Korean translation rights arranged with KODANSHA LTD.

through Shinwon Agency Co.

유성의 인연

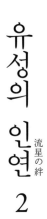

流星の絆

2

히가시노 게이고 장편소설

양윤옥 옮김

현대문학

27

하기무라 신지가 계장 이소베에게 불려 간 것은 휴가가 끝나고 출근한 날 오전의 일이었다.

"왜 그래, 얼굴이 몹시 피곤해 보이네?" 이소베는 서류에서 얼굴을 들고 하기무라를 바라보며 말했다.

"아이, 그 정도는 아니에요. 오랜만에 장거리 운전을 했더니 어깨가 결려서요."

하기무라는 어제 아내와 초등학생 아들을 데리고 시즈오카 본가에 다녀왔다. 나이 든 시골 부모에게 손자 얼굴을 구경시켜준 게 3년 만이었다.

"가족 서비스를 해줬구나? 대단하네. 나는 벌써 몇 년째 가족 여행 같은 건 해본 적이 없어. 하긴 마누라와 딸들이 나하고는 같이 가기 싫대. 내 꼴 나기 전에 자네도 미리미리 잘해주도록 해."

"잘해주라니, 어떻게요?"

하기무라가 묻자 이소베는 잠시 골똘히 생각하더니 쓴웃음을 지었다.

"그걸 알면 내가 이 꼴이 됐겠어? 아, 그건 그렇고, 본론으로 들어가자고. 그저께 심야 시간에 마보리 해안가에 수상한 차량이 서 있다는 신고가 요코스카 경찰서로 들어왔어. 그 지역 담당 경관이 보러 나갔더니 흰색 자동차가 방치되어 있었어."

그러면서 이소베는 사진 한 장을 하기무라에게 보여주었다. 제방을 배경으로 네모난 디자인의 차가 찍혀 있었다.

"이 차가 왜요?"

"차 번호로 주인을 알아냈는데, 도난 신고가 들어온 차였어. 요코하마 길거리에 잠시 주차해둔 참에 도둑맞은 모양이야. 실제로 그 차, 키 실린더가 뽑혔고 전기 회선을 직결로 연결해뒀더라고."

"그래서요?" 하기무라는 뒷말을 재촉했다. 차량 절도도 물론 범죄지만, 그쪽은 자신들 담당이 아니었기 때문이다. 현재 그의 소속은 가나가와현 경찰 본부 수사1과였다.

"문제는 자동차에서 발견된 유류품이야. 대량의 DVD와 낡은 가방이 있었어."

"DVD?"

"응, 성인물. 그렇긴 한데 유감스럽게도 위법적인 물건은 아니었어. 어디서나 흔히 볼 수 있는 보통 성인 비디오. 아, 이건 요코스카 경찰서 쪽에서 해준 말이야. 내가 직접 실물을 본 건 아니고."

하기무라는 저도 모르게 피식 웃음이 터졌다.

"근데 이런 사건에 제가 뭘 조사합니까?"

"아, 그렇게 서두르지 마. 얘기는 지금부터라고. DVD는 문제가 없어. 그러면 함께 발견된 가방의 내용물은 어떠냐. 자, 가방 속에서 나온 게 바로 이거야." 이소베는 책상 서랍을 열고 다시 사진 몇 장을 꺼내놓았다.

하기무라는 그중 한 장을 집어 들었다. 네모난 깡통이 찍힌 사진이다. 깡통 뚜껑에는 사탕 그림이 그려져 있었다.

"사탕 통 같군요."

"그래. 하지만 물론 내용물은 사탕이 아니야." 이소베는 몇 장의 사진을 펼쳐놓았다. 지갑, 손목시계, 콤팩트, 루주 같은 것이 한 점씩 찍혀 있었다. 왜 그런지 루주는 뚜껑이 열린 채였다.

"주인에게는 미안한 말이지만, 너절한 잡동사니로 보이는데요?"

"맞는 말씀. 하지만 요코스카 경찰서로서는 이 잡동사니를 통해 차량 절도범을 찾아볼 수밖에 없었어. 별다른 단서는 안 되겠다고 생각하면서도 하나씩 찬찬히 조사해봤대. 그랬더니 뜻밖의 사실이 밝혀졌어." 이소베는 시계 사진을 집어 들었다. 금장 시계였다. "이거 보고 뭔가 생각나는 거 없어?"

하기무라는 사진을 들여다보았다. 오래된 시계인 것 같았다. 그다지 고급품으로는 보이지 않았다.

"어때?"

"딱히 아무것도……. 근데 이게 뭔가 있어요?"

"그럼 이건 어때?" 이소베는 다른 사진을 서랍에서 꺼내놓았다.

그것도 역시 시계 사진이었다. 하지만 앞이 아니라 뒷면을 촬영한 것이었다. 거기에 뭔가 글씨가 새겨져 있었다. 얼굴에 바짝 대고 시선을 집중했다.

'축 아리아케 신장개업 기념'이라고 읽혔다.

"아리아케?" 하기무라는 저도 모르게 중얼거렸다.

"뭔가 생각났어?" 이소베가 씨익 웃었다.

"그 〈아리아케〉예요? 요코스카에 있던 그 양식당?"

"아직 확실한 건 아냐. 요코스카 경찰서에서 시계 제조원과 소매점을 알아보고 있다니까 조만간 확인할 수 있을 거야."

"계장님, 만일 이 〈아리아케〉가 그 양식당이라면—."

하기무라가 씩씩거리며 얘기하자 이소베가 손을 내밀어 제지했다.

"아아, 흥분하지 말고. 자네가 그 사건에 미련이 많다는 건 나도 알아. 그러니 지속 수사 멤버에도 들어가 있지. 하지만 선입견을 가져서는 안 돼. 묘한 선입견은 수사를 엉뚱한 방향으로 끌고 가는 거야. 우선은 요코스카 경찰서에 나가봐."

"알겠습니다."

자리로 돌아와 옷을 걸치면서 하기무라는 몸이 후끈 달아오르는 것을 느꼈다. 이소베 계장은 흥분하지 말라고 했지만, 그건 무리한 이야기였다. 시효가 코앞에 닥쳐서 이제는 더 이상 손쓸 방도가 없다고 포기하려던 사건의 단서가 생각지도 않은 형태로 발견된 것이다.

현경 본부를 나서자 하기무라는 휴대전화를 꺼냈다. 걸음을 옮기면서 버튼을 꾹꾹 눌렀다.

"응, 소식 들은 모양이군." 전화가 연결되자마자 가시와바라가 말했다. 하기무라에게서 전화가 올 것이라고 예상한 듯한 말투였다.

"네, 들었어요. 깜짝 놀랐습니다. 근데 어때요, 아리아케 유키히로의 시계예요?"

"그건 아직 몰라. 하지만 나는 그럴 가능성이 높다고 보고 있어. 시계 외에 루주도 들어 있다는 얘기는 들었어?"

"사진으로 봤어요."

"그 루주에 대해 제조 회사에 문의해봤어. 그랬더니 13년 전에 제조가 중지된 상품이라고 하더라고. 내친김에 말하자면, 그 사탕 통도 지금은 더 이상 제조가 안 되는 제품이야. 시중에 판매되었던 게 16년 전이 마지막이래."

"한참 전이네요."

"그래서 내가 생각해봤는데, 어쩌면 깡통째로 어딘가에 보존되었던 게 아닌가 싶어. 적어도 13년 동안 아무도 손을 대지 않았을 가능성이 있어. 그렇다면 그 시계도 무슨 이유에선지 계속 그 깡통 속에서 잠자고 있었다, 그런 추리도 가능하겠지."

하기무라는 가슴의 고동이 빨라지는 것을 느꼈다. 가시와바라가 말하려는 게 무엇인지 서서히 감이 잡혀왔다.

"시계는 그 사건 때 훔쳐 간 거라는 말이죠?"

"아직 결론을 내리는 건 성급하다고 위에서는 주의를 주더라만." 가시와바라는 낮은 소리로 웃었다. 그 역시 하기무라와 마찬가지로 들뜬 기분을 억누르지 못하는 눈치였다.

"시계의 제조원은 알아냈습니까?"

"그건 알아냈어. 스위스 회사 물건이야. 수입 대리점도 밝혀냈어. 그런데 그다음부터가 난항이야. 20년 전 일이라서 소매점에는 물품 구입의 상세한 기록이 남아 있지 않다는 거야."

"시계도 그렇게 오래된 거였어요?"

"〈아리아케〉가 신장개업을 하던 때의 물건이니까 당연히 오래되었지."

그건 그렇겠다고, 전화기를 귀에 딱 붙인 채 하기무라는 고개를 끄덕였다.

"일단 그것부터 확인했으면 좋겠네요. 시계가 아리아케 유키히로의 것인지 아닌지."

"그거라면 나도 한 군데 알아볼 데가 있어. 실은 지금 만나기로 했어. 자네도 괜찮으면 함께 갈래?"

"만나요? 누구를요?"

하기무라가 물어보자 가시와바라는 거드름을 피우듯이 잠시 뜸을 들인 뒤에 "아리아케 고이치 말이야"라고 대답했다.

약속 장소는 시나가와역 옆에 있는 호텔이었다. 먼저 요코하마역에서 가시와바라와 합류한 하기무라는 호텔 로비의 라운지에서 아리아케 고이치가 도착하기를 기다렸다. 기다리는 동안에 가시와바라에게서 이따금 고이치와 연락을 주고받았다는 이야기를 들었다. 4년 전에 요코하마에서 사설 도박단이 적발된 사건을 계기로 가끔 연락하게 되었다고 했다.

"정말 그 사건에서 아리아케 유키히로의 이름이 튀어나왔을 때, 우리도 기운이 펄펄 났었죠. 마침내 꼬리를 잡았다고 생각했는데……."

"사설 도박단에서는 아무것도 안 나왔지. 그뿐만이 아니야. 그자들이 아리아케에게서 받지 못한 돈 때문에 사건 직후에 저희들끼리 싸움까지 했던 모양이야."

"그때 아리아케 고이치를 다시 만난 거군요."

"아버지의 사설 도박에 대해 뭔가 아는 게 있으면 말해달라고 했지. 결국 아무것도 모른다는 대답만 들었지만. 나로서는 수사 상황을 조금이나마 알려주자는 마음도 있었어."

"그렇군요." 하기무라는 고개를 끄덕였다.

4년 전의 그 시점이면 하기무라가 이미 현재 근무지로 옮겨온 뒤였다. 사설 도박단을 검거하면서 일시적으로 재개된 〈아리아케〉 사건의 수사에는 참여했지만, 유족에 대한 배려는 머릿속에 없었다.

커피를 마시는 가시와바라를 보며 하기무라는 생각했다.

'이 사람, 인간이 둥글둥글해졌구나.'

예전에는 유족의 심정을 헤아려주는 그런 타입이 아니었던 것이다.

아들 일이 머리에서 떠나지 않는 모양이라고 하기무라는 혼자 짐작했다. 가시와바라의 아들은 몇 차례나 심장 수술을 받은 끝에 결국 사망하고 말았다. 그 소식을 받아 든 순간의 가시와바라의 얼굴을 하기무라는 아직도 잊을 수가 없다. 바닥에 웅크리고 앉아 머리를 부여잡고 오래도록 끙끙 신음 소리를 냈다. 지옥에서 망자가 괴로워하는 듯한 목소리였다.

그런 가시와바라가 얼굴을 들고 멀리로 시선을 던졌다.

"어, 왔네."

하기무라도 옆을 돌아봤다. 짙은 갈색 재킷을 걸친 키 큰 젊은이가 막 들어오는 참이었다. 일순 그게 아리아케 고이치라는 것을 알아보지 못하고 주위의 다른 인물에게 시선을 던졌다. 하지만 다시 젊은이를 올려다보았을 때, 깊은 윤곽의 눈매가 소년 시절의 표정과 겹쳐졌다.

"오랜만입니다." 고이치는 예의 바르게 머리를 숙였다. 목소리도 완전히 변성기를 지나 굵직해져 있었다.

"나, 알아보겠어?" 하기무라가 물었다.

"물론이죠. 하기무라 형사님이시잖아요." 고이치가 하얀 이를 내보이고 웃으면서 말했다.

그가 앉기를 기다려 웨이터를 불렀다. 하기무라도 가시와바라도 커피 잔이 비어 있었다.

고이치는 도쿄의 디자인 사무실에서 일한다고 했다. 동생들과는 만나지 않는 모양이었다. 아동시설을 나온 시기가 각각 달랐고, 자기 혼자 살아가기도 힘에 부쳐서, 라는 게 고이치의 설명이었다.

하기무라의 뇌리에 초등학생이던 세 아이의 모습이 떠올랐다. 서로 격려하면서 손을 맞잡고 살아가주기를 마음속으로 간절히 빌었던 기억이 있다. 하지만 현실은 그리 달콤하지 않았구나, 하고 가슴이 먹먹해졌다.

"보여줄 게 있다고 하셨지요?" 근황을 대충 주고받은 뒤, 고이치는 가시와바라를 보았다. 자세한 이야기는 아직 듣지 못한 모양이었다.

응, 하고 고개를 끄덕이고 가시와바라는 양복 안쪽 주머니에 손을 넣었다. 그리고 그 시계가 들어 있는 비닐봉지를 꺼내 고이치 앞에 놓았다.

"이거, 본 기억이 있나?"

"만져봐도 돼요?"

"꺼내지는 말고 비닐봉지 위에서만."

고이치는 비닐봉지를 들고 그 안의 시계를 찬찬히 들여다보았다. 그 눈에 놀람의 빛이 떠오르기를 하기무라는 기대했다. 하지만 그런 기대는 어긋났다. 고이치는 살짝 고개를 갸웃거릴 뿐이었다. 눈에는 당혹스러운 빛밖에 없었다.

"이거, 무슨 시계죠?" 그가 물었다.

하기무라는 옆을 보았다. 가시와바라의 표정은 변함이 없었다. 하지만 하기무라와 마찬가지로 내심 크게 실망하고 있을 터였다.

"시계 뒷면을 좀 볼래?" 가시와바라가 말했다. "잘 안 보일지

도 모르지만 거기, 아리아케라는 글씨가 있지? '축 신장개업'
이라고."

비닐봉지를 뒤집어 그 부분을 들여다보는 고이치의 눈이 조
금 둥그레졌다.

"우리는 그게 너희 아버지의 식당이라고 생각한 거야. 너희
아버지 시계가 아닌가, 하고 말이지."

가시와바라의 말에 고이치는 일순 숨을 삼키는 듯했다. 그
런 다음, 뭔가를 생각하듯이 미간에 주름을 잡았다.

"틀렸나?" 하기무라가 물어보았다.

고이치는 몇 초 동안 눈을 깜빡인 뒤에 다시 한번 찬찬히 시
계를 들여다보았다.

"그러고 보니 시계를 선물받았다고 얘기한 적이 있어요. 하
지만 이 시계인지 아닌지는 잘 모르겠어요."

"누구한테 받았다고 했지?" 가시와바라가 물었다.

"분명 동창이라고 했던 거 같은데. 중학교 동창 친구들이 함
께 돈을 걷어서 사줬다던가……."

"아버지가 어떤 중학교에 다니셨는지 아나?"

"어디였더라? 아마 그 지역 공립 중학교였을 거예요."

"그건 조사해보면 금방 알 수 있어요." 하기무라는 가시와바
라에게 말했다.

하긴 그렇다고 가시와바라는 고개를 끄덕였다.

"근데 이 시계는 어디서 찾았어요?" 고이치가 물었다.

하기무라는 입을 다물고 있기로 했다. 판단은 가시와바라에게 맡기자고 생각했다. 시계를 발견한 건 요코스카 경찰서인 것이다.

"도난 차량에서." 가시와바라는 말했다. "누군가 타고 와서 마보리 해안가에 버리고 간 차량이야. 누가 타고 왔는지는 아직 모르겠어."

"찾아낸 건 시계뿐이에요?"

"아니, 몇 가지 더 있어." 가시와바라는 다시 호주머니에 손을 넣어 사진 몇 장을 꺼냈다. 지갑이며 루주가 찍혀 있는 사진이었다. 깡통 사진도 있었다. "어때, 생각나는 물건이 있어?"

"이 사진만 보고서는 잘 모르겠어요. 모두 흔한 물건들이잖아요."

그렇겠지, 라고 말하며 가시와바라는 사진을 정리했다. 그참에 시계도 호주머니에 다시 챙겨 넣었다.

"형사님, 만일 그게 아버지 시계라면 범인을 잡을 수 있는 거예요?" 고이치가 윗몸을 내밀며 물어왔다.

가시와바라는 하기무라 쪽을 흘끔 쳐다본 뒤, 가만히 고개를 저었다.

"그건 아직 모르겠어. 이 시계가 어째서 지금에야 튀어나왔는지, 그것도 아직 명확하지 않아."

"하지만 그걸 갖고 있던 사람이 범인인 거 아니에요?"

"그럴 수도 있지. 그렇지 않을 수도 있고. 모든 건 이제부터야."

"하지만 이제 시간이 별로 없어요. 빨리 해주시지 않으면—." 날카로운 어조로 그렇게 말한 뒤, 고이치는 문득 정신을 차린 듯한 얼굴로 머리를 긁적였다. "하긴 그 시계가 아버지 것인지도 아직 확실하지 않다면……."

"그래, 하지만 약속할게. 공소시효 전까지 내가 계속 추적해볼 거야."

가시와바라의 말에, 잘 부탁합니다, 하고 고이치는 머리를 숙였다.

28

고이치의 보고를 듣고 다이스케는 고개를 갸웃거렸다.

"그 시계는 아버지 것이라고 분명하게 말해주면 되잖아? 그러면 얘기가 빨라질 텐데."

동감이라는 듯 곁에서 시즈나가 고개를 끄덕였다.

늘 그렇듯이 형제의 방에서 작전 회의를 하고 있었다. 컴퓨터 앞에 고이치가 앉고, 다이스케와 시즈나는 두 개의 침대 위에 벌렁 눕거나 양반다리를 틀고 앉아 있었다. 다이스케는 이 시간이 가장 좋았다. 어린 시절의 기분으로 돌아갈 수 있기 때문이었다.

"이야기가 너무 빠르면 도리어 안 좋은 거야." 고이치가 말했다.

"왜?"

"벌써 14년 전의 옛날 일이야. 아버지가 어떤 시계를 갖고 있었는지, 그런 걸 똑똑히 기억한다는 게 오히려 부자연스럽게 보일 거라고."

"글쎄, 그럴까? 아버지가 그 시계를 무지 아꼈다는 건 나도 똑똑히 기억나는데? 그래서 형이 추억의 물건을 하나씩 챙기라고 말했을 때, 나는 당장 그 시계부터 가져왔어."

고향 집에서 금시계를 가져오던 때의 일을 다이스케는 머릿속에 떠올렸다. 아동시설에 들어가기 직전의 일이었다. 이번 일로 그 유품을 내놓아야 했을 때, 그는 상당한 저항감이 있었다. 하지만 고이치의 설득을 받아들여 내놓기로 결심했다. 부모의 원수를 갚자면 그렇게 하는 수밖에 없다고 생각했던 것이다.

고이치는 고개를 저었다.

"잘 들어봐, 그 시계는 사건 날 밤에 우리 집에서 도둑맞은 것으로 이야기를 짜 맞추려는 거야. 아버지와 엄마를 살해한 범인이 가져갔다, 라는 식으로 경찰이 생각해줘야 한다고."

"그거야 나도 알지."

"내가 시계를 척 보자마자 우리 아버지 것이라고 대답했다면 형사들은 반드시 이렇게 질문했을 거야. 그렇다면 왜 사건이 일어난 당시에는 그 시계가 없어진 걸 알지 못했느냐고."

아, 하고 다이스케는 저도 모르게 소리를 흘렸다.

"사건 직후에 형사들이 나한테 없어진 물건은 없느냐고 몇 번이나 물어봤어. 14년이 지난 뒤에도 기억하는 그런 뜻깊은 시계라면 이미 그 시점에 없어졌다는 것을 당연히 알았어야겠지. 물론 그때는 경황이 없어서 미처 알지 못했다고 변명할 수도 있어. 하지만 그런 변명보다는 아버지 시계인지 아닌지 잘 모르겠다고 대답하는 게 훨씬 더 자연스러운 거야."

"하지만 그 시계가 아버지 것이라고 경찰이 알아줄까?" 시즈나가 걱정스럽게 물었다.

고이치는 쓴웃음을 지었다.

"경찰의 능력을 무시하면 안 되지. 더구나 내가 아버지 시계라고 얘기했어도 틀림없이 그 뒤를 캐보려고 했을 거야. 결국 마찬가지라는 얘기야."

게다가, 라고 고이치는 말을 이어갔다.

"간단히 얻은 답보다 조금쯤 고생해가며 얻어낸 답이어야 더 고맙게 느껴지는 법이야. 아마 형사들은 아버지의 동창 친구들을 조사하고 다닐 거야. 몇 명이나 찾아낼 수 있을지는 모르지만, 이건 틀림없이 자기들이 선물한 시계라는 증언을 얻어내면 분명 펄쩍 뛰며 좋아할 거란 말이지."

자신만만하게 말하는 고이치의 얼굴을 바라보는 사이에 다이스케도 그게 올바른 선택이라고 깨달았다. 항상 그렇지만 형은 정말 생각이 깊다고 내심 감탄했다.

"문제는 이제부터야. 우리가 쳐놓은 먹이를 경찰이 제대로 물어주면 좋겠는데 말이야. 그렇다고 저기 먹잇감이 있다고 내가 직접 알려줄 수도 없고. 가시와바라 형사와 하기무라 형사가 얼간이가 아니기를 빌 뿐이야."

"근데 큰오빠, 형사와 연락을 주고받아도 괜찮은 거야?" 시즈나가 물었다.

"수사 진행 상황을 알아보려면 형사들과 때때로 연락을 취할 필요가 있어. 하지만 걱정하지 마. 형사들이 나를 의심할 이유 같은 건 없어. 오히려 조심해야 할 사람은 시즈나야."

"나?" 시즈나가 자신의 가슴을 꾹 눌렀다.

"내 계획이 잘 풀려간다면—물론 반드시 잘 풀려야지 안 그러면 곤란하지만—경찰은 분명 도가미 마사유키를 주목할 거야. 그 주변 사람들에 대한 조사도 충분히 예상할 수 있어. 전에도 말했었지만, 그 조사에서 경찰이 다카미네 사오리라는 가짜 이름을 가진 여자를 알게 된다면 14년 전의 사건과 관련이 없더라도 일단 의심을 할 거야. 그러니까 시즈나는 최소한 그 시점까지는 도가미 마사유키 앞에서 깨끗이 사라지지 않으면 안 돼."

고이치의 말에 시즈나의 표정이 미묘하게 변하는 것을 다이스케는 감지했다. 그녀의 얼굴에 떠오른 것은 놀람과 긴장이었다.

"그럼 다카미네 사오리 역할은 이제 끝이야? 그 레시피 작전은 어떻게 하고?"

고이치는 고개를 끄덕이며 미간에 주름을 잡았다.

"사실 나도 시즈나에게 맡기고 싶어. 하지만 그 작전은 도가미 유키나리가 어떻게 나오느냐에 달려 있어. 일단 도가미의 집에 잠입해야 하잖아. 아무리 시즈나라도 초대도 받지 않은 집에 들어갈 수는 없으니까."

"그럼 어떻게 할 생각이야?"

고이치가 문득 입을 다무는 것을 보고 다이스케는 허걱 숨을 삼켰다. 형의 계획을 눈치챘기 때문이다.

"형, 그 짓을 또 하려고?"

고이치는 대답하지 않았다. 그 대신 시즈나가 앉은 채로 등을 바짝 세웠다.

"또라니, 혹시 둘이서 몰래 들어가려고?" 그녀는 오빠들을 번갈아 바라본 뒤에 고이치 쪽으로 시선을 맞추었다. "그건 안 돼. 그냥 평범한 집이 아니라니까?"

"그래, 위험해. 분명 보안 경비 시스템이 빵빵한 저택이겠지.
나야 물론 가본 적도 없지만."

"나는 오늘 낮에 미리 둘러보고 왔어." 고이치가 말했다. "네
말대로야. 감시 카메라에 방범 카메라까지 곳곳에 설치했더라
고. 그런 집에 잠입하는 건 그리 쉬운 일이 아니야. 하지만 아
무리 조심하는 집이라도 도둑은 들게 마련이야. 그렇다면 뭐,
나도 할 수 있겠지."

"안 돼!" 시즈나가 날카롭게 내뱉었다. "그건 절대 안 돼. 오
빠는 프로 도둑도 아니잖아? 아무리 운동신경이 좋다고 해도
안 돼. 너무 위험해."

"나도 시즈나와 같은 생각이야. 도가미란 놈을 무너뜨리고
싶긴 하지만, 그 전에 형이 잡혀간다면 그건 말이 안 되지."

"하지만 안 할 수가 없어. 전에도 말했잖아. 도가미가 범인
이라는 증거를 잡지 못한다면 우리가 그걸 만들어내는 수밖에
없어. 아무리 경찰이 도가미를 주목하더라도 지금 이대로는
그자가 체포될 가능성이 희박하단 말이야."

"아무리 그래도……."

다이스케가 혼자 웅얼거리고 있는데, 시즈나가 "내가 할게"
라고 나섰다.

"역시 내가 할게. 그게 가장 좋아. 안전하기도 하고 흔적도

남지 않아. 오빠도 말했지? 레시피 작전은 흔적을 남기지 않는 게 절대 조건이라고. 오빠라면 프로 도둑처럼 무사히 잠입할 수도 있겠지만, 흔적이 남지 않는다는 보장은 없잖아? 그렇다면 내가 하는 게 더 확실해. 나한테 맡겨.” 그녀는 단숨에 말한 뒤, 제발, 이라고 두 손을 맞댔다.

고이치는 컴퓨터 책상에 팔꿈치를 대고 그 손으로 이마를 짚었다. 웬일로 몹시 망설이는 것처럼 보였다. 고이치도 도가미 저택에 잠입하는 계획이 위험하다는 것을 누구보다 잘 알고 있는 것이다.

“하이라이스 메뉴를 바꾼다고 했지?” 그 자세 그대로 고이치가 불쑥 말했다.

“뭔 소리?” 시즈나가 되물었다.

“지난번에 유키나리를 만났을 때, 그런 말을 들었다고 했지? 아자부주반점에서 원조 하이라이스를 낸다는 계획은 백지가 되었다고.”

“응, 유키나리는 그렇게 말했어.”

“도가미 마사유키의 명령이라고 했던 거 같은데, 왜 이제 와서 도가미 영감이 메뉴를 변경하라고 했을까?” 고이치는 의견을 청하듯이 두 사람을 번갈아 보았다.

“시즈나가 했던 이야기가 영향을 끼쳤다는 거야?”

“아마도. 요코스카의 양식당이라는 말에 딱 감을 잡았는지도 몰라. 유키나리가 양식당 주인이 죽었다는 얘기까지 했다면 틀림없이 〈아리아케〉라고 눈치를 챘을 거야. 〈도가미 정〉과 〈아리아케〉의 하이라이스가 똑같다는 것을 알아차린 사람이 있다는 건 도가미로서는 지극히 위험한 일이지. 그런 사람이 한두 명이 아닐 수도 있으니까. 그래서 아자부주반점의 원조 하이라이스 메뉴를 미리 차단해버렸다, 라는 게 내 생각이야."

고이치의 추리에는 설득력이 있었다. 하지만 지금 왜 그런 이야기를 하는지 다이스케는 알 수 없었다.

"그럴지도 모르지만, 그게 내 이야기와 무슨 관계라도 있어?" 시즈나도 마찬가지 의문을 가진 모양이었다.

"생각을 좀 해봐. 시즈나는, 아니, 다카미네 사오리는 도가미 마사유키에게는 몹시 부담스러운 사람인 거라고. 그런 사람을 언제까지나 아들 곁에 있게 해줄 것 같아? 내가 도가미라면 아들에게 그런 여자는 만나지 말라고 할 거야."

"지난번에 만났을 때, 유키나리는 그런 얘기는 안 했어. 아니, 도리어 그쪽에서 먼저 만나자고 연락했었어."

"아직 도가미가 아들에게 얘기하지 않았을 수도 있어. 아니면 아버지 얘기를 듣고도 유키나리가 시즈나에게 그런 말은 하지 않았을 수도 있지. 어찌 됐건 도가미는 두 사람이 더 이상 친해지지 않도록 가로막으려 할 거야. 그러니 다카미네 사오리를 자기 집에 초대할 리가 없어."

마침내 고이치가 하려는 말을 다이스케도 이해했다. 아, 그런가, 하고 중얼거렸다.

"하지만 아버지 쪽의 초대를 받을 필요는 없어. 유키나리가 나를 자기 집에 데려가게 하면 되는 거잖아?"

"아직도 모르는군. 도가미 마사유키가 그걸 절대 허락하지 않을 거라니까."

"그야 해보지 않고서는 모르지. 유키나리 씨가 뭐든 아버지가 하라는 대로 하는 사람도 아니고."

"유키나리 씨?" 다이스케는 미간을 좁히며 시즈나의 옆얼굴을 보았다.

"아, 미안. 그 사람 앞에서는 항상 그렇게 부르니까 버릇이 됐나 봐. 아무튼 도가미 유키나리도 자기 아버지가 시키는 대로만 하지는 않을 거라는 얘기야."

"글쎄, 그럴까? 내가 보기에는 그 사람, 상당한 파더 콤플렉스야. 서른이 다 된 나이에 아직도 부모하고 같이 사는 것 자체가 독립을 못 한 증거잖아."

"아이 참, 그렇지 않다니까!"

시즈나의 말투가 갑자기 날카로워지는 바람에 다이스케는 놀라서 입을 헤벌렸다. 고이치도 허를 찔린 듯 눈이 휘둥그레졌다.

오빠들의 반응에 그녀는 겸연쩍은 듯 고개를 숙였다. 하지만 다시 얼굴을 번쩍 들었다.

"아무튼 나한테 맡겨. 유키나리는 나한테 호감을 품었어. 그 사람은 내가 컨트롤해볼게. 아버지의 꼭두각시가 되지 않게 할 거야."

고이치는 뺨을 괴었다. 얼굴에 웃음이 번지고 있었다.

"시즈나는 여전히 자신만만하구나."

"지금까지 내가 실수했던 적이 한 번이라도 있었어?"

"이번 일은 지금까지와는 완전히 달라."

"형, 일단 시즈나에게 맡겨보자." 다이스케가 말했다. "그래도 안 된다면 그때 다시 생각해보자고."

고이치는 한숨을 내쉬었다.

"시간이 그리 많지 않아. 경찰이 도가미를 주목하는 때가 우리로서는 타임 리밋이야. 그때는 즉시 시즈나가 철수해야 돼. 알고 있지?"

"알아. 그때 이후로 유키나리와는 평생 만나지 않을 거니까."

고이치를 향해 대답하는 시즈나를 옆에서 지켜보며 다이스케는 강한 결의와 각오를 감지했다. 하지만 그 표정에는 또 다른 감정이 포함되어 있는 것처럼 보였다. 그것이 무엇인지는 알 수 없었다.

하기무라는 가미오오카의 제화점에 와 있었다. 구두를 사려는 게 아니었다. 가게 주인 무로이 다다시를 만나러 온 길이다. 가게 한구석의 긴 의자에 그와 나란히 앉자마자 하기무라는 가방에서 비닐봉지를 꺼내며 용건에 들어갔다.

무로이 다다시의 눈이 가늘어졌다. 동시에 눈가의 주름이 깊어졌다.

"와아, 이건." 무로이는 사랑스러운 것이라도 만지듯 비닐봉지에 든 시계를 손안에서 굴리고 있었다. 뒤로 뒤집어 새겨진 글자를 확인하더니 이번에는 안타까운 기색으로 눈썹 양끝을 축 늘어뜨렸다. "틀림없어요. 이건 그때의 시계예요. 우리가 아리아케에게 선물한 겁니다."

"어디서 구입했어요?" 하기무라가 물었다.

"아마 백화점이었을 거예요. 동창 중에 야마모토라는 친구가 사러 갔었어요. 뒷면에 글자를 새겨주는 곳은 거기 말고는 없었거든요. 이 시계를 이제 와서 만날 줄은 몰랐네. 야아, 이거 정말 놀랍군요."

그 시절이 그립다는 눈빛으로 무로이는 시계를 바라보았다. 그 모습을 보고 하기무라는 몰래 오른손을 부르쥐었다. 무로이가 착각을 할 리는 없다. 이 시계는 틀림없이 아리아케 유키히로의 물건인 것이다.

"그나저나 이 시계를 왜 형사님이 갖고 있어요? 아리아케가 살해된 사건과 뭔가 관계가 있습니까?" 무로이가 시계를 돌려주며 물었다.

"아직은 어떤 말도 할 수 없어요. 수사 중이라서."

"하지만 이 시계가 나왔다는 건 뭔가 단서를 찾았다는 얘기잖아요. 이 시계, 어디서 찾았어요?"

"미안하지만 그런 질문에도 대답할 수 없어요."

"그러면 사건이 언제 해결될지, 그것만 알려주세요. 나는요, 항상 경찰을 믿어왔어요. 아리아케를 살해한 범인 같은 거, 금세 잡을 줄 알았다고요. 근데 잡기는커녕 이제 곧 공소시효라니, 이건 너무 심한 거 아닙니까? 어떤 일이든 다 협력할 테니까 뭐든지 말씀만 해주세요. 우리 동창 친구들이 해마다 애통해하고 있으니까요."

무로이의 심정도 이해가 되고 경찰에 거는 기대에도 부응하고 싶었지만, 여기서 길게 이야기하고 있을 여유는 없었다. 하기무라는 적당히 맞장구를 쳐주고 제화점을 나왔다.

걸음을 옮기며 즉시 가시와바라에게 전화를 걸었다.

"응, 어땠어?" 전화를 받자마자 질문을 던지는 게 가시와바라의 버릇인 모양이다.

"맞았어요. 아리아케 유키히로의 시계가 틀림없는 거 같습니다."

"예상했던 대로군."

"이제 어떻게든 자동차 절도범을 밝혀내야죠."

"그거 말인데, 조금 전에 심상치 않은 정보가 들어왔어." 가시와바라는 낮은 목소리로 말을 이었다. "어쩌면 차 절도범, 죽었는지도 모르겠어."

29

파도의 물거품이 걷히자 일순 바다 표면이 우윳빛처럼 하얗게 변했다. 그것이 가라앉을 즈음에 다시 파도가 몰려왔다. 물거품이 발 앞까지 튀었다. 하기무라는 뒤로 물러섰다. 젖은 모래사장에 구두 바닥이 푹푹 빠졌다. 벌써 구두 속은 모래로 꺼끌꺼끌했다. 돌아가는 길에 편의점에서 새 양말을 사는 게 낫겠다고 생각했다.

그들은 하시리미즈 해안에 와 있었다. 그 도난 차량이 발견된 장소에서 1킬로미터쯤 떨어진 곳이다. 이 근처는 해안선이 국도에서 한참 벗어나 있었다.

가시와바라가 추운지 목을 움츠리며 다가왔다.

"어떻게 생각해?"

"뭘요?"

"사체가 발견될까?"

글쎄요, 라고 하기무라는 고개를 갸웃거렸다.

"아까 이 동네 사람에게 물어봤는데, 해안에서 멀어질수록 물결이 복잡하게 뒤엉키는 곳이 많은 모양이에요. 게다가 평소에는 별로 파도가 높지 않은데 최근 2, 3일 동안은 심한 편이었대요."

"자살하기에 최적의 조건이었다는 얘기인가." 가시와바라는 먼바다 쪽으로 시선을 던졌다.

덩달아 하기무라도 그쪽을 바라보았다. 해상보안본부의 배가 멀리 떠 있었다. 언제까지 수색을 계속할 수 있는지, 아직 얘기를 듣지 못했다.

뒤집어진 보트가 간논자키 앞바다에서 어선 선원에게 발견된 것은 어제의 일이었다. 물론 보트에는 아무도 없었다.

이윽고 하시리미즈 해안에서 도난당한 보트라는 것이 판명되었다. 나아가 요코스카 경찰서 수사원이 부근을 살펴보던 중에 수상한 종이 가방을 발견했다.

이 종이 가방에는 장갑과 안경, 볼펜, 편지 봉투가 들어 있었다. 그 편지 봉투 안에서 유서로 보이는 짧은 글이 나왔다. 내용은 다음과 같다.

'도모코에게. 당신을 볼 면목이 없다. 돈을 마련하지 못했어. 뒷일을 잘 부탁한다.'

시간적으로나 지리적으로 근접해 있었기 때문에 요코스카

경찰서에서는 곧바로 도난 차량과의 관련에 대해 조사에 들어갔다. 하지만 이번 유류품에서는 지문이 발견되지 않았다. 따라서 장갑에 주목하게 되었다.

상당히 오래 썼는지 기름때에 절은 지저분한 장갑이었다. 이것을 바탕으로 도난 차량에서 발견된 DVD 등을 다시 조사해봤더니 일치하는 장갑 흔적이 다수 검출되었다. 아직 단정할 수는 없지만 수거해 온 종이 가방이 도난 차량을 타고 온 범인의 것일 가능성이 지극히 높다는 얘기가 된다.

문제는 그게 누구냐는 것이었다. 현재까지 단서는 '도모코'라는 이름뿐이었다. 요코스카 경찰서에서는 접수된 실종 신고에 대해 조사해보기로 했다. '도모코'라는 이름을 가진 여성이 신고했을 가능성이 높기 때문이었다. 하지만 아직까지 해당되는 인물은 눈에 띄지 않았다.

"그걸 유서라고 본다면, 범인은 돈이 필요했던 모양이죠?" 하기무라가 말했다.

"그렇지. 아마 빚일 거야."

"차 안에 있던 대량의 DVD는 대체 뭘까요? 그걸 판매할 생각이었나?"

"그럴지도 모르지만, 문제는 그걸 어디에서 입수했느냐는 거야." 가시와바라는 담배를 피우기 시작했다. 한 손에 휴대용 재떨이를 들고 있었다. "보트를 타고 일부러 먼바다까지 나가 물에 뛰어들어 자살했다는 건가. 하긴 뭐, 있을 수 없는 일은 아니지만 아무래도 이상하단 말이야…….”

“이상해요?”

“뭔가 번거로운 방법으로 죽은 것 같잖아. 자살할 거라면 더 빠른 방법이 얼마든지 있을 텐데. 이를테면 절벽에서 뛰어내린다든가.”

“범인은 도난 차량을 버린 뒤에 이런저런 생각을 하면서 해안선을 따라 걸어 내려온 게 아닐까요? 그러다가 보트가 눈에 띄자 충동적으로 먼바다에 나가 물에 뛰어드는 자살을 생각해 냈다, 라고 하면 이상할 것도 없잖아요.”

“우리 상사도 그런 이야기를 하더라고. 하지만 그래도 뭔가 좀 이상해.”

“그럼 위장 자살이란 얘기예요?”

“그쪽으로 생각 못 할 것도 없지.”

“무엇 때문에요? 물론 빚쟁이에게서 벗어나려고 자살한 것처럼 꾸미는 방법은 예전부터 있었죠. 보험금을 노리는 위장 자살도 있고요. 하지만 그러려면 누가 자살했는지 명확히 밝혔을 거예요. 이번 범인은 유서에 자신의 이름조차 제대로 써 놓지 않았어요. 나는 그게 이상해요.”

“바로 그거야. 진짜 자살이건 위장 자살이건, 왜 자기 이름을 써놓지 않았을까?”

"마음이 변한 거 아닐까요? 처음에는 번듯한 유서를 쓸 생각이었다. 하지만 뭔가 심경의 변화를 일으켜 유서 쓰기를 중단했다. 즉, 일부러 이름을 안 밝힌 게 아니라 중간에 글쓰기를 포기했다, 라는 거 아닐까요?"

"그야 뭐, 그런 쪽으로 생각할 수도 있지." 가시와바라는 석연치 않은 표정으로 담뱃불을 휴대용 재떨이 안에 비벼 껐다.

"위장 자살이라면 범인은 상당히 위험한 도박을 한 셈이에요."

하기무라의 말에 가시와바라는 흘끗 쳐다보았다.

"왜?"

"왜냐면 보트를 타고 먼바다까지 나간 다음에 그 보트를 뒤집어 엎어놓고 다시 헤엄쳐서 해안까지 돌아왔다는 얘기가 되잖아요. 더구나 한밤중이었어요. 그야말로 위험한 짓이죠. 제아무리 수영 선수라도 선뜻 나서기가 어려운 일이에요."

가시와바라는 끄응 신음 소리를 냈다. 담뱃갑을 열고 손가락을 들이밀던 참에 얼굴을 들었다.

"혹시 두 사람이었다면?"

"두 사람?"

"만일 도와준 사람이 있었다면 어떨까. 두 대의 보트를 타고 먼바다까지 나간다. 거기서 한 사람이 다른 쪽 보트에 합류한다. 그리고 빈 보트는 전복시킨다. 어때, 그건 별로 위험하지 않겠지?"

하기무라는 머릿속에서 그런 과정을 떠올려보았다. 분명 가능성이 있는 얘기였다.

"하지만 무엇 때문에? 그래봤자 누군가 자살했다는 흔적이 남는 것뿐이에요. 그게 무슨 의미가 있어요? 아무도 득 될 게 없잖아요."

"이유는······." 가시와바라는 담배를 입에 물더니 고개를 저었다. "나도 모르지."

"생각을 지나치게 많이 하신 것 같은데요." 그렇게 말하며 하기무라는 발걸음을 돌렸다. 바닷바람을 맞아 몸이 꽁꽁 얼었다.

한 입 먹어보고서, 역시 이건 아니라고 유키나리는 생각했다. 케첩 맛이 약간 강했다. 말하자면 그리운 옛날의 맛이어서 이런 쪽을 오히려 좋다고 하는 손님도 적지 않을 것이다. 하지만 〈도가미 정〉의 원조 하이라이스와는 완전히 달랐다.

그는 내심 낙담한 채 식사를 계속했다. 이 하이라이스에는 더 이상 흥미가 없었지만 음식을 남기는 데는 저항감이 있었다.

양식당 〈야자키〉는 샤쿠지이공원역 옆에 있었다. 이 식당은 인터넷으로 검색해서 알아냈다. 막상 와보니 가게 앞에 자그마한 화단을 꾸며놓은 기품 있는 식당이었다. 점심때는 아니지만 젊은 여자 손님 몇 명이 있었다. 그녀들은 케이크를 먹고 있었다. 메뉴를 살펴보고 이 양식당의 중심이 디저트라는 것을 알았다. 디저트라면 유키나리로서는 약한 분야이기 때문에 그런 의미에서는 참고가 되겠지만, 오늘 이곳에 찾아온 목적은 그런 것이 아니었다.

접시를 비우자 곧바로 자리에서 일어섰다. 남자 손님은 자기 혼자뿐이어서 실은 몹시 거북스러웠던 것이다. 식당을 나오자마자 저절로 한숨이 터져 나왔다.

역을 향해 걸어가면서, 이런 게 무슨 도움이 되나, 하고 자문했다. 아자부주반점에 내놓을 새 하이라이스의 맛도 아직 결정하지 못했다. 무의미한 일에 시간을 허비하느니 요리사들과 레시피나 연구하는 게 좋지 않을까, 하고 마음이 흔들렸다. 다른 양식당의 하이라이스를 먹어보는 것도 연구의 일환이라고 할 수 있겠지만, 오늘의 경우에는 진짜 목적이 전혀 다른 데 있는 것이다.

하지만 석연치 않은 채로는 다음 단계로 나아갈 수 없다. 분명하게 이해되지 않는 점은 물론 아버지 마사유키의 태도였다.

유키나리는 아버지가 말을 번복한 원인이 다카미네 사오리의 이야기 때문이라는 생각이 자꾸만 들었다. 〈도가미 정〉과 똑같은 맛의 하이라이스였다는 요코스카의 양식당—. 그것과 관련이 있는 게 아닐까.

하지만 단서가 너무 적었다. 유일한 힌트는 다카미네 사오리가 알려준 그 양식당의 딸 이름이다. 그 여자애는 야자키 시즈나라고 했다.

성씨를 그대로 가게 이름에 쓰는 경우가 드물지 않다. 〈도가미 정〉만 해도 그렇다. 그래서 요코스카에 있었다는 그 양식당의 이름도 아마 〈야자키〉일 거라고 대충 건너짚고 수도권을 중심으로 인터넷을 검색해본 것이다.

그렇게 찾아낸 곳이 샤쿠지이 공원의 〈야자키〉뿐이었다. 고베에도 〈야자키야〉라는 양식당이 있었지만, 쇼와 초기부터 영업해온 노포老鋪여서 요코스카 쪽과는 관련이 없을 터였다.

별다른 성과도 없이 다시 역으로 나왔다. 이제 어떻게 할까, 궁리하면서 티켓 발매기로 다가가는데 휴대전화에 문자가 들어왔다. 아자부주반점의 스태프일지도 모른다고 생각하며 그는 휴대전화를 꺼냈다. 하지만 문자는 다카미네 사오리에게서 온 것이었다.

상의할 일이 있으니 연락해달라는 내용이었다.

하이라이스 문제로 머리가 꽉 차서 다른 건 생각할 여유도 없었는데, 그 문자를 보자마자 당장 마음이 달라졌다. 사오리가 상의할 일이라는 게 무엇인지 자꾸만 궁금해졌다.

티켓 발매도 뒤로 미루고 유키나리는 휴대전화의 버튼을 눌렀다.

네, 라는 사오리의 목소리가 들렸다. 신호음이 울리자마자 받아준 것이 기뻤다. 그녀가 자신의 전화를 기다렸다는 느낌이 들었기 때문이다.

"도가미예요. 보내준 문자를 봤는데…….."

"죄송해요, 바쁘실 텐데."

"괜찮아요. 근데 상의할 일이라는 건 뭐죠?"

"전화로 말씀드리기는 좀 그렇고, 가까운 시일 내에 만나 뵐 수 있을까요?"

"물론 만날 수 있죠. 아니, 지금이라도 나는 괜찮은데."

"정말이세요? 지금 어디 계세요?"

"샤쿠지이 공원."

"샤쿠지이? 네리마 쪽의?" 사오리에게는 의외의 장소로 느껴진 모양이었다.

"이쪽에 봐두고 싶은 양식당이 있었어요. 거기 들렀다가 돌아가는 길이에요. 어디로 가면 되죠?"

"그럼 지난번에 만났던 긴자의 커피숍이 좋겠네요."

"알았어요. 5시에는 도착할 겁니다." 손목시계를 보며 유키나리는 말했다.

이케부쿠로에서 지하철을 환승할 때쯤에는 하이라이스에 관한 것은 이미 머릿속 한 귀퉁이로 밀려나 있었다. 대신 그 빈자리를 사오리에 대한 생각이 완전히 점령하고 있었다. 그녀는 나와 어떤 일을 상의하려는 것일까.

좋지 않은 상상이 가장 먼저 떠올랐다. 혹시 더 이상 나와 만날 수 없다고 얘기하려는 게 아닐까. 실은 연인이 있다, 라고 고백할 것 같은 예감도 들었다.

긴자 니초메의 커피숍에 도착한 것은 5시를 조금 지난 참이었다. 창가의 테이블에서 사오리가 손을 흔들었다. 그가 오는 것을 지켜보고 있었던 모양이다. 그 표정을 보고 유키나리는 조금 마음이 놓였다. 심각한 이야기를 꺼낼 듯한 분위기는 아니었기 때문이다.

"미안해요, 시간 계산에 착오가 있었군요. 오래 기다렸어요?" 맞은편 자리에 앉으면서 유키나리는 사과했다.

"아뇨, 저도 방금 왔어요. 그보다 바쁘실 텐데 연락해서 제가 죄송하죠." 사오리가 머리를 숙였다.

"괜찮아요. 별로 대단한 일도 아니었고, 결국 헛걸음만 했으니까."

사오리 앞에는 아직 찻잔도 없었다. 유키나리가 올 때까지 기다린 모양이었다. 그는 손짓으로 웨이트리스를 불러 각자 마실 것을 주문했다.

"그런데 나하고 상의할 일이라는 게 뭔지……." 유키나리는 머뭇머뭇 말문을 열었다.

사오리의 표정이 약간 긴장하는 것 같았다. 하지만 입가의 웃음은 사라지지 않았다.

"실은 어제 부모님에게서 연락이 왔어요. 요즘 전화를 자주 못 했더니 내내 걱정하셨던 모양이에요. 한바탕 설교를 하시더라고요."

"설교?"

"대체 언제까지 놀기만 할 거냐, 내년 4월에 정말 복학하긴 할 거냐, 뭐, 그런 얘기예요. 이래저래 걱정이 많으신가 봐요."

"아, 그러시겠죠."

사오리가 휴학 중이라는 게 새삼 생각났다. 동시에 초조감 비슷한 감정이 가슴 안쪽에서 밀려오는 게 느껴졌다. 내년 4월이면 그녀는 교토로 가버리는 것이다.

"물론 복학할 생각이겠지요?"

"그게…… 사실은 망설이는 중이에요."

"왜요?"

"제가 오래전부터 유학을 하고 싶었거든요."

"유학이라니, 외국에 가서?"

묻고 나서야 '그야 당연히 외국이지'라고 유키나리는 자기 자신을 나무랐다.

사오리는 빙긋이 웃으면서 고개를 끄덕였다.

"대학 졸업하면 일본 문화를 외국에 소개하는 일을 해보려고요. 일부러 교토 쪽 대학을 선택한 것도 그런 꿈이 있었기 때문이고, 그 점에 대해서는 부모님도 이해해주셨어요. 하지만 그러려면 역시 어학 능력이 필요하잖아요?"

유키나리는 눈을 깜빡이며 사오리의 얼굴을 빤히 바라보았다. 지금까지 그녀와 다양한 이야기를 해왔다고 생각했는데, 장래의 꿈에 대해 듣는 건 처음이었다. 그녀다운 꿈이라고 생각했다.

"그렇다면 어학연수를 하는 게 좋겠네요." 말을 하면서도 유키나리의 가슴속에는 초조감이 쌓여갔다. 그나마 교토라면 가끔은 만날 수 있다. 하지만 외국으로 떠나버리면 그것도 어려워진다.

"그렇죠? 실은 몇 년 전에 캐나다 여학생이 우리 집에서 홈스테이를 한 적이 있어요. 이번에는 반대로 내가 그 친구 집에 가서 신세를 질 생각이에요."

"그러면 아주 좋죠." 유키나리는 마음에도 없는 소리를 입에 올렸다.

"며칠 전에 그 친구에게 전화로 얘기했더니 정말 반가워하더라고요. 그쪽 부모님은 일본인이 살기 편하게 집까지 수리해주겠다고 하셨어요. 그렇게까지는 안 해도 된다고 말은 했는데, 딸이 신세를 졌으니 당연하다고 하셔서……. 그래서 도가미 씨에게 부탁이 있어요. 너무 염치없는 부탁이라고 생각하실까 봐 좀 불안하긴 한데……."

"뭔데요?"

사오리는 망설이는 표정을 보인 뒤에 눈을 살짝 치켜뜨며 유키나리를 바라보았다.

"도가미 씨의 집을 구경할 수 있을까요?"

일순, 무슨 말인지 잘 알 수 없었다. 마침 그때 마실 것이 나왔다. 유키나리는 아무 생각 없이 자기 앞에 놓인 잔을 가져다 마셨다. 아이스티였다.

사오리가 뭔가 놀란 듯 입을 살짝 벌렸다.

"아, 그건 내가 주문한 건데……."

유키나리는 손에 든 유리잔과, 테이블에 남아 있는 잔을 번갈아 보았다. 그제야 자신이 주문한 건 커피였다는 게 생각났다.

"이런, 미안해요. 내가 잘못 가져왔네. 어쩌지?"

사오리는 실눈을 뜨며 웃었다.

"아이, 괜찮아요. 그걸로 드세요. 제가 커피를 마실게요."

"괜찮겠어요? 아, 정말 이런." 유키나리는 호주머니에서 손수건을 꺼냈다. 관자놀이에서 땀이 흐르고 있었다.

"미안해요. 제가 너무 염치없는 부탁을 하는 바람에 놀라셨지요?"

"아니, 절대 그런 게 아니고……. 아, 예, 놀란 건 사실이지만." 유키나리는 아이스티를 벌컥벌컥 마셨다. "왜 우리 집을 보려는 거죠?"

"전에 말씀하셨죠? 도가미 씨 댁은 예전에 독일인이 살던 집을 개축했기 때문에 서양식과 일본식을 절충한 부분이 많다고요."

"아, 그러고 보니 그런 이야기를 했었군요."

얘기를 듣기 전까지 까맣게 잊고 있었다. 사오리와는 항상 아자부주반점이나 요리에 대한 이야기만 했다고 생각했었다. 하지만 사실은 이런저런 잡담도 나누었던 것이다. 집에 대해 이야기했던 기억은 있지만, 딱히 중요하게 말했던 건 아니다. 하지만 그녀는 자신의 말을 똑똑히 기억해주고 있었다. 그것이 그의 마음을 들뜨게 했다.

"기껏 유학생을 위해 집까지 수리할 필요는 없다고 생각해요. 하지만 그쪽에서 꽤 오랫동안 머물게 될 테니까 모처럼 수리를 해주신다면 어떤 식으로 고쳐야 나한테 편리한 방이 될지 미리 알아두는 게 좋을 것 같아요. 그래서 염치없는 부탁이지만……."

유키나리는 테이블에 두 손을 짚고, 분명하게 고개를 가로저었다.

"염치없다니, 전혀 그렇지 않아요. 우리 집이라도 괜찮다면 언제든지 보여드려야죠. 그러잖아도 다카미네 씨에게는 항상 도움만 받아서 나도 뭔가 보답을 하고 싶던 참이에요."

"정말이세요? 하지만 번거롭다면 꼭 솔직하게 말해주세요.

저는 전혀 기분 나쁘지 않으니까요."

"지금 솔직하게 말하는 거예요. 그보다 우리 집으로 도움이 될지, 나는 그게 걱정인데요?"

"분명 큰 도움이 될 거예요. 고맙습니다. 아, 용기를 내서 상의하기를 잘했네요." 사오리는 커피 잔을 손에 들었다. 안도한 탓인지 그녀의 웃는 얼굴이 한층 환하게 빛나 보였다.

유키나리는 어떤 식으로든 그녀에게 도움이 된다는 게 뛸 듯이 기뻤다. 하지만 한편으로 가슴속에 검은 구름이 빠르게 퍼져갔다. 말할 것도 없이, 그녀를 이제 만나지 못하게 될 것이라는 불안한 예감 때문이었다.

30

하기무라가 문제의 가게까지 더듬어 가게 된 것은 마보리 해안에서 수상한 도난 차량이 발견된 지 정확히 일주일째 되던 날이었다. 그 가게는 요코하마의 사쿠라기초에 있었다. 하지만 역에서는 조금 떨어진 곳이어서 바로 옆에 오오카가와강이 흐르고 있었다.

가게는 2층 목조건물로 그중 1층이 점포였다. 앞면이 온통 유리였지만, 안의 모습은 전혀 보이지 않았다. 포스터가 빈틈

없이 붙어 있었기 때문이다. 상품 광고 때문이 아니라 안에 있는 손님을 바깥에서 볼 수 없도록 하기 위해서일 것이다. 성인 비디오를 즐기는 손님들을 특별히 모시지 않고서는 이런 가게는 매상이 오르지 않는다.

가게 이름은 〈굿 소프트〉였다. DVD 판매뿐 아니라 중고품 매입도 하는 모양이었다. 고가 매매라는 알림 광고지가 간판 바로 밑에 붙어 있었다.

하기무라가 찾아갔을 때, 그 이외에 다른 손님은 없었다. 매장에는 중고 DVD 외에도 CD며 사진집 등이 진열되어 있었다. 하지만 역시 중심은 성인물 관련 제품이어서 매장 면적의 반 이상을 차지하고 있었다. 요즘에는 보기도 힘든 VHS 테이프까지 있었다. 그런 것들은 명백히 복제품이었다. 아마 DVD도 마찬가지일 것이다.

점원은 쓰지모토라는 젊은 남자였다. 얼굴빛이 창백하고 비쩍 말랐다. 하기무라가 들어서는 것을 보면서도 어서 오시라는 인사 한마디도 없었다. 하지만 경찰 수첩을 내보이자 그 즉시 벌벌 기기 시작했다. 고양이처럼 구부정하던 등짝까지 꼿꼿해졌다.

하기무라가 내놓은 세 장의 DVD를 보았을 때, 쓰지모토의 표정이 눈에 띄게 변했다. 그 DVD들은 도난 차량에서 발견된 것이었다.

처음에는 본 적도 없는 물건이라고 잡아뗐다. 하지만 하기무라가 잠깐 을러대는 말투로 캐물었더니 금세 우리 가게의 상품이라고 음울하게 입을 열었다. 케이스에 붙은 가격표 딱지가 이 가게에서 2년 전쯤까지 사용했던 라벨이라는 것이었다.

하기무라는 쾌재를 부르고 싶은 기분이었다. 드디어 DVD의 출처를 알아낸 것이다.

처음에 왜 거짓말을 했느냐고 하기무라가 물었다. 쓰지모토는 비실비실 웃으며 겸연쩍은 얼굴로 대답했다.

"이거, 도난품일걸요?"

"여기서 훔쳐 갔다는 거야? 언제?"

"열흘 전쯤이었나?" 쓰지모토는 벽에 붙어 있는 달력을 쳐다보았다. "오후에 가게에 나왔더니 금전등록기에 손을 댄 흔적이 있더라고요. 여기저기 뒤지고 다닌 게 표가 나더라고요. 그래서 도둑이 들었다는 걸 금방 알았어요."

쓰지모토는 가미오오카에 살고 있고, 오후 4시부터 밤 11시까지 가게를 지키는 모양이었다. 따라서 심야에는 이 가게에 아무도 없다.

"도난 신고는 했어?"

하기무라의 물음에 쓰지모토는 얼굴을 찌푸리며 머리를 긁적였다.

"사장이 귀찮으니까 신고하지 말라고 했는데요."

"사장이라니?"

쓰지모토는 계산대 서랍을 열고 명함 한 장을 꺼냈다. 사장은 우에다 시게오라는 이름이었다. 또 다른 곳에서 리사이클 숍을 운영하고 있다. 쓰지모토에게는 외삼촌이 되는 인물이었다.

쓰지모토에 의하면 우에다는 매일 폐점 때쯤에 나와서 그날의 매상을 회수해 간다. 중고품을 매입했을 경우에는 어떤 물건을 얼마에 샀는지, 모두 그에게 보고하는 모양이었다.

"나를 못 믿어요. 그래서 여윳돈은 절대로 가게에 남겨두지 않아요. 그 도둑놈도 실망했을걸요. 금전등록기에 단돈 1엔도 없었거든요."

"하지만 중고품 매입 때 현금이 없으면 곤란할 텐데?"

"내가 딱 5만 엔을 쥐고 있죠. 매입할 때는 그 돈으로 해요. 그러면 나중에 사장이 그만큼 보충해주고."

"그렇군. 그 5만 엔은 훔쳐 가지 않았어?"

"그깟 돈이야 항상 내 지갑에 넣어뒀죠. 겨우 5만 엔인데 금전등록기에 넣어봤자 별 볼 일도 없거든요. 근데 그나마 천만다행이었어요. 혹시 그 돈까지 훔쳐 갔다면 사장 하는 걸로 봐서는 틀림없이 나한테 물어내라고 했을걸요?"

하기무라는 대답 대신 한쪽 뺨으로만 피식 웃었다. 그 5만 엔이 지금도 쓰지모토의 지갑 속에 있는지 어떤지, 아무래도 미심쩍었다. 급하면 자신이 대충 써버린 뒤에 나중에야 서둘러 장부를 맞춰두는 일도 적지 않을 것이다.

"DVD를 훔쳐 간 건 알고 있었어?" 하기무라가 물었다.

"뭐, 대충요. 근데 어차피 팔릴 가망도 없는 물건들이었어요. 사장은 오히려 처분하는 수고가 줄어서 좋다고 하던데요."

하기무라는 들고 있던 DVD에 시선을 떨구었다.

"이건 어디에 있었지? 2년 전 가격표가 붙어 있는 걸 보면 매장에 진열했던 상품은 아닌 것 같은데."

쓰지모토는 고개를 끄덕이더니 엄지손가락으로 위쪽을 가리켰다.

"2층에 있었어요. 그 도둑이 2층 창문으로 들어왔던 모양이에요."

"2층? 잠깐 가봐도 되나?"

쓰지모토는 어떻게 해야 할지 망설이는지 입가가 축 처졌다.

"내 맘대로 보여주면 나중에 사장한테 잔소리 들어요."

"도난 신고도 안 하고, 원래 이 가게 사장님은 경찰에게 단단히 혼이 났어야 해. 자네 덕분에 그냥 넘어가는 줄 알라고 전해줘. 경찰 수사에 최대한 협조해야 한다는 것쯤은 자네도 잘 알지?"

"……그러시다면 뭐, 보여드려야죠." 쓰지모토는 안으로 들어가려다가 금세 멈춰 서서 돌아보았다. "그 DVD, 어디서 찾았어요? 지금 이건 무슨 수사예요?"

"전혀 다른 사건을 수사하다가 우연히 발견했어. 그러니까 자네 가게와는 아무 관계도 없어. 따라서 자네는 자세한 내막을 알 필요가 없고, 미안하지만 나도 알려줄 수가 없어."

"……네에, 우리와 관계없는 일이라면 뭐, 좋죠."

매장 안쪽으로 들어가 문을 열자 곧바로 계단이었다. 이상하게도 만들었네, 라고 하기무라는 중얼거렸다.

"전에는 식당이었거든요." 계단을 올라가며 쓰지모토가 말했다. "뒤편의 조리실을 다 떼어내고 지금처럼 매장을 하나로 만들다 보니까 구조가 이상해졌다고 사장이 얘기했었어요."

"식당? 어떤 식당이었지?"

"글쎄요, 그것까지는 나도 모르죠." 쓰지모토는 고개를 갸웃거렸다.

'설마 양식당이었나?' 하는 생각이 하기무라의 머릿속을 스쳤다. 하지만 그것을 얼른 털어내버렸다. 매사를 〈아리아케〉와 연결 짓는 것은 선입견에 휘둘리는 거라고 스스로 반성했다. 이 가게가 14년 전의 강도살인사건과 관계가 있다는 증거는 하나도 없다. 현재 이곳은 양식당은 물론이고 식당조차도 아닌 것이다.

2층에는 3평짜리 방 하나, 그리고 2평 반 정도의 방이 하나 더 있었다. 하지만 사람이 살 수 있을 만한 상태가 아니었다. DVD며 비디오테이프가 가득한 박스들이 바닥을 완전히 덮어버릴 만큼 첩첩 쌓여 있었다. 박스 위에는 먼지가 수북이 쌓여 있었다. 아무래도 일단 이곳에 실려 온 상품은 두 번 다시 햇빛을 못 보는 모양이었다.

"전에는 재고 떨이 세일 같은 것도 했는데, 별로 팔리지도 않고 손만 많이 가서 요새는 안 해요. 그러니 박스가 자꾸 늘어나기만 하죠. 이거, 대체 어떻게 하려는지 몰라, 우리 사장." 쓰지모토가 남의 일처럼 말했다. "그 도둑놈, 기왕 가져갈 거면 죄다 쓸어 갈 것이지."

"이제는 전혀 팔릴 가망이 없다는 거야?"

"안 팔리죠. 여기 있는 건 손님이 가져온 게 아니라 비디오 제작사가 도산했다든가 대여점이 망했다든가, 그럴 때마다 사장이 헐값으로 사들인 게 대부분이에요. 성인물이라면 그래도 어떻게든 써먹겠지만, 화질이 엉망인 명작이라든가 화질은 괜찮은데 저예산의 C급 영화 같은 걸 돈 내고 살 사람이 어디 있겠어요? 우리 사장이 내용도 안 보고 교육용 비디오부터, 심한 경우에는 회사 안내 비디오까지, 마구잡이로 다 받아 왔어요."

하기무라는 쓴웃음을 지으며 옆의 박스 하나를 들여다보았다. 맨 위에 있는 것은 다이어트 체조를 가르쳐주는 비디오였다.

"아까 내가 가져왔던 DVD는 어디쯤에 있었지?"

"그건 모르죠. 성인물이라면 아마 벽장 속에 있었을 거예요."

그 벽장 쪽으로 들어가려는 쓰지모토를 하기무라는 아, 잠깐, 이라고 제지했다.

"도난당한 뒤에 이 방의 물건에 손을 댔었나?"

쓰지모토는 고개를 저었다.

"그냥 유리창만 수리했어요. 수리라고 해봐야 겨우 저 꼴이지만."

하기무라는 창을 보았다. 창문 중간의 잠금 고리 근처가 둥그렇게 깨졌고, 거기에 플라스틱 판을 대고 비닐 테이프로 붙여놓았다.

"제대로 수리를 안 하면 또 도둑이 들 거라고 사장한테 말은 했는데, 들은 척도 안 해요."

"외부에서 이 창문까지 올라올 수 있어?"

"글쎄요. 하지만 뒤쪽이 골목길이니까 남의 눈에 잘 띄지 않는 건 사실이죠."

하기무라는 고개를 끄덕이며 장갑을 꼈다. 최대한 주위의 물건을 만지지 않도록 조심하며 벽장 앞까지 들어갔다. 벽장은 문이 열린 채였다. 아래 칸에는 역시 박스가 가득했다. 위 칸도 비슷한 상태였지만, 먼지가 없는 부분이 네모난 모양으로 남아 있었다. 바로 최근까지 거기에 박스가 놓여 있었던 것 같았다. 그걸 쓰지모토에게 말해보았다.

"그렇죠? 지금 형사님 발밑의 그 박스가 저 자리에 있었어요. 아까 보여주신 DVD는 그 박스에서 빼내 갔던 거 같아요."

하기무라는 발밑을 보았다. 빈 귤 박스였다. 도난 차량에 있었던 DVD를 넣는다면 마침 이 박스를 가득 채울 만큼의 양이 될 것 같았다.

"왜 이 박스 속만 훔쳐 갔을까……." 하기무라가 중얼거렸다.

"성인물이라서 훔쳐 간 거 아닐까요?"

"하지만 성인물은 다른 데도 많잖아." 벽장에는 다른 박스들이 몇 개나 있었다. 모두 성인물인 것 같았다.

벽장 안을 살펴보던 하기무라의 시선이 천장의 한 지점에서 딱 멈췄다. 천장 판자가 어긋나고 점검구가 열려 있었다.

"저건 전부터 열려 있었나?"

"어디요?"

"벽장 천장 말이야. 아, 다른 물건에 손 닿지 않게 조심하고."

쓰지모토는 신중한 걸음으로 다가와 고개를 들이밀고 벽장 천장을 올려다보았다.

"뭔지 모르겠는데요?" 고개를 갸우뚱했다. "저런 데는 쳐다본 적도 없어요."

하기무라는 한숨을 내쉬었다. 그때 시선 한 귀퉁이에서 뭔가 반짝 빛을 냈다. 벽장 안쪽이었다.

그는 장갑 낀 손으로 그것을 집어 들었다. 저절로 몸이 후끈해지는 것을 느꼈다.

"사장이 우에다 씨라고 했던가? 지금 바로 연락 좀 해줘."

"어휴, 사장도 나오라고 해야 돼요?"

"응, 역시 도난 신고를 해주셔야겠어."

"……알았어요." 왜 그런지 풀이 죽은 기색으로 쓰지모토는 휴대전화를 꺼내며 하기무라의 손안을 들여다보았다. "그거 뭐예요?"

하기무라는 저도 모르게 씨익 웃고 있었다.

"자네와는 아무 관련도 없는 일이지만, 특별히 알려줄게. 이 건 뚜껑이야, 루주의 뚜껑."

31

우에다 시게오는 장기 말처럼 턱이 네모난 얼굴을 하고 있었다. 그 얼굴에 어깨까지 움츠리고 있어서 목이 거의 보이지 않았다. 하기무라 일행 앞에 앉은 그는 내내 그런 자세를 취하고 있었다. 도난 신고를 안 했다고 경찰이 벌금을 물리는 거 아닌가, 하고 잔뜩 경계하는 눈치였다.

"그럼 이 DVD는 모두 그쪽 상품인 것으로 인정하지요?"

하기무라의 물음에 우에다는 짧은 목을 더욱더 움츠리며 고개를 끄덕였다.

"예, 뭐, 아마 그럴 거예요."

"아마, 라고요?"

"아니, 아뇨, 우리 상품이겠죠. 네, 틀림없어요." 꾸벅꾸벅 머리를 숙였다.

요코스카 경찰서 회의실에서 하기무라는 가시와바라와 함께 우에다 시게오의 진술을 듣고 있었다. 회의 책상 위에는 도난 차량에서 발견된 DVD며 낡은 가방이 놓여 있었다.

"피해가 별로 큰 것도 아니고, 경찰에 신고하면 이래저래 조사를 하실 거고, 그러면 우리는 가게 문을 닫아야 할 거 아닙니까. 우리 같은 업종은 하루라도 문을 닫으면 타격이 이만저만이 아니에요. 게다가 갑자기 문을 닫으면 손님들한테도 피해가 가거든요. 그래서 신고를 안 해도 괜찮지 않을까 했었는데, 이거, 정말 죄송합니다." 우에다는 뒷목을 긁어가며 계속 머리를 숙였다.

하기무라는 가방을 우에다 앞으로 바짝 밀었다.

"이 가방, 본 적 있어요?"

우에다는 곤혹스러운 얼굴로 고개를 갸웃거렸다.

"전혀 모르겠는데요? 정말이에요. 이런 가방은 본 적도 없습니다. 내 것이 아니에요. 쓰지모토 가방인가?"

"쓰지모토 씨에게 이 가방 사진을 보여줬는데 모른다고 했어요."

"그렇습니까? 그럼 역시 우리 것이 아니네요." 우에다는 말했다.

하기무라는 가방 속에서 비닐봉지들을 꺼냈다. 안에 들어 있던 것을 하나하나 투명한 비닐봉지에 넣은 것이었다.

"이 중에 우에다 씨가 아는 물건이 있어요?"

우에다는 당황스러운 표정으로 책상에 펼쳐진 것을 바라보았다. 빈 사탕 깡통, 지갑, 손목시계, 콤팩트, 루주였다.

이윽고 우에다는 손목시계가 들어 있는 봉지에 손을 내밀었다. 그것을 찬찬히 관찰한 뒤에 책상에 다시 내려놓았다.

"모르겠어요. 전부 다 내 것이 아닙니다."

"시계를 살펴보시던데?"

"나한테도 그 비슷한 시계가 있어서 한번 들여다본 것뿐이에요. 하지만 전혀 다른 거예요."

하기무라는 가시와바라 쪽을 보았다. 그의 의견을 듣고 싶었기 때문이다.

"그 벽장은 언제부터 그런 상태였어요?" 가시와바라가 우에다에게 물었다.

"그런 상태라는 건 무슨 말씀이신지……."

"팔다 남은 DVD를 박스째로 쌓아뒀던데, 언제부터 그런 식으로 방치했느냐는 거예요."

"아하하, 아, 그게 언제부터였나."

우에다는 팔짱을 끼고 고개를 갸웃거렸다. "벌써 한참이나 그쪽에는 손을 못 댔어요. 1년……, 아니지, 좀 더 오래된 것 같아요, 마지막으로 그 벽장을 열어본 게."

"도둑맞은 DVD에는 2년 전의 라벨이 붙어 있던데요." 하기무라가 말했다.

"아, 그렇지, 그래요. 그러니까 그 DVD를 벽장에 넣어둔 게 라벨을 죄다 새로 붙인 직후였을 겁니다. 역시 2년도 더 됐네요."

"그러면 가게 시작할 때부터 벽장에 재고품을 넣어뒀어요?" 가시와바라가 물었다.

우에다는 턱을 쑥 내밀며 몇 번을 끄덕였다.

"그렇죠. 그 가게를 처음 빌렸을 때는 2층을 사무실로 쓸 생각이었어요. 근데 막상 가게를 열고 보니 사무실 같은 건 필요도 없고, 그 대신 재고를 보관해둘 장소가 필요하더라고요. 그러다 보니 뭐, 벽장까지 다 그런 식으로 쓰게 됐죠. 벽장이고 뭐고 가릴 것 없이 2층은 죄다 창고였다고 보시면 됩니다."

"잘 좀 생각해봐요." 가시와바라는 선 채로 책상에 두 손을 짚고, 우에다를 내려다보듯이 윗몸을 쓰윽 내밀었다. "당신 말고 2층을 드나든 사람, 혹은 예전에 드나들었던 사람은 없어요? 짧은 기간이라도 드나든 사람이 있을 텐데?"

우에다는 기가 질린 듯 몸을 주춤 뒤로 물리며 고개를 저었다.

"그런 사람은 없었던 것 같은데요. 그야 뭐, 종업원이 몇 번 바뀌었으니까 누군가 마음대로 개인 소지품을 거기 놔두는 일은 있었을지도 모르지요. 하지만 그런 건 내가 일일이 파악할 수가 없어요."

"그럼 창고로 쓰기 전에는 어땠어요? 2층은 어떤 상태였지요?"

"창고로 쓰기 전에? 그야 그냥 빈방이었죠. 그러니 재고품을 거기 갖다 둔 겁니다."

가시와바라가 하기무라를 보며 슬쩍 고개를 끄덕였다. 자신이 질문할 사항은 더 이상 없다는 뜻이었다.

저어, 라고 우에다가 눈을 슬쩍 치켜뜨며 바라보았다.

"이건 어떤 사건의 취조예요? 그 2층에 뭔가 문제가 있습니까? 우리는요, 거기에 팔다 남은 DVD를 놔뒀을 뿐이지 이상한 물건을 감춰두지는 않았어요."

"아, 취조가 아니에요. 수사에 협조를 부탁한 것뿐이에요." 하기무라가 말했다.

"근데 왜 요코스카 경찰서지요? 우리 가게는 이쪽 관할구역도 아니잖아요."

"이 물건들이 요코스카 경찰서 관내에서 발견된 도난 차량에서 나왔거든요."

"아하, 도난 차량에서……."

"마지막으로 한 가지만 더 물어보죠. 혹시 그 가게에 침입한 절도범에 대해 뭔가 짐작 가는 건 없어요? 예전 종업원이 가게 안을 잘 아는 점을 이용해서 자기가 다니던 직장에 물건을 훔치러 오는 일도 많은데."

우에다는 얼굴을 찌푸리며 양 입꼬리를 축 늘어뜨린 채 생각에 잠겼지만, 결국 고개를 저었다.

"아무래도 그건 아닌 것 같아요. 우리 가게에 침입해봤자 훑어 갈 게 없다는 건 걔들이 가장 잘 알 테니까요."

하기무라는 한숨을 내쉬었다. 이 사람에게서 의미 있는 정보는 얻어낼 수 없을 것 같았다.

"고맙습니다. 또 뭔가 문의할 일이 생기면 그때도 잘 부탁합니다." 우에다에게 말했다.

"이제 그만 돌아가도 됩니까?"

"네, 돌아가셔도 됩니다."

"이건 어떻게 되지요?" 우에다는 책상 위의 DVD를 보았다.

"우선은 도난 신고부터 해주시죠. 그런 다음에 필요한 수속이 끝나면 돌려드릴 테니까요."

하기무라의 설명에 우에다는 떨떠름한 표정으로 고개를 끄덕인 뒤 회의실을 나갔다.

가시와바라가 쓴웃음을 지었다.

"저 아저씨, 도난 신고도 하기 싫고, DVD도 다시 받기 싫은 표정이네."

"수속하기도 귀찮고, 이런 재고품은 돌려받아봤자 처치 곤란인 모양이죠. 그나저나 어떻게 생각하세요? 우에다는 관계가 없을까요?"

"응, 관계없을 거야." 가시와바라는 의자에 몸을 기댔다. "가방을 봤을 때도 표정에 아무런 변화가 없었어. 연기는 아닌 거 같아."

"저도 동감이에요. 정말로 아무것도 모르는 눈치였어요. 하지만 이 물건들이 그 가게의 벽장 안에 있었다는 건 분명한 사실이에요." 책상 위에 늘어놓은 비닐봉지들을 보며 하기무라는 말했다.

가시와바라가 그중 하나를 집어 들었다. 루주였다.

"이 루주의 뚜껑이 거기에 떨어져 있었으니까 당연히 그렇겠지?"

그 루주는 도난 차량 안에서 발견된 시점에는 뚜껑이 없었다. 하지만 지금 가시와바라가 손에 들고 있는 루주는 분명하게 뚜껑이 덮여 있었다.

그 뚜껑은 〈굿 소프트〉 2층의 벽장 안에 있었던 것이다. 하기무라 자신이 발견했다.

그것이 눈에 들어온 순간, 하기무라는 즉각 도난 차량에서 발견된 루주라고 확신했다. 그래서 가시와바라에게 연락해서

〈굿 소프트〉까지 루주를 가져와달라고 했다. 그 자리에서 확인해본 결과, 뚜껑은 정확하게 일치했다.

현재 〈굿 소프트〉의 2층에는 감식반이 투입되었다. 이제 곧 결과가 나오겠지만, 도난 차량을 탔던 인물이 그곳에 침입했다는 건 일단 틀림없다고 하기무라는 생각하고 있었다.

"아까 감식반 친구하고 전화로 이야기했는데, 그 벽장의 점검구는 역시 최근에 열린 것으로 보인대." 가시와바라가 말했다.

"벽장의 천장 말이지요?"

응, 하고 가시와바라는 고개를 끄덕였다.

"정확한 건 더 조사해봐야 알겠지만, 일단 최근에 누군가 천장 위쪽을 더듬어본 흔적이 있다고 했어. 하지만 그 위로 올라간 건 아니고 점검구로 손을 넣어서 위를 더듬어본 정도인 모양이야."

"쓰지모토와 우에다는 천장에 대해서는 전혀 아는 게 없는 눈치였어요. 그러면 역시 도둑의 소행이겠죠?"

"그렇게 보는 게 타당하겠지." 가시와바라는 회의 책상에 놓인 물건들을 바라보았다. "예전에 상습 절도범에게 들은 이야기가 있어. 별로 건질 만한 게 없을 때는 우선 벽장 천장부터 들여다본다고 하더라고. 운이 좋으면 비상금이나 보석을 발견하는 수가 있다는 거야."

"아, 그 얘기라면 나도 들은 적이 있어요."

"이 사탕 통은 천장 위에 있었는지도 모르겠어."

"그걸 도둑이 훔쳐 온 거겠죠?"

"통 안에 잡동사니밖에 없었지만 빈손으로 돌아가는 것보다는 낫다는 생각에 훔쳐 왔을 거야. 그 참에 DVD도 집어 왔고. 어때, 그런 거 아니겠어?"

"절도범이 직접 실토해주면 진짜 좋을 텐데, 그건 이미 물 건너간 얘기가 됐네요."

"아니, 아직 죽었다고 결론이 난 건 아니니까."

"그야 그렇지만……."

간논자키 바다에서 발견된 보트에 누가 타고 있었는지는 아직 확인이 안 된 상태였다. 즉 그자인 듯한 익사체가 발견되지 않은 것이다. 물결에 휩쓸렸을 경우에는 사체가 우라가스이도를 통해 외해로 떠내려갔을 가능성도 있다고 했다.

"절도범이 살았건 죽었건 이번 사건과는 관계가 없어요. 문제는 누가 사탕 깡통을 천장 위에 감춰뒀느냐는 거예요."

"그건 글쎄……."

말을 하려다가 말고 가시와바라가 휴대전화를 꺼냈다. 매너 모드로 착신이 있었던 모양이다. 두세 마디 나눈 뒤에 전화를 끊었다.

"우리 쪽 감식반에서 온 거야. 우에다도 쓰지모토도 시계의 지문과 일치하지 않았대."

"역시."

"〈굿 소프트〉와는 아무 관계도 없다는 게 분명해졌군."

하기무라는 고개를 끄덕이며 책상 위의 비닐봉지로 시선을 돌렸다. 금시계가 들어 있는 봉지였다.

그 금시계에만 비교적 또렷한 지문이 남아 있었다. 그것이 살해된 아리아케 유키히로나 아내 도코의 지문이 아니라는 건 14년 전의 자료와 대조해 이미 확인이 끝났다.

"이제 어떻게 하지?" 가시와바라가 물어왔다.

"〈굿 소프트〉 쪽을 더 조사해봐야죠."

"그 가게를? 감식 결과라면 우리한테 보내주기로 했어."

"아뇨, 부동산 중개소에 한번 가보려고요." 하기무라가 대답했다. "사탕 통을 거기에 감춰둔 건 우에다가 그 가게를 빌리기 전일 수도 있으니까요. 제가 듣기로는 〈굿 소프트〉는 1층 매장 쪽만 수리했다고 하더라고요."

"응, 그렇지." 가시와바라는 몇 차례 고개를 끄덕이고 엄지손가락을 번쩍 들었다. "좋아, 가보자고."

우에다에게 전화를 걸어 〈굿 소프트〉의 건물주를 확인해보았다. 요코하마역 바로 옆의 부동산 중개소에서 임대를 대행하고 있다는 얘기를 듣고 가시와바라와 둘이서 직접 그곳에 가보기로 했다.

빌딩 1층의 부동산 중개소 사무실에서 담당자와 얼굴을 마주했다. 안경을 쓴 젊은 남자 직원이었다.

"그 점포는 몇 차례 세입자가 바뀌었어요. 땅 주인이 부티크 매장으로 건물을 지었는데 장사가 잘 안 되니까 임대하기로 한 모양입니다." 남자 직원은 파일을 들여다보며 말했다.

"현재 임차인 이전에는 어떤 가게였죠?" 하기무라가 물었다.

"〈굿 소프트〉 이전에 말입니까? 으음, 음식점이군요. 〈도가미 정〉이라는 식당이에요."

"〈도가미 정〉?"

"이렇게 씁니다."

남자 직원이 파일의 해당 페이지를 하기무라 쪽으로 보여주었다. 〈도가미 정〉이라는 글자를 확인할 수 있었다.

"〈도가미 정〉이라면 어디선가 들어본 이름인데……." 하기무라 옆에서 가시와바라가 중얼거렸다.

직원이 빙그레 웃으면서 고개를 끄덕였다.

"네, 요즘은 아주 유명한 양식당이 되었죠."

"양식당?" 그 말에 하기무라가 반응했다. 저절로 목소리가 커졌다. "틀림없어요?"

남자 직원은 안경 안쪽의 눈이 둥그레졌다. 하기무라가 놀라서 되묻는 게 오히려 의아하다는 듯한 얼굴이었다.

"네, 〈도가미 정〉이 맨 처음에 그 자리에서 시작했다고 들었어요. 그 점포에서 인기를 끌면서 좀 더 큰 곳으로 이전하고 체인점을 내고, 그렇게 점점 커졌다고 하더라고요. 특히 하이라이스가 맛있다고 소문이 났대요. 아, 이건 제 얘기가 아니라 전임자에게서 들은 이야기예요."

하기무라는 가시와바라와 얼굴을 마주 보았다.

〈굿 소프트〉 이전에 점포를 빌렸던 가게가 〈아리아케〉와 똑같은 양식당이었다. 이게 단순한 우연일까—.

"〈굿 소프트〉가 그 점포를 빌리면서 1층을 수리했다고 하던데 2층은 어땠어요? 2층도 공사를 했어요?" 가시와바라가 물었다. 유난히 담담한 말투였다. 분명 이 선배 형사도 두근거리는 마음을 억누르기가 힘들었기 때문일 거라고 하기무라는 짐작했다.

남자 직원은 다시 파일을 들여다보았다.

"임대 계약 후에 임차인 우에다 씨가 수리를 한 것 같아요. 여기 기록으로는 지금 말씀하신 대로 1층 부분만 수리했다고 나와 있습니다. 2층은 손을 대지 않았을 거예요."

"혹시 건물주 쪽에서 2층을 수리했다는 기록은 없어요?"

"그건 없습니다. 아마 청소 정도는 했겠지만 규모가 큰 수리는 안 했던 것 같아요."

부동산 중개소를 나오자마자 하기무라는 가시와바라에게 말했다.

"DVD 가게 이전에 양식당이었다니, 이게 단순한 우연일까요?"

가시와바라는 긍정도 부정도 하지 않았다. 그 대신 휴대전화를 꺼내 들었다.

"일단 그 친구에게 물어보자."

32

가시와바라에게서 급하게 만나자는 연락을 받은 순간, 고이치는 어떤 용건인지 단번에 짐작했다. 하지만 마음의 동요를 들키지 않게 조심하면서 "사건에 대해 뭔가 알아냈습니까?" 하고 물었다.

"알아냈다, 라고 할 정도는 아니야. 근데 확인하고 싶은 게 있어. 미안하지만, 잠깐 만날 수 있을까? 내가 도쿄로 나갈 테니까." 감정을 억누르고는 있었지만, 뭔가 손맛이 느껴지는 단서를 잡았다는 기척이 생생하게 전해져왔다.

"전화로 얘기하시면 안 될까요?"

"안 되는 건 아니지만, 직접 만나서 얘기하고 싶어. 자네한테도 그게 좋을 것 같아."

"알겠습니다. 저는 지금 바로 나갈 수 있어요."

"응, 고마워. 어디로 가면 될까?"

"도쿄역까지 와주시면 편리할 것 같아요."

"물론 거기라면 나도 좋지. 자네, 일하는 중이었지? 미안하네."

"아뇨, 이쪽이 더 중요하니까요."

도쿄역 구내의 커피숍에서 만나기로 약속하고 고이치는 전화를 끊었다. 옆의 침대에 다이스케가 불안해 보이는 얼굴로 앉아 있었다.

가시와바라 형사의 전화라고 고이치가 알려주었다.

"무슨 일일까?" 다이스케가 미간을 좁히며 물었다.

"드디어 그 DVD 가게까지 더듬어 간 거야. 아마 이전 가게가 〈도가미 정〉이었다는 것도 알아냈겠지."

"그럴까?"

"그게 아니면 나한테 전화를 해올 리가 없어. 역시 경찰이 우리가 깔아놓은 레일 위를 멋지게 달려온 모양이야."

고이치는 자리에서 일어나 수납장을 열었다. 가시와바라에게 디자인 사무실에서 일한다고 말했었다. 수상하게 생각하지 않도록 직장인다운 옷차림으로 갈아입을 필요가 있었다.

"경찰이 〈도가미 정〉을 주목했다면 우리는 이제 더 이상 나서지 않는 게 좋겠지?" 다이스케가 말했다.

"물론 그렇지. 하지만 우리가 해야 할 일은 분명하게 마무리해야지, 안 그러면 막판에 2프로 부족할 수가 있어."

"해야 할 일이라는 건, 그 레시피 작전?"

"그래. 시즈나에게 이제 시간이 별로 없다고 전해줘. 경찰이 곧 도가미 마사유키에 대한 조사에 나설 거야. 언제까지고 그 주변에서 어슬렁거리는 건 너무 위험해."

"응, 이따가 내가 말할게."

고이치는 고개를 끄덕이고, 수납장에서 재킷과 바지를 꺼냈다.

"형, 경찰이 정말 도가미 마사유키를 체포할 수 있을까?" 다이스케가 걱정스러운 듯 물어왔다.

"경찰이 그것도 못 잡아주면 곤란하지. 반드시 체포할 수 있게 우리가 일부러 증거까지 다 준비해줬는데."

"하지만 아무래도 도가미가 순순히 자백할 것 같지 않아. 오히려 경찰이 내놓는 증거라는 게 그자로서는 모두 처음 보는 물건들이잖아. 누군가 자기를 모함하는 거라고 주장하지 않을까?"

"그건 그럴 수도 있어. 아니, 틀림없이 그렇게 주장할 거야. 〈아리아케〉의 금시계 같은 건 알지도 못하고, 예전 가게의 천장 위에 그런 물건을 숨겨둔 적도 없다고 하겠지."

"그러면 일이 완전히 틀어지는 거 아냐?"

"괜찮아." 고이치는 옷을 갈아입으면서 동생을 내려다보았다. "원래 용의자들은 확실한 증거를 코앞에 들이대도 순순히 인정하는 경우가 없다더라고. 누군가 자기를 함정에 빠뜨렸다고 징징대는 게 대부분이래. 도가미가 어떤 주장을 하건 경찰은 들은 척도 안 할걸?"

"그렇다면 다행이지만……."

어물어물 말끝을 흐리는 다이스케를 보며 고이치는 옷을 입던 손을 멈췄다.

"뭐야, 무슨 불만이라도 있어?"

"아냐, 그런 건 아니고."

"하고 싶은 말이 있으면 똑똑히 말해봐. 너답지 않잖아."

"아니, 나도 뭐가 뭔지 정리가 잘 안 되어서 그런 거야." 다이스케는 머리를 긁적였다. "형의 계획대로라면 경찰은 이런 식으로 생각하게 된다는 거지? 부모님을 살해한 범인은 사건 당시에 사탕 통을 훔쳤다. 그 안에 현금이나 돈이 될 만한 것이 들어 있었기 때문이다. 그리고 현금을 다 써버린 뒤에 그 깡통을 자기 집 천장 위에 숨겼다. 범인이 이사하고 그 점포는 DVD 가게가 되었다. 근데 그 DVD 가게에 도둑이 들었다. 도둑은 천장 위에서 깡통을 발견하고 돈 될 만한 게 있을 거라고 기대하고 훔쳐 갔다……. 그렇지?"

"그다음 스토리도 있어. 그 도둑은 빚에 쪼들리는 처지였다. 그래서 DVD 가게에 어렵게 침입했는데 아무 수확도 거두지 못하자 그만 절망해버렸다. 차를 훔쳐 타고 정처 없이 달려가

다가 바닷가에서 자살하기로 결심했다. 도모코라는 외동딸에게 유서를 쓰려고 했는데 그것도 중간에 관둬버렸다. 하시리미즈 해안에서 보트를 훔쳐 바다로 나간 다음에 물에 뛰어들어 자살했다―. 경찰이 거기까지 상상력을 발휘할 수 있게 만들어야 해." 다시 옷을 입으며 고이치가 말했다.

"도모코가 외동딸이었어? 나는 부인인 줄 알았는데."

"어느 쪽이건 상관없어. 아무튼 그 도둑에게 소중한 여자인 거야. 일단 유서를 남겨놓지 않으면 자살했다는 메시지를 경찰에게 전할 수 없어서 그렇게 꾸민 것뿐이야."

"경찰이 우리 계획대로 술술 말려들까?"

"글쎄. 사체를 못 찾을 테니까 어쩌면 위장 자살이라고 의심할지도 모르지."

"그래도 괜찮아?"

"딱히 나쁠 것도 없어. 도둑의 자살이 사실이냐 위장이냐, 그런 건 〈아리아케〉 강도살인사건의 수사와는 아무 관련도 없으니까. 중요한 건 그런 절도범이 있었다는 사실이야. 그리고 경찰이 그걸 믿어줬다는 거야. 우리 계획대로 말려들었으니까 가시와바라 형사 일행이 DVD 가게를 찾아낸 거라고. 이미 우리 계획대로 흘러가고 있어. 아무 문제도 없어. 이제 시즈나가 무사히 레시피 작전만 성공시키면 우리는 깨끗이 퇴장하는 거야."

하지만 다이스케는 여전히 떨떠름한 얼굴이었다. 고이치는 슬슬 짜증이 났다.

"무슨 불만 있냐고."

다이스케는 당황한 기색으로 고개를 저었다.

"아냐, 불만 같은 건 없어. 단지 그게, 그렇게 중요한 것을 잊어버리고 갈까?"

"무슨 소리야?"

"사탕 통 말이야. 이사할 때, 범인이 그걸 천장 위에 깜빡 놓고 갔다는 얘기잖아. 근데 그럴 수가 있을까. 범인으로서는 치명타가 될 수 있는 물건인데."

"보통이라면 있을 수 없는 얘기지."

"그러면 경찰도 뭔가 이상하다고 생각할 거잖아."

"어떤 식으로? 이건 누군가 증거를 조작해놓은 건지도 모른다고?"

"그거야 나도 모르지."

"괜찮아, 조금쯤 부자연스러워도." 고이치는 장담했다. "인간의 행동에 모조리 논리적인 설명을 붙일 수는 없잖아? 오히려 앞뒤가 안 맞는 일이 더 많아. 강도살인범이 그 증거가 될 만한 물건을 천장 위에 숨겨놓고 이사할 때에 그걸 깜빡 잊고 가버렸다……. 분명 부자연스럽고 어이없는 얘기지. 하지만 때로는 그런 어처구니없는 실수를 범하는 게 인간이야. 그리고 또

한 가지, 경찰로서는 그런 건 어찌 됐건 상관없어."

"그런 거라니?"

"어째서 범인이 중요한 증거를 잊어버리고 갔는가—, 그런 건 굳이 생각할 필요도 없다는 거야. 아니, 한두 번쯤은 생각해 볼 수도 있겠지. 하지만 그렇다고 고생고생하면서 어렵게 잡은 증거를 포기하지는 않아. 증거를 포기하지 않는 한, 약간의 의문에는 눈을 감아버리게 돼. 경찰이란 원래 그런 거야. 예전에 아르바이트를 하던 가게에서 하루 치 매상금이 없어졌을 때, 다들 나를 의심했었어. 내부자의 범행이 틀림없고, 다른 점원들은 모두 알리바이가 있다는 이유 때문이었어. 하지만 내가 그 돈을 훔치려면 아주 여러 명의 시선을 완전히 따돌렸어야 해. 그런데도 경찰은 그런 부자연스러운 모순에는 눈을 감아버렸어. 네가 훔쳐 갔다, 빨리 실토해라, 윽박지르기만 했지. 나중에 가게 주인의 멍청한 아들놈이 째벼 갔다는 게 밝혀지지 않았다면 나는 꼼짝없이 범인으로 몰렸을 거야."

"그 얘기, 전에도 들었어."

"그렇다면 내가 하는 말도 알아들었지?"

알긴 알지, 라고 다이스케는 중얼거렸다.

옷을 갈아입고 고이치는 동생의 어깨를 두드렸다.

"걱정하지 마. 다 잘될 거야. 가시와바라 형사 만나서 지금 어떤 상황인지 낱낱이 알아내고 올게."

"응, 나도 그건 별로 걱정 안 해. 하지만 이런 번거로운 짓을 꼭 해야 되는 거야? 이제 새삼 이런 말을 하는 건 이상하겠지만."

동생의 의문을 듣고 고이치는 한숨을 내쉬며 침대에 걸터앉았다.

"그건 벌써 몇 번이나 설명했잖아? 14년 전에 목격한 그 사람이다, 하이라이스의 맛이 똑같다, 하는 것만으로는 경찰이 과연 움직여줄지 미심쩍은 상황이야. 혹시 움직여주더라도 도가미가 범인이라는 증거를 잡아낸다는 보장이 없어. 그저 형식적으로 수사하는 척하다가, 아무것도 못 찾았습니다, 하고 포기해버릴 거란 말이야."

"하지만 경찰도 완전 바보는 아니잖아. 분명 어느 정도는 밝혀낼 거라고. 이를테면 아버지하고 도가미가 사설 도박장에서 서로 아는 사이가 되었다는 것쯤은 알아낼 거야."

"그래서?" 고이치는 고개를 갸웃하며 동생을 보았다. "그걸로 뭘 할 수 있지? 겨우 그걸로 도가미를 체포할 수 있을 거 같아?"

"그 밖에도 다른 증거들을 찾아낼 수도 있잖아. 어찌 됐든 경찰은 수사 전문가들이야. 형이 발견하지 못한 증거들이 나올지도 모른다고."

"나오지 않는다면? 결정적인 증거를 못 찾으면 그때는 어떻게 할 건데? 증거 불충분으로 경찰이 도가미를 풀어주는 꼴을 그냥 손가락 물고 쳐다볼 작정이야?"

"혹시 그렇게 된다면…… 그때야말로 레시피 작전 같은 걸 쓰면 되잖아?"

고이치는 얼굴을 찌푸렸다.

"넌 아직도 모르는구나. 일단 수사해서 도가미 주위에서 아무 증거도 찾아내지 못했는데 나중에야 증거가 펑펑 터져 나온다? 그러면 그야말로 경찰이 뭔가 이상하다고 생각하겠지. 당연히 우리를 의심할 거라고."

고이치의 지적에 더 이상 대꾸할 말이 없어서 다이스케는 입을 꾹 다물고 고개를 숙였다. 그런 동생을 보며 고이치는 말을 이어갔다.

"처음에 증거 조작을 결정했을 때부터 우리가 경찰에 나가는 건 가장 나중으로 잡아뒀어. 특히 네가 나서는 건 마지막의 마지막이야. 대질심문이라는 절차가 있다고. 네가 할 일은 체포된 도가미 마사유키를 보고 14년 전에 목격한 그 사람이 틀림없다고 단언해주는 거야. 그때까지 너는 도가미에 대해서는 알지도 못했고 당연히 의심했던 적도 없는 걸로 해두지 않으면 안 돼. 가시와바라 형사가 이제 곧 찾아낼 증거에 우리가 관계되어 있다는 건 절대로 들켜서는 안 된단 말이야."

고이치의 말투에 압도되었는지 다이스케는 고개를 떨구고

있었다. 그대로 슬쩍 끄덕거렸다.

"알았어. 형이 하는 일에 불만이 있는 건 아니야. 단지 시즈나가 위험한 일을 해야 되는 게 좀 불안해서 그래."

"그건 나도 마찬가지야. 하지만 지금은 한 차례 모험을 하는 수밖에 없어. 시즈나도 그 일을 자기한테 맡겨달라고 했잖아."

"그건 그렇지만……."

"너무 고민할 거 없어. 이제 조금만 더 힘을 내보자." 고이치는 다시 동생의 어깨를 다독였다.

맨션을 나와, 지하철을 연달아 갈아타며 도쿄역으로 향했다. 차 안의 손잡이를 잡은 채 광고판을 멍하니 올려다보면서 다이스케와 나누었던 대화를 곱씹었다.

분명 번거로운 방법이기는 했다. 직감에 따라 움직이는 성격의 다이스케에게는 답답하게 느껴졌을 것이다.

〈굿 소프트〉 2층에 몰래 들어갔던 날 밤의 일이 생각났다. 그날 밤, 고이치와 다이스케는 발바닥에 땀이 나게 뛰어다녔다. 〈굿 소프트〉에 절도의 흔적을 만들어놓은 다음, 미리 훔쳐둔 자동차를 타고 요코스카로 향했다. 차를 훔쳐 온 것은 다이스케였다. 예전에 자동차 수리 공장에서 일한 적이 있어서 구식 차라면 단 5분 만에 문을 열 수 있다고 평소부터 큰소리를 쳤었다.

공포감이 엄습했던 것은 둘이 각각 보트를 타고 먼바다를 향해 노를 젓기 시작했을 때였다. 평소에는 비교적 물결이 잔

잔한 곳이었는데 그날 밤만은 거칠게 뒤흔들리고 있었다. 게다가 남의 눈을 피하기 위해 둘 다 작은 헬멧 라이트 하나에 의지해야 했다. 혼자였다면 분명 포기했을 것이다. 둘이 서로 큰 소리로 말을 주고받았기 때문에 그렇게 먼바다까지 나갈 수 있었다.

어렵게 한쪽 보트를 뒤집어버린 뒤에 다른 쪽 보트를 타고 해안으로 다시 돌아왔다. 작업이 끝나자 도보로 요코스카주오 역까지 이동해 날이 밝을 때까지 근처에서 시간을 때우다가 전차를 타고 도쿄로 돌아왔다. 전차 안에서는 둘 다 완전히 곯아떨어졌다.

작업 하나하나가 모두 다 아슬아슬한 줄타기였다. 스스로도 용케 해냈다는 생각이 들 정도였다. 다이스케를 이런 위험한 일에 끌어들이는 게 마음에 걸렸지만, 고이치로서는 어떻게든 이번 계획을 성공시켜야 했다.

다이스케에게 대질심문이니 뭐니 하는 얘기를 하고 나왔지만, 가능하면 그와 시즈나만은 마지막까지 경찰과 맞닥뜨리지 않게 하자는 게 고이치의 생각이었다. 뭔가 진술을 하면 재판 때 증인으로 출두해야 할지도 모른다. 그 자리에는 도가미 유키나리도 참석할 것이다. 자신을 보석상이라고 했던 남자, 다카미네 사오리라고 이름을 댔던 여자가 나란히 피해자의 유족으로 등장한다면 도가미 유키나리는 분명 항의하고 나설 것이다. 자칫하면 지금까지 저지른 사기 행위가 드러날 우려도 있다.

무슨 일이 있어도 다이스케와 시즈나만은 지켜줘야 한다고 고이치는 마음먹고 있었다.

약속했던 커피숍에 도착하자 가시와바라와 하기무라가 작은 테이블 앞에 앉아 있었다. 고이치를 알아보고 두 사람은 반가운 웃음을 건네왔다.

"일도 바쁠 텐데 미안하다." 가시와바라가 말했다. "뭐 좀 마실래?"

"괜찮아요. 방금 전에 커피를 마시고 나왔어요. 그보다 저한테 하실 얘기가 뭔지……."

두 형사는 서로를 마주 보았다. 그런 다음에 하기무라가 입을 열었다.

"돌아가신 아버님이 양식당을 경영하셨잖아. 혹시 그쪽 동업자들과는 자주 어울리는 편이셨어?"

"동업자라면 요리하는 분들 말인가요?"

"아니, 아버님하고 똑같이 양식당을 하던 사람들 말이야."

"양식당……. 글쎄요." 고이치는 고개를 갸웃했다. "다른 양식당을 나무라는 얘기는 이따금 했었지만, 자주 어울렸는지 어떤지는 모르겠어요."

"나무랐다고? 어떤 식으로?"

"맛도 없는데 비싸게 받는다, 겉모양만 그럴싸하고 실속이 없다, 아마 그런 얘기였을 거예요. 죄송해요, 정확한 건 기억이 나지 않아서."

"그중에 〈도가미 정〉이라는 식당은 없었어?"

하기무라의 질문에 고이치는 가슴이 두근거렸다. 마침내 형사들에게 도가미 마사유키의 존재를 알린 것이다. 그래도 애써 태연한 척하며 고개를 저었다.

"〈도가미 정〉? 아뇨, 들은 적 없는데요."

33

고이치의 대답을 듣고 솔직히 하기무라는 낙담했다. 하지만 그와 동시에 어쩔 수 없다고도 생각했다. 14년이나 지난 옛날 일인 것이다. 게다가 당시 그는 초등학생이었다. 아버지의 인간관계를 파악하고 있다면 그게 도리어 이상한 얘기일 것이다.

"다른 양식당에 대해 들은 이야기는 그것뿐이야? 그 식당이 어디에 있다든가, 그곳에서 일하는 사람이 어떻다든가, 뭔가 생각나는 게 있으면 이야기 좀 해줄래? 아무리 사소한 것이라도 괜찮아."

하기무라의 말에 고이치는 팔짱을 끼고 생각에 잠기는 얼굴이 되었다. 하지만 곧바로 이상하다는 듯 이쪽을 바라보았다.

"그게 사건하고 무슨 관계가 있죠? 동업자가 범인이었어요?"

아냐, 아냐, 하고 하기무라는 급하게 손을 저었다.

"아직 확실하게 얘기할 만한 상황은 아니야. 단지 동업자가 어떤 형태로든 관련이 되었을 가능성이 있어. 그래서 잠깐 물어본 거야."

"뭔가 새로운 단서를 찾아냈군요?" 고이치는 하기무라와 가시와바라를 번갈아 바라보며 말했다. "그런 일은 저한테도 알려주시면 좋겠는데, 안 될까요?"

형사에게는 참으로 괴로운 질문이었다. 하기무라로서는 피해자의 유족에게 수사 진척 상황에 대해 상세히 설명해주고 싶은 마음이 있었다. 하지만 그 유족이 절대로 제삼자에게 흘리지 않으리라는 보장이 없는 것이다. 그런 정보를 노리고 매스컴이 접근해 오는 것도 경찰로서는 그리 달가운 일이 아니었다. 또한 용의자를 지레짐작한 유족이 자칫 난폭하게 나가는 경우도 미연에 방지해야 한다.

아, 그렇군요, 라고 고이치는 말을 이어갔다.

"지난번에 금시계를 보여주셨지요? 〈아리아케〉 신장개업 축하 시계. 그 시계로 뭔가 알아낸 거예요?"

하기무라가 어떻게 설명해야 할지 고민하고 있는데 옆에서 가시와바라가 "응, 그거야"라고 말했다.

"그 시계를 어떤 곳에서 훔쳐냈다는 것까지는 알아냈어. 문제는 왜 그곳에 그 시계가 있었느냐 하는 점이야. 그곳과 관련된 사람들을 조사하다 보니까 어느 양식당이 튀어나왔어. 단지 아직 사건과의 관련성은 정확히 알지 못하고 있어. 실은 아무 관계가 없을 수도 있어. 우리는 단순히 같은 양식당이라서 관심을 가진 것뿐이니까. 그래서 아직 자네에게 자세한 얘기를 해줄 만한 단계가 아니라는 거야."

가시와바라의 말을 들으면서 하기무라는 설명이 절묘하다고 내심 감탄했다. 중요한 부분은 밝히지 않으면서도 시계와 관련된 수사의 흐름은 효과적으로 전달해주었다.

고이치는 말없이 미간을 찌푸린 채 한참 생각해보더니 다시 얼굴을 펴고 하기무라 쪽을 향했다.

"아까 〈도가미 정〉이라고 하셨지요? 그 식당에 대해 아버지가 얘기한 적이 없느냐고 물으셨잖아요. 그러니까 지금 형사님들이 조사하는 양식당이 거기예요?"

하기무라는 고개를 끄덕일 수밖에 없었다.

"하지만 가시와바라 씨 말대로 아직 아무것도 밝혀진 게 없어. 이번 사건과는 관계가 없는지도 모르고. 그러니까 자네도 괜히 이상한 감정을 가져서는 안 돼. 우리를 믿고 사건이 해결되기를 기다리면 돼."

그러자 고이치는 쓴웃음을 지었다.

"경찰보다 앞서가려는 건 아니고요. 질문의 의도를 알아야 나도 좀 더 진지하게 생각해볼 수 있잖아요. 그냥 그것뿐이에요."

그렇군, 이라고 하기무라는 고개를 끄덕였다.

"아까 뭐라고 하셨더라. 아, 아버지가 다른 양식당에 대해 얘기한 적이 있었느냐는 거였죠?" 고이치는 테이블에 팔꿈치를 괴고 입을 꾹 다물었다. 어린 시절의 기억을 되짚고 있는 모양이었다.

"다른 식당의 특징이라든가 그런 얘기를 들은 적이 있었어?" 하기무라가 말했다.

"특징이라……."

"이를테면 뭔가 남다른 서비스를 해준다든가."

하기무라의 말에 고이치는 어깨를 흔들며 웃었다.

"양식당에서 무슨 남다른 서비스를 하겠어요?"

"그러니까 예를 들자면 그렇다는 거지."

서비스라면 뭐가 있을까, 라고 말하며 고이치는 진지한 얼굴로 돌아왔다.

"그러고 보니 배달을 해주는 양식당이 있다는 얘기를 들었던 것 같아요."

"배달?"

"우리 식당은 배달은 안 했었거든요. 일손이 모자랐으니까요. 아버지가 가끔 타지에 가면 양식을 배달시켜서 먹었던 모양이에요. 진짜 맛없는 하이라이스였다고 툴툴거렸어요. 아버지가 원래 요리에는 까다로운 편이었으니까요."

하기무라는 그 말을 듣고 〈도가미 정〉에 대한 얘기는 아닐 것 같다고 생각했다. 하이라이스가 큰 인기를 끌었던 가게인 것이다. 그만큼 잘나가는 식당이라면 따로 배달을 해줄 여유도 없었을 것이다.

"어디에 갔었는데?" 가시와바라가 물었다.

"뭐가요?"

"자네 아버지 말이야. 가끔 갔던 타지라는 게 구체적으로 어디였지? 식당 일 때문에 웬만해서는 외출이 어려웠을 텐데?"

"그건 그렇죠. 하지만 일요일은 쉬는 날이었거든요." 그렇게 말하고 고이치는 뭔가 퍼뜩 생각난 듯이 아하, 하고 입을 살짝 벌렸다.

왜 그러느냐고 하기무라가 물었다.

고이치는 몸을 숙인 채 거북한 표정으로 입술을 깨물고 있었다. 왜 그러느냐고 하기무라가 다시 한번 물어보려고 했을 때, 그가 얼굴을 들었다.

"그거예요, 경마. 그 경마 도박을 하러 갔을 거예요."

"아, 사설 도박장 말이구나?"

고이치는 턱을 당겼다.

"그런 불법적인 곳이라는 건 그때 당시에는 알지도 못했지만, 아버지가 한참 경마하러 나다닐 때 그 배달 이야기를 했던 것 같아요."

흐음, 하고 하기무라는 고개를 끄덕였다. 그는 사설 도박장에 얽힌 이야기라면 별로 흥미가 없었다. 그 사설 도박장 사건과 이 사건이 아무 관계도 없다는 건 벌써 4년 전에 판명된 것이다.

하지만 가시와바라 쪽을 흘끗 돌아본 하기무라는 가슴이 철렁했다. 그가 진지한 눈빛으로 노려봤기 때문이다. 무언가를 전하려고 하는 기미가 전해져왔다.

"왜요?" 하기무라가 물었다.

"아니, 아무것도 아니야. 고이치 군도 바쁠 테니까 오늘은 이 정도만 하자고. 양식당 일은 좀 더 생각해보는 게 좋겠어."

"아, 예, 그게 좋겠네요."

하기무라는 가시와바라의 의도를 눈치챘다. 중대한 뭔가를 깨달았지만 그걸 고이치 앞에서는 말하고 싶지 않은 것이다.

"자, 그럼 여기까지만 하자. 수고했어." 하기무라는 고이치에게 말했다.

"이제 됐어요?" 갑작스럽게 얘기가 끊긴 탓인지 고이치는 당황하는 눈치였다.

"다음에 또 보자. 잘 부탁해. 오늘 고마웠어."

네에, 라고 고개를 끄덕이며 고이치는 자리에서 일어섰다.

"동생하고 연락은 하나?" 가시와바라가 물었다. "동생 이름이 다이스케였지? 지난번에 전혀 안 만난다고 했는데, 아직도 연락처를 모르는 건가?"

고이치는 아픈 곳을 찔린 듯한 표정을 지은 뒤, 머리를 긁적였다.

"연락하려고 하면 뭐, 안 될 건 없는데요……."

"그러면 한번 연락해봐. 수사에 협조를 요청해야 할지도 모르니까."

"벌써 14년이나 지났어요. 다이스케 녀석, 벌써 범인의 얼굴도 다 잊어버렸을 거예요."

"그러니까 그 점을 좀 확인해보려고 그래."

고이치는 망설이듯이 눈을 깜빡였지만, 이내 작은 소리로 대답했다.

"알았어요, 연락해볼게요. 아마 전화번호는 안 바꿨을 테니까요."

"응, 그렇게 좀 해줘. 그리고 자네로서도 그러는 게 더 좋아."

가시와바라의 말에 고이치는 고개를 약간 갸웃하더니, 그럼 실례하겠습니다, 라는 인사를 남기고 자리를 떴다.

"왜 동생들을 안 만날까요?" 고이치가 시야에서 사라진 뒤에 하기무라는 말했다.

"동생이 아동시설을 나온 직후에는 함께 살았던 모양이야. 근데 동생이 착실히 일하지 않으니까 화가 나서 잔소리를 했고, 아마 그런 일로 의가 상한 것 같아. 나도 자세한 건 모르겠어."

"여동생은 어디서 어떻게 지낼까요?"

"그쪽은 원래부터 호적상의 여동생이 아니야. 아동시설을 나온 뒤로는 소식도 모르는 모양이야."

"저런, 그렇군요⋯⋯."

하기무라의 뇌리에 어린 세 아이의 모습이 떠올랐다. 무슨 일인지도 알지 못하던 어린 소녀, 충격이 너무나 커서 말문이 닫혀버린 소년, 그 두 사람에게 약한 모습을 보이지 않으려고 애써 눈물을 삼키던 큰아들―. 그들이 잃은 것이 얼마나 컸는지를 생각하면 이 사건은 풍화되어서는 안 된다. 더구나 공소시효가 성립하는 어처구니없는 결과로 끝나는 일만은 절대로 막아야 한다.

"그보다, 아까 그 얘기 듣고 뭔가 생각나는 거 없었어?" 가시와바라가 물었다.

"사설 도박장 건 말인가요? 아뇨, 나는 별로⋯⋯. 가시와바라 씨는 뭔가 알아낸 게 있어요?"

"그 사설 도박단이 판을 벌인 장소가 사쿠라기초 아니었어?"

"사쿠라기초……. 그랬던가요? 분명 다방이었는데, 이름을 잊어버렸네요. 근데 사쿠라기초라면 그 DVD 가게 옆이잖아요?"

"한번 확인해보자고." 가시와바라는 기운차게 자리에서 일어섰다.

다이스케가 시즈나의 맨션에 갔을 때, 그녀는 스탠드 거울 앞에서 감색 원피스를 입어보고 있는 참이었다.

"뭐 하냐?"

"도가미 집에 갈 때 입을 옷을 고르는 중이야. 저기 정장하고 이 원피스, 어느 쪽이 더 좋을까?"

"어느 쪽이건 무슨 상관이야? 그보다, 날짜는 정해졌어?"

"그에게서 연락 오기를 기다리고 있어. 이르면 다음 주말이 될 거라고 했거든."

그, 라는 말투에 다이스케는 가벼운 이질감을 느꼈다. 하지만 무엇이 마음에 걸리는지는 스스로도 알지 못했다.

"형이 되도록 빨리 하라던데? 아까 가시와바라 형사한테 전화가 와서 형이 만나러 나갔어. 아마 경찰에서 드디어 〈도가미정〉을 주목하게 된 거 같대."

"그래? 그럼 서둘러야겠네." 시즈나는 들고 있던 원피스를 침대에 펼쳤다. 그러고는 먼저 골라둔 정장과 비교해보더니 바닥에 털썩 앉았다. "도가미 저택에서 레시피 작전을 성공시키면 내 역할은 끝나는 거지?"

"응, 그다음은 경찰에 맡겨두면 된다고 형이 말했어. 계획대로 모두 착착 진행되고 있어. 역시 형은 대단해."

하지만 시즈나는 별다른 대답 없이, 침대에 늘어놓은 옷만 바라보고 있었다. 이윽고 한숨을 내쉬더니 어깨를 으쓱 쳐들었다.

"나, 정말 웃긴다. 가만 생각해보니 이번에 만나고 나면 다카미네 사오리라는 여자는 이 세상에서 사라지는 거야. 그러면 뭘 입고 가든 상관없잖아. 이제 유키나리의 마음을 끌 필요도 없으니까."

"너무 요란한 옷차림이면 싫어할지도 모르지. 그냥 평범한 걸로 입으면 되잖아."

"그렇지?" 시즈나는 침대의 옷을 정리하기 시작했다.

"그나저나 자료 좀 가져왔어." 다이스케는 들고 있던 종이봉투를 내려놓았다.

"자료라니, 무슨?"

"유학에 관한 사항이라든가 캐나다에 대한 거. 다카미네 사오리는 캐나다로 유학을 가는 거잖아. 이래저래 알아두지 않으면 진땀깨나 흘릴걸?" 다이스케가 빙글빙글 웃으며 말했다.

"칫, 괜찮아."

"뭐가 괜찮아?"

"그딴 거, 필요 없다는 얘기야. 내가 잘할 거니까 걱정 마."

"나도 힘들여 챙겨 왔는데 그렇게 말하면 안 되지. 게다가 그쪽 집에서 유학에 대해 시시콜콜 물어볼 거라고. 중언부언 대답을 잘 못하면 수상하게 생각할 거 아냐. 레시피 작전에 성공하려면 절대로 의심을 사면 안 되잖아."

"나도 알아, 그딴 거." 시즈나가 짧게 내뱉었다. "내가 잘한다니까? 유키나리는 이번만 만나고 끝이야. 그다음에는 만날 일이 없으니까 의심을 받을 일도 없어."

사납게 쏘아붙이는 바람에 다이스케는 할 말을 잃고 멍하니 서 있었다. 그러자 시즈나가, 아, 미안, 이라고 중얼거렸다. "끝까지 방심하면 안 되겠지? 미안해. 자료는 이따가 잘 읽어볼게. 그리고 그쪽 집에 가는 날짜가 정해지면 연락할게."

알았어, 라고 말한 뒤 다이스케는 발길을 돌려 현관으로 향했다.

몬젠나카초의 맨션에 돌아오자 고이치가 벌써 돌아와 있었다. 다이스케를 돌아보며 손끝으로 오케이 사인을 그렸다.

"내 짐작이 적중했어. 경찰이 마침내 〈도가미 정〉 쪽을 주목하게 됐다고." 형의 목소리는 신이 나 있었다. "지금 당장 도가미 마사유키를 용의자로 취급하지는 못하겠지만, 그만큼 자료가 갖춰졌으니까 틀림없이 본격적으로 뛰어줄 거야. 잘하면 우리가 발견하지 못한 증거까지 찾아내줄 수도 있어."

"응, 잘됐네……."

다이스케가 미적지근하게 대꾸하자, 역시 고이치는 불만스러운 듯 입가가 삐뚜름해졌다.

"뭐야, 아직도 불만이 있어?"

"아니, 그런 게 아냐. 방금 시즈나한테 다녀왔어. 형의 계획이 착착 진행되고 있으니까 레시피 작전을 서두르라고 말했어."

"그래서, 시즈나는 뭐래?"

다이스케는 고개를 저었다.

"시즈나, 아무 말도 안 해. 잘할 테니까 걱정 말래."

"근데 왜 그렇게 시무룩한 얼굴이야? 무슨 문제라도 있는 거야?"

다이스케는 대답을 망설였다. 조금 전에 생각난 것을 고이치에게 말해야 할지 말지, 마음을 정하지 못했다. 하지만 자기 혼자 해결할 수 있는 일은 아닌 것 같았다.

야, 다이스케, 하고 고이치가 답답하다는 목소리를 냈다.

"시즈나가……." 다이스케는 형의 눈을 빤히 바라보며 말했다. "좋아하는 거 같아."

"뭐?" 고이치가 얼굴을 찌푸렸다. "무슨 소리야?"

"시즈나가 도가미 유키나리를 좋아한다고. 이건 진짜야. 작전상 연기하는 게 아냐. 진심으로 사랑에 빠져버렸어."

34

고이치가 얘기를 꺼내기 전부터 시즈나는 바짝 긴장한 표정이었다. 큰오빠의 호출을 받은 시점에 이미 뭔가 예감을 했는지도 모른다.

길게 말을 늘어놓는 일 없이 고이치는 직접적으로 질문을 던졌다. 시즈나는 허를 찔린 듯 눈이 둥그레졌다. 놀람과 낭패의 빛이 떠오르는 것을 고이치는 놓치지 않았다. 하지만 다음 순간, 그녀는 어이없다는 얼굴로 웃고 있었다.

"에이, 뭐야. 무슨 소리를 하는 건지 모르겠네. 지금, 농담하는 거야?"

침대에 앉아 있던 시즈나는 두 오빠를 번갈아 바라보았다. 다이스케는 벽에 몸을 기댄 채 팔짱을 끼고 서 있었다.

"질문은 내가 했어. 시즈나, 솔직하게 대답해봐." 고이치가 말했다.

시즈나는 후유 하고 크게 한숨을 내쉬었다.

"그럴 리가 없잖아. 대체 왜 그래? 아, 다이스케 오빠가 뭔가 이상한 소리를 했구나?" 다이스케를 흘겨보았다.

그가 침묵하는 것을 보고 확신을 가졌는지 시즈나는 어처구니없다는 듯 얼굴을 찌푸렸다.

"아까는 잠깐 신경질을 냈지만, 내가 미안하다고 했잖아. 근데 큰오빠한테 말도 안 되는 소리를 일러바치고, 정말 너무한 거 아냐?"

"네가 신경질 낸 게 화가 나서 내가 말도 안 되는 소리를 했다는 거야?"

"아니야?"

다이스케는 고개를 저었다.

"나는 형한테 꼭 알려야 할 일이라고 생각해서 말했어."

"내가 진짜로 유키나리를 좋아한다고? 아휴, 말도 안 돼." 시즈나는 고개를 홱 돌려버렸다.

그런 그녀를 빤히 바라보다가 고이치는 천천히 입을 열었다.

"시즈나, 네가 어떤 마음인지는 우리에게 아주 중요한 일이야. 우리가 지금 하려는 일은 아이들 장난이 아니야. 아차 한 발 잘못 디디면 도가미가 아니라 우리가 교도소에 가게 돼. 네가 맡은 레시피 작전은 이번 계획의 노른자고, 다카미네 사오리의 존재도 정말 중요해. 결국 너한테 모든 게 달려 있는 셈이야. 그런 네가 조금이라도 유키나리에게 호감을 품고 있다면 그건 정말 큰 문제야. 어때, 사실대로 말해봐."

시즈나는 머리를 설레설레 내저으며 고이치를 바라보더니 피식 웃어버렸다.

"오빠, 머리가 어떻게 된 거 아냐? 그자는 아빠와 엄마를 죽인 범인의 아들이란 말이야. 그런 사람을 내가 어떻게 좋아할 수 있겠어? 절대로 있을 수 없는 일이야!"

고이치는 그녀를 정면으로 바라보았다.

"우리 계획이 무사히 진행되면 도가미 마사유키는 체포될 거야. 당연히 〈도가미 정〉의 경영에도 영향을 미치겠지. 어쩌면 모든 체인점이 다 망할지도 몰라. 유키나리 역시 아무 피해 없이 넘어갈 리가 없어. 새 체인점을 낸다는 얘기는 두말할 것도 없고. 어쩌면 평생 남의 눈을 피해 살아가야 할지도 몰라. 나쁜 건 그자가 아니라 그 아버지 쪽이지만, 결과적으로 일이 그렇게 될 거야. 시즈나, 그래도 괜찮은 거지?"

"물론이지. 살인자의 아들인데 그 정도는 감수할 수밖에 없는 거 아냐?"

"그래도 너는 마음이 아프지 않은 거지?"

고이치의 말에 시즈나는 분노의 눈빛을 보였다.

"왜 내가 마음이 아파? 나는 복수할 거야. 유키나리도 마찬가지야. 제 아버지가 벌어들인 돈으로 남부럽지 않게 대학까지 다녔으니까 조금쯤 험한 일을 당해도 싸지. 그렇게 생각하는 게 당연한 거 아냐?"

그녀가 목소리를 높이자 고이치는 손을 들어 제지했다.

"그렇게 큰 소리로 얘기하지 마. 이웃에 다 들리겠다."

"그래도 오빠들이 이상한 소리를 하니까……." 시즈나는 입술을 깨물었다.

고이치는 그녀를 바라보며 의자에 앉은 채 몸을 좌우로 까딱까딱 흔들었다. 이윽고 그 움직임을 멈추더니 후우 한숨을 내쉬며 고개를 끄덕였다.

"네 말을 믿을게. 나로서는 어떤 사소한 일이라도 의문이 생기면 확실하게 풀고 싶었어. 그래서 혹시나 하고 물어본 거야."

"못됐다, 나를 의심하다니." 시즈나는 고개를 숙였다.

"아냐, 의심했던 건 아니야. 그저 확인을 했을 뿐이지. 이 이야기는 그만하자. 갑자기 호출해서 미안했다."

"이제 됐어?"

"응, 됐어. 레시피 작전, 잘해줘."

알았다고 고개를 끄덕이며 시즈나는 침대에서 일어섰다.

시즈나가 나가는 것을 배웅해준 뒤에 다이스케가 고이치 쪽을 보았다. 석연치 않은 표정이었다.

"시즈나가 하는 말, 믿는 거야?"

고이치가 대답하지 않자 다이스케는 답답하다는 듯이 머리를 쥐어뜯었다.

"내 감이 정확하다니까. 시즈나라면 내가 가장 잘 알아. 형도 알고 있을지 모르지만, 내가 시즈나와 함께 있는 시간이 더 많았잖아? 시즈나가 작전상 연기하는 모습을 이 눈으로 수없이 봐왔어. 그런 내가 하는 말이야. 틀림없어. 나를 믿어줘."

고이치는 의자 팔걸이 위에 팔꿈치를 대고 뺨을 괴었다.

"누가 안 믿는데?"

"뭐? 하지만……."

"네 말대로 나 역시 시즈나라면 훤히 알아. 남자 문제로 저렇게까지 열을 내며 불끈하는 건 분명 처음이야."

"형……."

"이제 와서 방향 전환을 할 수도 없고, 정말 큰일 났다." 고이치는 괴었던 팔을 풀더니 이번에는 이마를 짚고 고민에 빠졌다.

유키나리의 말을 듣자마자 기미코는 노골적으로 불쾌한 표정을 보였다. 그녀의 미간에 잡힌 주름을 보며 예상했던 대로구나, 하고 유키나리는 생각했다.

"전에도 말했지만, 내가 이래저래 신세를 진 사람이라니까. 별로 힘들 것도 없잖아요. 집 안을 잠깐 둘러보게 해주는 것뿐이야."

"힘들 거야 없지만, 그 여대생이 너무 염치없는 부탁을 했잖아."

"염치없다고 할 정도는 아니지. 집 구경이 뭐 대단한 일이라고."

"아니, 손님으로 찾아오면 우리도 뭔가 대접을 해야 할 거아니야."

유키나리는 어리둥절해서 고개를 저었다.

"그런 건 절대 걱정하지 말라고 그녀가 신신당부를 했어. 집 안을 한 바퀴 둘러보고 금세 돌아갈 거라고."

"그래도 차 한잔은 대접해야 할 거 아냐?"

"차 한잔쯤은 내가 대접할게. 어머니한테 뭘 해달라고 부탁하는 거 아니야." 유키나리는 부엌 입구에 선 채로, 안에서 설거지를 하는 기미코를 향해 약간 거친 어조로 말했다.

"왜들 그러냐?" 거실 문이 열리고 평상복으로 갈아입은 마사유키가 얼굴을 내밀었다. 그는 방금 전에 집에 돌아온 참이었다.

기미코가 부엌에서 나왔다.

"얘가 집에 여자를 데려오겠다지 뭐예요."

엇, 하고 마사유키는 뜻밖이라는 얼굴을 했다. "어떤 아가씨인데?"

"이상한 사람 아니야. 아버지도 아는 여자예요, 다카미네 씨."

"아, 그 아가씨? 근데 우리 집에 무슨 볼일이 있어서?"

유키나리는 그녀가 이제 곧 유학을 떠날 예정이고, 그래서 서양식과 일본식을 절충한 주택을 한번 구경하고 싶어 한다는 이야기를 했다.

"그런 거라면 괜찮지."

"나도 그렇게 생각하는데 어머니가 자꾸 반대를 해서요."

"애는, 내가 언제 반대를 했다고 그래?"

"그럼 대체 왜……." 유키나리가 대꾸하려는데 집 전화가 울렸다. 기미코가 전화를 받았다.

유키나리는 한숨을 쉬며 거실 소파에 털썩 앉았다.

"네가 지난번에 묘한 소리를 했던 것 같은데, 우리 식당과 똑같은 맛의 하이라이스 얘기를 했던 사람이 그 다카미네라는 여대생이냐?" 마사유키가 불쑥 물어왔다.

아버지 쪽에서 먼저 그 화제를 꺼낼 줄은 미처 예상도 못 했기 때문에 유키나리는 허를 찔린 듯한 기분으로 아버지를 마주 보았다.

"예, 맞아요. 그 식당의 이름까지는 잘 모르지만, 주인의 성씨가 야자키라고 얘기했었어요. 아버지도 뭔가 생각나시는 게 있어요?"

"야자키……? 아니, 전혀 생각나는 게 없어." 마사유키는 고개를 갸웃거렸다. 시치미를 떼는 것처럼은 보이지 않았다.

부엌에 있던 기미코가 얼굴 표정이 달라진 채 거실로 나왔다. 손에 무선전화기를 들고 있었다.

"여보, 경찰서라는데?" 마사유키에게 말했다.

마사유키의 얼굴에 긴장의 빛이 내달렸다. 유키나리도 숨을 삼켰다. 체인점 어딘가에서 무슨 문제라도 일어났나, 하는 걱정이 앞섰다.

"어디 경찰이야?"

"가나가와 현경이래요."

"가나가와 현경?" 의아한 얼굴로 마사유키는 손을 내밀었다. 기미코가 건네준 전화기를 받아 들고 귀에 댔다.

마사유키가 전화로 통화하는 것을 유키나리는 곁에서 들었다. 아무래도 상대가 집으로 직접 찾아오겠다고 하는 것 같았다. 자세한 용건에 대해서는 전화로 말할 수 없는 모양이었다.

그럼 잠시 뒤에 뵙겠습니다, 라고 말하며 마사유키는 전화를 끊었다. 유키나리를 돌아보며 "무슨 일인지 짐작 가는 거 없어?"라고 물었다.

"본점에서 뭔가 사고가 났나?" 유키나리는 말해보았다.

"그런 일이라면 본점 직원이 맨 먼저 나한테 연락했겠지."

그건 그렇다고 생각하며 유키나리는 입을 다물었다.

30분쯤 뒤에 인터폰의 차임벨이 울렸다. 기미코의 안내를 받으며 응접실에 들어온 사람은 두 명의 형사였다. 30대 후반으로 보이는 체격 좋은 남자, 그리고 눈매가 날카롭고 여윈 남자. 이쪽은 50세 전후로 보였다.

나이 든 쪽이 요코스카 경찰서의 가시와바라라고 이름을 밝혔다. 젊은 쪽은 하기무라 형사라고 했다. 하기무라는 종이봉투를 들고 있었다.

"우리가 동석해도 괜찮을까요?" 유키나리가 물었다.

"물론 괜찮습니다. 가족분들께도 확인하고 싶은 게 있으니까요." 가시와바라가 웃음을 띠며 대답했다.

두 형사와 마주하는 모양새로 유키나리는 마사유키와 나란히 앉았다. 기미코는 부엌에서 차를 준비하고 있었다.

"우선 확인해주실 물건이 있습니다."

가시와바라가 말을 하는 것과 동시에 옆자리의 하기무라가 종이봉투에 손을 넣었다. 그리고 안에서 꺼낸 것을 테이블 위에 올려놓았다. 비닐봉지에 든 네모난 깡통이었다. 상당히 오래된 것인지 군데군데 녹이 슬어 있었다.

"뭡니까, 이게?" 마사유키가 몸을 내밀어 들여다보았다.

"본 적이 없으십니까?" 가시와바라가 물어왔다.

마사유키는 미간을 좁히며 고개를 갸웃거렸다. 그것을 보고 가시와바라는 유키나리 쪽으로 시선을 던졌다.

"아드님은 어때요? 이 통을 어디선가 본 적이 있습니까?" 나아가 부엌 쪽으로도 말을 건넸다. "저기, 부인께서도 좀 봐주십시오."

유키나리는 비닐봉지 안을 찬찬히 살펴보았다.

"사탕 깡통인 것 같군요."

"그래요. 20년 가까이 지난 것이고, 요즘은 팔지 않는 상품이지만."

기미코가 차를 내왔다. 각자 앞에 찻잔을 내려놓으며 테이블 위를 보았다.

"이 물건들은 뭐예요?"

가시와바라는 그녀의 물음에는 대답하지 않고, 마사유키를 빤히 바라보았다.

"예전에 요코하마의 사쿠라기초에서 사셨지요?"

"예, 벌써 10년도 더 된 일입니다만." 마사유키가 대답했다.

"이쪽으로 이사하신 뒤로 그곳에 가본 적은 없습니까? 안에 들어가본다든가."

"아뇨, 들어가본 적은 없어요. 그저 그 근처를 지나가면서 쳐다보는 정도였죠."

가시와바라의 시선이 이번에는 이쪽으로 향하길래 유키나리는 "저도 아버지와 똑같아요"라고 대답했다. 형사가 왜 그런 질문을 하는지 전혀 짐작이 가지 않았다.

"그래요? 실은 이 사탕 통이 그 가게에 있었어요."

가시와바라가 하는 말의 의미를 유키나리는 언뜻 알아들을 수 없었다. 마사유키도 마찬가지였는지 의아한 얼굴로 형사를 마주 보고 있었다.

"그곳이 지금은 DVD 가게가 됐거든요." 가시와바라는 말했다. "최근에 그 가게에 도둑이 들었는데 이 깡통을 그때 훔쳐 낸 모양입니다. 근데 이상하게도 현재 그 가게 사람들은 이런 물건은 본 적도 없다는 거예요. 그래서 우리가 조사해봤더니 아무래도 이게 벽장의 천장 위에 숨겨둔 것 같아요. 그래서 전에 그곳에 사셨던 도가미 씨에게 문의해보려고 이렇게 찾아온 겁니다."

"천장 위에? 어디의 천장인데요?" 마사유키가 물었다.

"2층 벽장이에요. 점검구 옆의."

마사유키는 고개를 저었다.

"나는 전혀 모르겠는데요. 그런 곳은 열어본 적도 없어요. 아, 혹시 네가 숨겨뒀던 거냐?" 유키나리에게 물어왔다.

"나도 전혀 모르겠어요, 이런 건."

아들의 말에 마사유키는 고개를 끄덕였다.

"뭔가 착오가 있었던 게 아닙니까? 아무래도 우리와는 관계가 없는 것 같군요."

"그러면 깡통 속의 물건을 확인해주시겠습니까?"

가시와바라가 말하자 아까와 마찬가지로 하기무라가 종이봉투에 손을 넣었다. 역시 비닐봉지를 꺼냈지만 이번에는 한 가지가 아니었다.

지갑, 루주, 콤팩트. 그리고 금장 시계. 모두 오래된 물건들이었다.

가장 먼저 손을 내민 것은 기미코였다. 그녀는 루주와 콤팩트가 들어 있는 비닐봉지를 집어 들고 찬찬히 들여다본 뒤에 고개를 흔들며 다시 내려놓았다.

"내 것이 아닌데? 이런 건 쓴 적이 없어요."

"다른 물건은 어떻습니까? 지갑이라든가 시계라든가." 가시와바라가 마사유키와 유키나리를 번갈아 보았다.

나는 전혀 본 적이 없는데, 라고 유키나리가 중얼거렸을 때, 마사유키의 손이 쑥 나오더니 금시계가 든 비닐봉지를 집었다. 그것을 가만히 바라보며 뭔가 생각에 잠긴 얼굴이 되었다.

"그것을 본 기억이?"

형사의 눈이 반짝 빛나는 것처럼 느껴졌다.

"아, 아니에요." 마사유키는 고개를 가로젓고 비닐봉지를 돌려놓았다. "아무것도 아닙니다."

"이 시계는 특별한 물건이죠." 가시와바라가 말했다. "어떤 가게의 신장개업 축하차 친구들이 가게 주인에게 선물한 것이라는군요. 그 가게라는 게 양식당이고 가게 이름은 〈아리아케〉라고 하는데, 혹시 아십니까?"

양식당이라는 말에 유키나리가 반응을 보였다. 저도 모르게 옆자리를 돌아본 것이다.

하지만 마사유키는 무표정한 얼굴이었다. 눈을 몇 차례 깜빡거린 뒤 "아뇨, 나는 모르겠는데요"라고 조용히 대답했다.

35

하기무라는 도가미 마사유키의 기척을 찬찬히 관찰했지만, 눈에 띄는 변화는 감지하지 못했다. 〈아리아케〉라는 이름을 들었을 때도 도가미는 무표정이었다. 하지만 어느 정도 나이를 먹은 사람은, 특히 도가미처럼 오랜 세월 회사를 경영해 온 사람은 설령 충격적인 일이 생기더라도 겉으로 드러내지 않는다는 것을 하기무라는 지금까지의 경험으로 잘 알고 있었다. 오히려 양식당이라는 말에도 전혀 아무 반응을 보이지 않는 점이 조금 마음에 걸렸다. 아들인 유키나리는 양식당이라는 말을 듣고 적잖이 놀라는 기색이었지만 그게 오히려 더 자연스러운 감이 들었다.

도가미 마사유키가 금시계에 손을 내밀어 찬찬히 들여다보았던 것도 마음에 걸렸다. 하기는 이런 물건들을 보여주었을 경우, 도가미 같은 연령대의 남자라면 우선 금시계 쪽에 눈이 가는 게 일반적이라고 할 수 있었다. 〈굿 소프트〉의 사장도 가장 먼저 금시계를 집었다. 도가미의 아내가 콤팩트와 루주에만 관심을 보인 것과 마찬가지다.

"첫 번째 〈도가미 정〉이 사쿠라기초에 있었을 무렵에 그 근처에 〈선라이즈〉라는 다방이 있었던 것을 기억하십니까?" 가시와바라가 물었다. 오늘은 그가 주도적으로 대화를 진행하기로 이 집에 오기 전에 미리 정해두었다.

"〈선라이즈〉라……. 글쎄, 모르겠는데요. 다방은 몇 군데 있었던 걸로 기억합니다만, 그 이름까지는 생각나지 않는군요." 도가미가 대답했다. 역시 특별히 표정이 바뀐 것처럼은 보이지 않았다.

"그 무렵에 〈도가미 정〉에서는 배달 주문을 받았다고 하던데요?"

가시와바라의 물음에 도가미는 고개를 끄덕였다.

"네, 그랬죠. 하지만 그리 긴 기간은 아니었어요."

"배달을 해주던 곳 중의 하나가 그 다방입니다. 당시 그곳에 드나들던 사람이 그렇게 말했어요. 배가 고플 때는 근처 〈도가미 정〉에 배달을 부탁했다고요. 다방에 배달을 나가는 건 그리 흔한 일은 아니니까 기억하고 계실 텐데요?"

도가미 마사유키는 팔짱을 끼고 한참이나 고개를 숙이고 있었다.

여기서 입을 연 것은 도가미의 아내였다.

"아, 그러고 보니 그런 다방이 있었잖아요?" 남편을 향해 말했다. "번번이 어중간한 시간에 주문을 했어요. 일요일 2시 같은 때에. 주문해주는 건 고맙지만, 저마다 다른 것을 주문하는 통에 무척 힘들었던 게 생각이 나네."

그녀의 말을 받아 도가미는 고개를 끄덕였다.

"나도 방금 그 다방이 생각난 참이야."

"가게 이름에 '선'이라는 단어가 붙었던 게 기억이 나. 항상 내가 전화를 받았으니까."

아무래도 틀림없는 것 같았다. 하기무라는 가시와바라의 옆얼굴을 흘끔 쳐다보았다.

"그 다방에 어떤 사람들이 드나들었는지 생각나세요?" 가시와바라는 질문을 밀고 나갔다.

"다방 손님요? 아이, 그것까지는……." 도가미 마사유키는 쓴웃음을 지었다. "우리야 그저 주문받은 것을 배달해주는 것뿐이었어요. 가게 입구에서 내주고 오기 때문에 어떤 사람들이 와 있었는지는 모르죠."

"손님 중에 양식당을 경영하는 사람이 있었어요. 〈아리아케〉라고 하는 식당이죠."

아, 하는 소리를 흘린 것은 도가미 유키나리였다. 그의 눈은 시계가 들어 있는 비닐봉지 쪽에 가 있었다.

"이 시계의?"

"맞아요, 그 식당. 가게 주인의 성씨도 아리아케 씨였어요. 그래서 혹시 도가미 씨가 그 식당과 뭔가 관계가 있는 건 아닌가 하고 생각하는데요."

하지만 도가미 마사유키는 고개를 저었다.

"아뇨, 기억에 없어요. 조금 전에도 말했지만 내가 그 다방 손님과 직접 얼굴을 마주하는 일은 없었어요. 손님 중에 양식당 사장이 있었다는 것도 지금 처음 알았습니다. 이 시계에 대해서도 짐작 가는 게 없어요."

"네, 그렇게까지 단언하신다면 모르시는 거겠지요." 가시와바라는 시원스럽게 대답했다. 현재로서는 더 이상 깊이 캐물을 만한 재료가 없기 때문일 터였다.

"그런데 이건 어떤 사건의 수사입니까?" 도가미 마사유키가 물어왔다. "꽤 오래전의 일을 조사하는 것 같은데, 원하시는 게 뭔지 모르겠군요."

하기무라는 조용히 지켜보기로 했다. 가시와바라가 웃는 얼굴로 상대를 바라보았다.

"말씀하시는 대로, 실은 꽤 오래전에 일어난 사건에 대해 조사하고 있어요. 장기 미제 사건인데, 이 사탕 통의 물건들이 중요한 단서가 될 가능성이 있어서요. 그래서 누가 그 천장 위에 숨겨뒀는지 밝히려는 거예요."

"어떤 사건이지요?" 도가미 유키나리가 물어왔다.

"그건 자세히 말씀드릴 수가 없군요. 이 사탕 통을 보고 뭔가 생각나는 게 있으시다면 이야기는 달라집니다만."

도가미 유키나리는 형사들의 말이 못마땅하다는 표정으로 옆에 앉은 아버지를 보았다.

"우리와는 아무 관계가 없는 것 같습니다." 도가미 마사유키가 침착한 목소리로 말했다. "이런 물건이 왜 그 집 천장 위에 있었는지 모르겠지만, 적어도 우리가 넣어둔 것은 아니에요."

마사유키는 눈을 돌리는 일도 없이 딱 잘라 말했다.

알겠습니다, 하고 가시와바라가 고개를 끄덕였다.

"밤늦은 시간에 실례가 많았습니다. 혹시 나중에 뭔가 생각나는 게 있으면 번거롭더라도 꼭 연락 주십시오. 제 명함을 놓고 갈 테니까요, 직장이든 휴대전화든 다 괜찮습니다." 그렇게 말하고 그는 명함을 테이블에 올려놓았다.

도가미를 나와 걸음을 떼자마자 하기무라가 물었다.

"어떻게 생각해요?"

"글쎄, 판단을 내리기가 힘들어." 가시와바라는 떨떠름한 얼굴을 하고 있었다. "그 사람, 시계를 가장 먼저 집었지?"

"맞아요. 그래서 나도 뭔가 냄새가 난다고 생각했어요."

"아니, 나는 그 반대야."

"반대라고요?"

"양심에 찔리는 물건이라면 그런 식으로 쉽게 손을 내밀지는 못할 거잖아. 만일 도가미 씨가 아리아케 사건의 범인이고, 그게 그때 빼앗아 온 시계라면 그걸 집어 드는 건 당연히 망설여졌겠지."

"그러면 도가미 씨는 결백하다는 건가요?"

"아니, 그렇게 딱 잘라 말할 수도 없어. 그 사람이 배달을 나간 다방에 아리아케 유키히로가 있었다는 건 도저히 우연이라고는 생각할 수 없으니까."

"그 점에 대해서는 동감이에요."

아리아케 고이치가 말했던 사설 도박장에 배달을 해준 양식당이 〈도가미 정〉인지도 모른다고 하기무라와 가시와바라는 생각했다. 그래서 〈선라이즈〉에 드나들었던 자들을 탐문해보았다. 그들로서는 당시의 일은 다시 생각하고 싶지도 않은지 한결같이 싫은 내색을 보였지만, 배달 주문을 했던 양식당에 대해 알아내는 건 그리 어렵지 않았다. 식당 이름 같은 건 잊어버렸다, 혹은 원래부터 그런 건 몰랐다고 하는 몇 명을 제외하고 모두가 〈도가미 정〉이라고 대답했다.

단지 그들이 기억하는 건 거기까지였다. 어떤 사람이 배달을 왔었느냐는 질문에 대답을 해준 사람은 없었다. 물론 아리아케 유키히로와 관련이 있었느냐 하는 문제는 더더욱 알 리가 없었다.

그래도 어떻든 물리적인 관련은 찾아낸 셈이어서 일단 탐색전을 펼쳐보려고 오늘 밤 둘이 도가미가를 방문했던 것이다.

"근데 아무리 생각해도 이상해." 가시와바라가 말했다.

"뭐가요?"

"그 사탕 통 말이야. 그런 걸 왜 천장 위에 숨겨뒀을까? 자기한테 불리한 물건이라면 냉큼 없애버리는 게 일반적이잖아.

따로 보관해둘 피치 못할 사정이 있었다면, 왜 거기에 숨겨놓고 그냥 이사를 했을까."

"언젠가 꺼내다 없애버리려고 했는데 깜빡 잊어버린 거 아닐까요? 아, 이건 어쩐지 너무 얼빠진 얘기지요?"

"그래, 얼빠진 이야기지. 하지만 도가미 마사유키라는 사람을 직접 보고 나는 이런 생각이 들었어. 이 사람은 그런 얼빠진 짓을 할 사람은 아니다—."

하기무라는 입을 다물고 말았다. 자신도 완전히 똑같은 느낌을 받았기 때문에 반론을 할 수가 없었던 것이다.

"허, 이것 참. 위에 어떤 식으로 보고해야 좋을지, 정말 골치 아프네." 가시와바라는 백발이 섞인 머리를 긁적였다.

약속 장소는 아오야마 거리에서 조금 벗어난 곳에 자리 잡은 카페였다. 목재를 넉넉히 사용한 실내 인테리어는 은은하게 비추는 조명으로 따스한 느낌을 풍겼다. 시즈나는 처음 와본 카페였지만 그야말로 유키나리가 좋아할 만한 분위기라고 생각했다. 좌석의 배치 방식도 획일적인 것에서 벗어나 손님들끼리 시선이 부딪치지 않도록 배려한 것이 돋보였다. 유키나리가 요코하마 사쿠라기초의 첫 번째 〈도가미 정〉의 모습에 대해 얘기해준 것이 머릿속에 떠올랐다. 가게 안에 유난히 많았던 기둥이 손님들에게 도리어 안정감을 주었다는 이야기다.

어디까지나 상대의 입장에서 생각하는 자세는 훈련된 것이 아니라 그가 천성적으로 타고난 좋은 성품이라고 시즈나는 확신하고 있었다.

그 유키나리가 웬일로 약속 시간보다 10분쯤 늦게 나타났다. 그는 진심으로 미안하다는 얼굴로 급하게 다가왔다.

"미안해요. 뭘 좀 조사하는 게 생각보다 시간이 걸려서 늦어버렸네."

"아이, 괜찮아요. 또 요리에 관해 조사하셨어요?"

"아니, 요리라기보다……."

웨이터가 다가와서 유키나리는 하던 말을 멈추고 아이스커피를 주문했다.

오늘은 〈도가미 정〉의 아자부주반점에 가보기로 했다. 드디어 새로운 하이라이스의 맛이 완성 단계에 접어들어서 시즈나에게 시식을 부탁한 것이었다.

"다카미네 씨는 예전에 요코스카에서 살았다고 했지요?"

유키나리의 물음에 시즈나는 가슴이 뜨끔했다. 그녀는 내심 경계를 하며 웃는 얼굴로 마주 바라보았다.

"내가 그런 이야기를 했었나요?"

"친구 얘기를 했었죠. 양식당의 딸이고 이름은 야자키 시즈나라는 친구. 그 식당이 요코스카에 있었다고 했어요. 그래서 다카미네 씨도 그 무렵에는 요코스카에서 살았을 거라고 생각했는데?”

유키나리의 입에서 튀어나온 자신의 원래 이름을 듣고 시즈
나는 한층 더 가슴이 두근거렸다. 하지만 그 느낌은 결코 불쾌
한 것이 아니었다.

“네, 아버지 직장 때문에 어린 시절에는 요코스카에서 살았
어요.”

“그랬군요. 나는 요코하마가 고향인데도 요코스카에는 거의
가본 적이 없어요. 아, 그보다 그 친구네 양식당이 어떤 이름이
었는지, 역시 생각이 안 나요?”

유키나리의 질문에 시즈나는 마음을 다잡았다. 그는 왜 이
런 질문을 하는 걸까. 이유를 알 수 없다. 신중하게 대처할 필
요가 있었다.

“미안해요. 너무 오래전 일이라서……. 근데 그 식당이 무슨
문제라도 있나요?”

“아뇨, 실은 오늘 조사해본 곳이 그 양식당이에요. 요코스카
에 있었던 식당인데 어떤 사건 때문에 주인과 그 부인이 사망
했어요. 분명 사오리 씨의 친구인 그 야자키 씨도 부모님이 돌
아가셨다고 했지요? 뭔가 공통점이 많은 것 같아서 가게 이름
을 확인해보려고요.”

유키나리의 말을 듣고 시즈나는 가슴속에 큼직한 덩어리가
얹힌 듯한 느낌이 들었다. 그 덩어리 때문에 숨을 쉬기도 힘들

었지만 그녀는 애써 참으며 웃는 얼굴을 유지했다.

"그 양식당은 어떤 이름인데요?"

"〈아리아케〉라는 곳이에요. 친구네 식당이 혹시 그런 이름 아니었어요?"

시즈나는 가벼운 현기증을 느꼈다. 하지만 당황한 모습을 드러낼 수는 없었다. 고개를 갸웃한 뒤에 살짝 가로저었다.

"그런 이름은 아니에요. 뭔가 영어 이름이었던 것 같아요."

"그렇군요. 그러면 단순한 우연이었군요. 하긴 그 〈아리아케〉라는 식당은 주인의 성씨 그대로였으니까 친구네 식당과는 다른 곳이겠죠."

"네, 요코스카에는 양식당이 많으니까요." 시즈나는 찻잔을 들었다. 그 손이 파르르 떨리려는 것을 필사적으로 억눌렀다.

고이치의 말에 따르면 경찰에서 드디어 〈도가미 정〉을 주목하고 있다. 어쩌면 벌써 형사들이 도가미 마사유키와 접촉했는지도 모른다. 그러지 않고서는 유키나리가 〈아리아케〉에 대해 조사해볼 리가 없었다.

모든 것이 클라이맥스를 향해 내달리고 있구나, 하고 시즈나는 실감했다. 그녀도 오빠들이 부탁한 일거리를 똑똑히 해내지 않으면 안된다.

하지만 그것은 곧 다카미네 사오리의 소멸을 의미했다. 이제 두 번 다시 도가미 유키나리 앞에 나타나서는 안 되는 것이다. 그것만 생각하면 시즈나는 가슴속에 따끔따끔 아픈 부분이 생겼다. 그 정체를 그녀 스스로는 물론 깨닫고 있었다.

"아참, 지난번의 그거, 부모님에게 얘기했어요. 언제든지 좋다고 하더군요."

잠깐 동안, 무슨 이야기인지 시즈나는 알아듣지 못했다. 도가미 저택 방문에 대한 얘기라는 것을 퍼뜩 깨닫고 저도 모르게 등을 꼿꼿이 세우며 자세를 바로잡았다.

"염치없는 부탁이라고 나무라지 않으셨어요?"

"아뇨, 그렇지 않아요. 다만 융숭한 대접은 어렵다고 못을 박으시던데요?" 유키나리는 장난스러운 표정으로 웃어 보였다.

시즈나는 복잡한 감정에 휩싸였다. 마침내 고이치의 계획을 실행에 옮길 기회를 잡은 것이다. 다시 한번 마음속의 각오를 다졌다. 하지만 한편으로는 마침내 최후의 순간이 다가왔다는 초조감도 들었다. 더구나 그의 집에 찾아간다는 데 대한 기쁨도 뭉클뭉클 피어나고 있었다.

"슬슬 가볼까요?" 유키나리가 계산서를 들고 자리에서 일어섰다.

계산대로 향하는 그의 등을 바라보며 시즈나는 고이치와 다이스케가 캐물었을 때의 일을 생각하고 있었다.

시즈나, 도가미 유키나리를 좋아하는 거야?

—고이치의 질문은 직설적이었다.

친혈육은 아니지만 역시 오빠들은 다르다고 생각했다. 시즈나 자신조차 제 속마음을 알게 된 게 바로 최근인 것이다. 아니, 알았으면서도 그 마음을 애써 외면하려고 했다는 게 맞는 말인지도 모른다.

대충 얼버무리며 넘어갔지만, 그래도 고이치와 다이스케가 자신의 말을 곧이곧대로 받아들인 게 아니라는 건 명백했다. 오빠들은 지금도 걱정하고 있는지 모른다. 과연 시즈나는 실수 없이 일을 처리해줄까, 제 속마음을 감춘 채 계획대로 움직여줄까 하고.

오빠들의 신뢰를 배반하는 일은 절대로 할 수 없다. 어릴 적부터 언젠가 우리 셋이서 부모의 원수를 꼭 갚자고 약속해온 것이다. 그 굳은 결속을 한때의 희미한 사랑 따위로 무너뜨릴 수는 없었다.

'이 사람은…….' 유키나리의 등을 노려보며 시즈나는 자신에게 되뇌었다. '이 사람은 우리 아빠와 엄마를 죽인 범인의 아들일 뿐이야.'

36

카페를 나서자 유키나리는 택시를 잡았다. 다카미네 사오리를 먼저 태운 뒤 자신도 탔다. 가는 곳은 아자부주반이었다.

"새 체인점의 하이라이스, 정말 기대되는데요? 어떤 맛이 나왔어요?" 택시의 움직임과 동시에 사오리가 물었다.

"그건 직접 확인해봐요. 자신은 있습니다."

"하지만 나 같은 아마추어가 시식을 해봤자 그럴싸한 평가도 못 하고, 도가미 씨에게 별로 도움이 안 될 것 같아요."

유키나리는 웃으며 고개를 저었다.

"먹어보기를 잘했다, 차라리 먹지 않는 게 나았겠다, 그런 정도만 얘기해주면 충분해요. 괜히 눈치 보지 말고 솔직히 말해주면 돼요. 형식적인 공치사는 안 되고요."

"어쩐지 책임이 막중하다는 느낌인데요?"

"아, 그렇게 부담감을 갖지는 말고요. 마음 편히, 알았죠?"

네, 라고 그녀는 고개를 끄덕였다. 그러고는 문득 진지한 얼굴로 돌아가 시선을 창밖으로 던졌다. 뭔가 생각에 잠긴 것처럼 보였다.

오늘 그녀의 태도에 유키나리는 가벼운 이질감을 느끼고 있었다. 평소와 다르게 잔뜩 긴장한 표정에 어딘가 냉랭한 분위기가 감돌았다.

처음에는 그렇지 않았다. 하지만 중간쯤부터 그런 느낌이 들었다. 유키나리가 〈아리아케〉라는 양식당에 대한 이야기를 했을 때쯤부터였다.

어쩌면 그곳의 주인 부부가 죽었다는 이야기가 좋지 않았는지도 모른다, 라고 그는 생각했다. 그것 때문에 사오리는 친구의 부모님이 돌아가신 일이 생각난 게 아닐까. 그렇다면 내가 깜빡 무신경한 소리를 했구나, 하고 후회가 되었다.

유키나리가 〈아리아케〉에 대해 조사해보기로 한 것은 며칠 전에 형사들이 집에 찾아온 일 때문이었다. 그들이 수사의 목적을 명확히 밝히지 않는 바람에 어쩐지 좋지 않은 뒷맛이 남았다.

사쿠라기초의 가게에서 해묵은 사탕 통이 발견되었다고 했는데, 그게 뭐가 어떻다는 것인가. 게다가 〈아리아케〉라는 양식당 주인의 시계가 그 통에 들어 있는 것이 왜 그렇게 중요하다는 것인가. 그런 궁금증을 풀고 싶어서 유키나리는 〈아리아케〉에 대해 조사해보았다. 인터넷 신문 기사 검색 키워드로 '아리아케'와 '양식당'을 쳐본 것이다.

기사는 금세 눈에 띄었다. 14년 전의 사건이었다.

그 내용을 읽어보고 유키나리는 말문이 턱 막혔다. 강도살인사건이라는 너무도 끔찍한 내용이었기 때문이다.

형사들이 사탕 통, 특히 금시계에 집착했던 이유를 그제야 이해할 수 있었다. 그들은 그 깡통을 살인사건 현장에서 범인이 훔쳐낸 물건이라고 생각하는 것이다. 즉 깡통을 천장 위에 숨겨둔 사람이 범인이라는 게 그들의 추리일 것이다.

경찰이 그렇게 추리한 것은 당연한 일이겠지만, 아버지 마사유키를 의심하는 건 완전히 잘못 짚은 것이라고 유키나리는 생각했다. 아버지에게 요코스카의 양식당을 습격할 동기 같은 게 있을 리 없다. 아니, 그보다 아버지는 그런 짓을 할 사람이 아니다. 언젠가 의심은 저절로 풀리겠지만, 내 아버지가 한때나마 용의자 취급을 받는다는 것이 유키나리로서는 참기 힘든 일이었다.

"무슨 일 있으세요?"

유키나리가 한참 생각에 잠겨 있는데 사오리가 조심스럽게 물어왔다.

"엇, 미안." 그는 웃는 얼굴을 지었다. "잠깐 딴생각을 좀 했어요."

"뭔가 걱정거리가 있으신가 했어요."

"왜요?"

"얼굴 표정이 그렇던데요. 미간을 잔뜩 찌푸리고."

아차, 하면서 유키나리는 자신의 미간을 손가락 끝으로 쓱쓱 비볐다.

"그렇게 부루퉁한 얼굴이었어요? 별로 심각한 생각을 한 것도 아닌데."

"새 체인점을 만들어나가려면 고민거리도 많으시겠죠. 그런 때에 집 구경을 시켜달라는 엉뚱한 부탁이나 하고, 정말 미안해요. 혹시 어렵다면 언제든지 얘기해주세요."

유키나리는 당황해서 손을 내저었다.

"어려울 게 뭐가 있어요? 아까도 말했지만, 벌써 부모님의 허락도 얻었어요. 걱정할 거 없어요."

"그렇다면 다행이지만."

미소 짓는 사오리를 보며 유키나리는 자책하고 있었다. 지금 뭘 하는 건가. 그녀의 기색이 평소와 다르다고 걱정했으면서 오히려 내가 그녀에게 걱정을 끼치다니.

앞으로 몇 번이나 그녀와 이런 시간을 가질 수 있을지 모른다. 최소한 만나는 동안만은 딴생각을 하지 말자고 마음먹었다.

그렇다, 그녀와는 이제 더 이상 만날 수 없게 된다.

유키나리는 자신이 사오리를 좋아한다는 것을 자각하고 있었다. 물론 처음에는 그런 마음 같은 건 없었다. 그저 순수하게 젊은 여성의 의견을 듣고 싶었을 뿐이다. 하지만 지금은 다르다. 그녀를 만나고 싶어서 자꾸 이런저런 구실을 만들어냈다. 오늘의 시식회만 해도 그렇다. 의견을 듣고 싶은 것보다 그녀에게 자신 있는 작품을 맛보게 해주고 싶은 마음이 더 강했다. 그리고 무엇보다 그녀와 함께하는 시간을 좀 더 갖고 싶었다.

그런 그녀가 외국으로 떠나버린다. 붙잡고 싶은 게 솔직한 심정이지만 자신에게 그럴 자격은 없다고 유키나리는 체념하고 있었다.

"왜요?" 사오리가 고개를 갸웃했다. 유키나리가 물끄러미 그녀의 옆얼굴을 바라보고 있었기 때문일 것이다.

"아, 아무것도 아니에요." 유키나리는 황급히 시선을 앞쪽으로 돌렸다.

두 사람이 탄 택시가 사거리에서 신호를 받고 막 멈춰 서는 참이었다.

빨간 신호를 보며 다카야마 히사노부는 하품을 했다. 회사에서 차로 귀가하는 도중이었다. 자동차는 2년 전에 구입한 폭스바겐의 비틀이다. 선명한 노란색 차체가 마음에 들었다.

다카야마는 게임기 회사에 근무하고 있다. 머지않아 발매될 소프트의 마무리 작업으로 연일 밤늦게까지 회사에 남아 있었지만, 드디어 일의 끝이 보여서 오늘은 오랜만에 이른 시간에 돌아가는 길이었다.

하지만 별로 신이 나지 않았다. 일찌감치 집에 돌아가봤자 즐거운 시간이 기다리는 것도 아니다. 늘 하던 대로 편의점에서 도시락을 사 들고 들어가 녹화해둔 애니메이션 방송을 보며 혼자 저녁을 먹는 일뿐이었다.

다시 한번 하품이 나왔다. 큼지막하게 입을 벌린 채 그는 무심코 왼쪽으로 시선을 돌렸다. 그 순간, 숨이 멎을 만큼 화들짝 놀랐다. 벌렸던 입을 닫는 것도 잊고 허연 눈을 치켜떴다.

옆에 멈춰 선 택시에 미나미다 시호가 타고 있었기 때문이다.

이건 말도 안 돼, 라고 생각하며 다시 한번 자세히 보려고 했을 때 그쪽 택시가 움직였다. 신호가 파란불로 바뀌었던 것이다.

뒤쪽의 차가 클랙슨을 울려댔다. 다카야마는 당황해서 급히 비틀을 출발시켰다.

그럴 리 없다고 생각하면서도 그는 택시를 쫓았다. 어떻게든 그 옆에 가서 서보려고 했지만 마음먹은 대로 되지 않았다. 문제의 여자는 뒷좌석 오른편에 앉아 있었다. 뒷모습은 시호의 머리 스타일과는 달랐다. 그녀는 짧은 머리였는데 택시에 탄 여자는 머리가 긴 것 같았다.

하지만 조금 전에 흘끗 본 얼굴은 틀림없이 시호였다. 약간 인상이 달라졌지만, 단순히 그녀를 닮은 사람인 것은 절대 아니다. 아무튼 다카야마는 지금도 틈만 나면 시호를 머릿속에 그려보곤 하는 것이다.

시호가 떠나던 날을 생각하면 다카야마는 아직도 가슴이 먹먹했다. 목요일에 그녀를 나리타 공항까지 배웅해주자고 마음먹고 있었는데, 그 전날 갑작스럽게 문자가 날아온 것이다. 지금 뉴욕행 비행기에 탑니다, 라는 내용이었다. 얼굴을 보면 헤어지기가 너무 힘들 것 같아서 그냥 갈래요, 라는 말이 덧붙어 있었다.

그 이후로 그녀에게서는 아무런 소식도 없었다. 국제전화가 걸려오는 일도, 편지가 오는 일도 없었다. 그녀가 어디서 무엇을 하는지, 다카야마는 전혀 알지 못했다. 당연히 그가 먼저 연락하는 것도 불가능했다.

잊을 수밖에 없다고 생각하면서도 잊을 수가 없어서 애만 태우는 나날을 보내왔다. 이번 소프트 작업이 유난히 오래 걸린 이유 중의 하나는 분명 그의 집중력 부족이었다.

그런데 그 시호가 있었다. 게다가 도쿄에―.

믿을 수가 없었다. 그녀는 자신의 꿈을 이루기 위해 미국으로 건너갔던 것이다. 지금쯤 뉴욕에서 디자이너 조수 일을 하는 한편, 수업에 정진하는 나날을 보내고 있어야 한다. 이런 곳에 그녀가 있을 리 없다.

분명 사람을 잘못 본 것이라고 생각하면서도 다카야마는 택시의 추적을 멈추지 않았다. 어떻든 다시 한번 그 여자의 얼굴을 보고 미나미다 시호가 아니라는 것을 확인하지 않고서는 이대로 돌아갈 수 없다고 생각했다. 아니, 돌아갈 수 없는 것뿐만이 아니라 오늘 밤부터 잠들지 못하는 날들이 이어질 것이다.

하지만 중간에 다른 차가 끼어들어 좀처럼 택시 근처에 갈수가 없었다. 어쩌다 상당히 접근했을 때도 여자가 고개를 돌리는 바람에 얼굴을 다시 확인하지 못했다. 그럭저럭하는 사이에 아자부주반까지 와버렸다.

사거리에는 차가 잔뜩 밀려 있었다. 그 택시는 다카야마의 차보다 네 대쯤 앞에서 신호를 기다리고 있었다.

대체 어디로 가는 길인가, 하고 생각했을 때였다. 택시의 뒷좌석 문이 열리는 게 보였다. 남자의 뒤를 이어 그 여자도 내려섰다. 앞이 잔뜩 밀려 있어서 이쯤에서 그만 내리기로 한 모양이었다.

다카야마는 필사적으로 시선을 집중해 여자를 살펴보았다. 하지만 여자는 남자와 나란히 등을 보인 채, 한 번도 뒤돌아보는 일 없이 멀어져갔다. 그 몸매는 시호를 꼭 닮아 있었다.

두 남녀는 모퉁이를 돌아 다카야마의 시야에서 사라졌다. 그는 초조했다. 이대로 가다가는 잃어버리고 만다.

드디어 앞차가 움직이기 시작해서 그는 죽을 둥 살 둥 차선을 변경했다. 하지만 그 두 사람이 들어간 길은 일방통행이어서 차로 진입하는 건 불가능했다. 어쩔 수 없이 다음 모퉁이에서 좌회전을 했다. 하지만 생각했던 것보다 길이 복잡해서 어디를 어떻게 돌아야 조금 전의 길이 나오는지 알 수가 없었다.

다카야마는 적당한 장소를 찾아 차를 세워놓고 급하게 큰길로 뛰어나왔다. 오늘 밤 여기서 어떻게든 찾아내지 않는다면 앞으로 두 번 다시 만날 기회가 없을 것이다.

두 남녀가 들어갔던 길을 다카야마는 정신없이 뛰어다녔다. 하지만 어디에도 그들의 모습은 없었다. 그는 주르륵 늘어선 음식점의 불빛을 바라보며 머리를 움켜쥐었다. 이 음식점의 어딘가에 그녀가 있을지도 모른다. 그리고 그건 시호를 닮은 전혀 다른 타인인지도 모른다. 하지만 만일 그녀라면—.

더 이상 찾아봐도 소용없다고 생각하면서도 다카야마는 자리를 뜰 결심이 서지 않았다. 돌아다니다 보면 어딘가에서 그녀가 나타날 거라는 희미한 기대감이 가슴속을 맴돌았다.

결국 그가 차로 돌아온 것은 30분이 넘도록 헤매고 다닌 뒤였다. 그의 비틀에는 주차 위반 딱지가 붙어 있었다.

유리문을 지나면서 하기무라는 약간 긴장했다. 고급스러운 정장 차림의 여자가 상냥하게 맞아주었기 때문이다.

"어서 오십시오. 예약하신 손님이십니까?"

"아니, 식사하러 온 게 아니에요. 도가미 씨를 만나러 온 사람입니다."

아아, 하고 그녀는 알겠다는 듯 고개를 끄덕였다.

"하기무라 님이시군요?"

"네, 맞아요. 9시쯤에 와달라고 하셔서."

"알겠습니다. 지금 바로 도가미 씨를 불러드리겠습니다. 이쪽에서 잠깐만 기다려주세요."

안내해준 곳은 작은 테이블석이었다. 손님이 붐빌 때 대기실로 사용하는 곳인 모양이었다. 역시나 잘나가는 가게는 다르다고 생각했다.

자리에 앉아 주위를 둘러보았다. 가구들은 외국의 앤티크인 것 같았지만 옻칠을 모방하여 만든 벽은 일본의 전통미를 형상화한 게 틀림없었다. 양식당의 음식은 오히려 일본에서 만들어낸 식문화라는 자부심을 보여주려는 의도인 것 같았다.

물어볼 게 있으니 시간을 좀 내달라고 하기무라가 도가미 마사유키에게 전화를 한 것은 바로 한 시간쯤 전이었다. 이쪽 차로 현경 본부까지 동행해주었으면 좋겠다는 뜻도 전했다. 도가미는 용건에 대해 이러니저러니 캐묻는 일 없이, 그러면 9시에 〈도가미 정〉 본점에서 기다리겠습니다, 라고 응해왔다. 여전히 그의 말투에 주춤하는 기색 같은 건 전혀 없었다.

곧바로 도가미가 나타났다. 와이셔츠 위에 갈색 재킷을 걸치고 있었다. 넥타이는 매고 있지 않았다.

"오래 기다리셨습니다."

"아뇨, 일하시는 중에 죄송합니다."

하기무라는 가게 앞길에 차를 대기시켜두었다. 물론 경찰차 같은 게 아니었다. 운전석에 앉아 있는 건 가시와바라였다. 하기무라가 도가미와 함께 나가자 그는 일부러 차에서 내려와 머리를 숙였다.

"지난번에는 실례가 많았습니다."

"아닙니다. 그보다 아직도 나한테 물어볼 게 있습니까?" 도가미는 가시와바라와 하기무라를 번갈아 바라보았다.

"그렇습니다. 꼭 확인해주실 게 있어서요." 가시와바라가 말했다.

"무슨 일인지 모르겠군요."

"그건 그쪽에 가서 천천히, 네." 짧게 대답하고 가시와바라는 차에 올랐다.

도가미를 뒷좌석에 앉히고 하기무라는 조수석에 올랐다. 도가미를 용의자로 취급한다는 인상을 주지 않기 위한 배려였다.

〈도가미 정〉 본점에서 현경 본부까지는 자동차로 10여 분 정도의 거리다. 도착하자 사전에 확보해둔 소회의실로 도가미를 안내했다.

"이런 곳에 와보는 건 처음이군요." 도가미는 하얀 벽뿐인 살풍경한 실내를 둘러보았다.

"차 한잔하시겠습니까?" 하기무라가 물었다.

"아뇨, 괜찮아요. 그보다 저한테 볼일이라는 게 뭐죠?"

도가미의 재촉에 가시와바라는 하기무라를 보며 슬쩍 고개를 끄덕였다. 하기무라는 한쪽 구석에 챙겨둔 종이봉투를 회의 책상에 올려놓고 안에 든 것을 꺼냈다. 지난번의 그 사탕 깡통이었다.

"이 물건에 아직도 뭔가?" 도가미는 찌푸린 미간에 답답한 기색을 드러냈다.

"이 통을 본 적이 있으시냐고 지난번에 문의했었죠?" 가시와바라가 말했다. "그때, 본 적이 없다고 대답하셨어요. 그것과 관련해서 혹시 달라진 것은 없습니까?"

"없어요. 나는 정말 본 적도 없는 물건입니다. 왜 그러시죠?"

가시와바라는 윗몸을 앞으로 쓰윽 내밀었다.

"도가미 씨, 솔직히 말해주세요. 정말로 모르십니까?"

"모릅니다." 도가미는 고개를 저었다. "왜 의심을 합니까?"

"의심하고 싶지는 않지만, 당신이 이 물건에 손을 댔다는 증거가 있어요."

"증거?"

"지문이에요. 깡통에 들어 있던 금시계에서 도가미 씨의 지문이 검출되었어요."

37

아뇨, 라고 가시와바라는 자신의 얼굴 앞에서 손을 저었다.

"적절한 표현이 아니었군요. 정확히 말하자면 금시계를 넣어둔 비닐봉지에 찍힌 지문과 시계의 지문이 일치했다는 것이죠."

"비닐봉지의 지문이라고요?" 도가미의 얼굴은 역시 긴장한

것처럼 보였다. 그래도 꼿꼿하게 등을 세운 자세는 흔들림이
없었다.

"지난번에 금시계를 보셨을 때, 비닐봉지에 들어 있었던 것
이 기억나실 거예요. 증거품을 직접 손으로 만지면 안 되기 때
문에 증거품은 모두 그렇게 비닐봉지에 넣어둡니다. 댁에 찾
아갔을 때, 이쪽의 하기무라 형사는 장갑을 끼고 있었어요. 그
때의 비닐봉지는 새것이어서 어느 누구의 지문도 찍혀 있지
않았고요. 당신이 손으로 집는 것을 우리가 보고 있었습니다.
그러니 비닐봉지에 찍힌 지문은 당신의 지문이에요. 물론 뭔
가 착오가 있을지도 모르기 때문에 확인 절차는 필요합니다.
잠시 뒤에 정식으로 지문 채취를 하게 될 텐데, 괜찮겠습니
까?" 단숨에 설명해준 뒤에 가시와바라는 반응을 확인하듯이
도가미의 얼굴을 지그시 응시했다.

도가미는 입을 꾹 다문 채, 시선을 사탕 통으로 향하고 있었
다. 눈을 두어 번 깜빡거린 것이 그가 보인 반응의 전부였다.

그 입이 움직였다.

"지문 채취를 거부할 수는 없겠죠, 당연히?"

"거부할 특별한 이유라도 있습니까?"

아뇨, 아니에요, 라고 도가미는 고개를 저었다.

"일단 물어본 겁니다. 그나저나 이것 참, 난감하군. 왜 이런
일에 내가 불려다녀야 하는지 모르겠어요."

"시계에 도가미 씨의 지문이 찍혀 있다는 건 우리 경찰로서는 그저 넘어갈 수 없는 일입니다." 가시와바라가 말했다. "지난번의 말씀과 모순되는 일이기 때문이에요."

"아무리 그래도 나는 똑같은 대답을 할 수밖에 없어요. 이 사탕 통도, 그 시계도 전혀 본 적이 없습니다."

"그러면 지문에 대해서는 어떻게 설명하시겠습니까?"

"글쎄 그게 어떻게 된 일인지, 나는 모르겠어요. 그 시계에 내 지문이 찍혀 있다는 건 내가 어디선가 만졌다는 뜻이겠지만 언제 어디서 만졌느냐고 물어보셔도 나는 대답할 도리가 없습니다. 기억이 나지 않는다, 라는 표현이 가장 정확할지도 모르겠군요."

도가미는 말투가 약간 빨라졌을 뿐, 마음속의 동요 같은 것을 내보이지는 않았다.

이게 연기라면 그야말로 최강이다, 하고 하기무라는 옆에서 지켜보며 생각했다.

"하지만 도가미 씨, 발견된 장소가 천장 위가 아닙니까? 그런 특별한 장소에 놓여 있던 것을 잊어버린다는 건 상식적으로는 도저히 생각할 수가 없는데요." 가시와바라는 턱을 당기며 슬쩍 눈을 치떴다.

"나는 그런 걸 거기에 놓아둔 적이 없어요." 도가미는 딱 잘라 말했다. "아니면, 이 사탕 통에서도 내 지문이 발견되었습니까?"

"아뇨, 그건 아니고……."

"그렇지요?" 도가미는 깡통을 바라보며 말을 이었다. "시계에 관해서는 내가 어딘가에서 손이 닿았을 수도 있겠지요. 하지만 깡통을 천장 위에 숨겨둔 것은 또 다른 사람이다, 라고 생각하는 게 일반적이 아니겠습니까?"

이 사람은 몹시 침착하구나, 하고 하기무라는 생각했다. 아닌 게 아니라 깡통에서 지문이 검출되지 않은 점에 대해서는 이쪽에서도 명확한 추리를 해내지 못하고 있었다.

가시와바라는 양복 안주머니에서 사진 한 장을 꺼내 도가미 앞에 놓았다. 거기에는 두 사람이 찍혀 있었다. 살해된 아리아케 부부였다. 누군가의 결혼식에 참석했을 때의 사진인지, 유키히로는 예복 차림이고 도코는 도메소데*를 입고 있었다. 사건 발생 당시, 하기무라도 그 사진의 복사본을 들고 여기저기 탐문 수사를 위해 발바닥에 땀이 나도록 돌아다녔었다.

"이 사진 속 사람들, 혹시 기억에 있으십니까?" 가시와바라가 물었다.

도가미는 품속에서 안경을 꺼내 쓰더니 사진을 집어 들었다. 눈부신 것을 바라보듯이 일순 눈이 가느스름해지는 것을

✛ 여성용 예복으로 소매 길이는 보통이며 무늬와 문장이 달려 있음.

하기무라는 알아보았다.

"어느 쪽 사람을?"

"어느 쪽이든 좋습니다. 부부예요. 14, 15년 전의 사진입니다."

도가미는 10여 초쯤 들여다본 뒤, 고개를 저으며 안경을 벗었다.

"미안하지만, 모르는 사람들입니다."

"남자 쪽은 금시계의 주인인데요?" 가시와바라가 말했다. "시계는 만진 적이 있는데 그 주인은 알지 못한다는 건 무슨 말씀이지요?"

"아니, 아까부터 말씀드렸잖아요. 나는 그런 시계를 만졌던 기억이 없어요."

도가미의 표정에서는 불안 같은 건 한 조각도 감지해낼 수 없었다. 조금이라도 동요하는 기미가 포착될 것이라는 하기무라의 예상은 보기 좋게 빗나갔다.

가시와바라가 한숨을 내쉬며 의견을 청하는 눈빛을 하기무라에게 던져왔다.

하기무라는 잠시 생각하고 나서 말했다.

"사쿠라기초에서 식당을 하던 시절에 요코스카 쪽에 가신 일은 없습니까?"

"요코스카라……. 간 적은 있지만 기껏해야 두세 번 정도였어요."

"어떤 일로 갔었죠?"

"딱히 볼일이 있었던 것도 아니에요. 그냥 해안가에 드라이 브를 하러 갔었죠."

"마지막으로 갔던 건 언제였어요?"

"글쎄, 언제였나." 도가미는 팔짱을 끼고 얼굴을 찌푸렸다. "아들이 초등학생 때였으니까 벌써 20년 전의 옛날 일이겠죠."

"그쪽에 아는 사람도 없으십니까?"

"없어요." 도가미는 고개를 저었다.

하기무라는 가시와바라를 보며 고개를 끄덕였다. 나로서는 더 이상 물어볼 게 없다, 라는 뜻이었다.

가시와바라는 도가미에게 웃음을 건넸다.

"고맙습니다. 그러면 오늘 문의한 것에 대해 뭔가 따로 생각 나는 게 있으면 즉시 연락을 해주시겠습니까?"

"그럴 일은 없겠지만, 일단 알겠습니다." 그렇게 말하고 도 가미는 잠시 망설이는 기척을 보인 뒤에 다시 형사들을 바라 보았다. "나도 몇 가지 물어봐도 되겠어요?"

"뭔데요?" 가시와바라가 물었다.

"그 가게, 요코하마 사쿠라기초의 예전 식당에 도둑이 들었 다고 했지요? 그래서 이 깡통을 천장 위에서 훔쳐냈다면서요." 도가미는 책상 위의 사탕 통을 가리키며 말했다. "도둑질을 한 그 범인은 체포되었습니까?"

하기무라와 가시와바라는 서로 얼굴을 마주 보았다.

"아직 체포되지 않았는데, 그게 왜요?" 가시와바라가 되물었다.

도가미는 의외라는 듯한 얼굴로 턱을 내밀며 두 사람을 번갈아 바라보았다.

"범인은 체포하지 못했다……. 그러면 왜 이 사탕 통이 여기에 있지요?"

"아, 그건요." 가시와바라는 한쪽 손을 들며 말했다. "이 깡통은 누군가 버리고 간 도난 차량에서 발견되었어요. 다른 도난품과 함께."

"그러면 다른 도난품도 천장 위에 있었어요?"

"아뇨, 그건 아닙니다. 다른 장소예요."

"그런데 어떻게 이 깡통만 천장에서 훔쳐냈다고 단언하실 수 있죠?"

"그런 흔적이 있었기 때문입니다. 자세한 건 말씀드릴 수 없고요."

가시와바라의 대답에 도가미는 아무래도 이해가 되지 않는다는 눈치였다. 팔짱을 낀 채 고개를 숙이고 있었다.

"뭔가 마음에 걸리십니까?" 하기무라가 물어보았다.

"아뇨, 대체 언제 그 천장에 숨겨졌는지, 나도 궁금해서요."

"언제였는지가 마음에 걸리십니까?"

"그렇죠. 그 시계에 내 지문이 찍힌 뒤라는 얘기니까요." 도가미는 잠시 고개를 갸웃거렸지만, 이윽고 미련을 털어버리듯 고개를 끄덕였다. "뭐, 좋습니다. 그보다 지문을 채취한다고 했지요?"

"네, 담당자를 불러오겠습니다." 하기무라는 자리에서 일어섰다.

지문 채취가 끝나자 다시 그를 차로 가게까지 배웅해주었다. 하기무라는 수사1과에 돌아가 계장 이소베에게 진술 조사의 내용을 보고했다.

"역시 그렇게 나오는군. 기억이 안 난단 말이지?" 이소베는 씁쓸한 얼굴이면서도 반쯤은 예상했던 일이라는 말투였다.

"그 금시계가 어떤 경로를 거쳐 거기까지 갔는지 우리도 아직 파악을 못 한 상태잖아요. 언제 어디서 손이 닿았는지 기억이 나지 않는다고 해버리면, 더 이상 추궁할 도리가 없어요."

"위쪽하고도 상의해봤는데, 그 시계 하나로 도가미 마사유키를 피의자 취급하는 건 위험하다는 판단이었어. 예전에 살던 주거지에서 피해자의 물건이 나왔고, 게다가 거기에 지문이 찍혀 있다는 것은 분명 수상한 일이야. 하지만 결정적인 증거라고는 할 수 없어. 그쪽에서 마음만 먹으면 어떻게든 이유를 붙일 수 있거든."

"바로 그거예요. 그 이유라는 것을 도가미 씨의 입을 통해 들을 수 있을 거라고 기대했었는데."

"기억이 나지 않는다고 버티면 도무지 손쓸 도리가 없지. 거기까지 계산을 하고 그런 대답을 했는지 아니면 정말로 기억을 못 하는 건지, 이것 참 난감하군." 이소베는 책상 위에 얹은 두 손을 깍지 끼며 말했다. "자네가 보기에는 어떤 느낌이었어?"

"그게 좀 난해해요. 거짓말을 하는 것 같지는 않은데, 그 사람이 독특한 카리스마가 있어서 그것에 깜빡 휘둘린 것 같기도 하다니까요."

"분명 몽타주가 있었잖아. 도가미는 어때? 그 몽타주하고 비슷해?"

"그것도 단정적으로 말할 수 없어요. 비슷하다고 못 할 것도 없다, 라는 정도예요. 어찌 됐건 14년이 지난 옛날 일이라서."

"그만큼 세월이 흘렀으니 설령 동일 인물이라 해도 인상이 변해버리겠지. 14년 전의 내 사진을 보고 금세 나라고 알아맞히는 사람이 몇 명 안 되더라고." 이소베는 한숨을 내쉬며 숱이 부쩍 줄어든 머리칼을 쓸어 올렸다. "그 몽타주는 피해자 아들의 증언을 바탕으로 그렸던 거였지?"

"네, 둘째아들이 범인으로 보이는 인물을 목격했으니까요. 그러면 도가미하고 대질을 해볼까요?"

"글쎄……. 일단 대질심문 수속은 해놓도록 하자. 하지만 일을 서두를 필요는 없어. 둘째아들이 아주 어렸을 때 얼핏 본 것뿐이잖아. 혹시 자신이 목격한 사람이라고 증언하더라도 증거능력이 낮아. 거꾸로 닮은 사람이 아니라고 증언해도 우리가 그 즉시 도가미에게서 손을 뗄 수 있는 것도 아니야. 대질 심문은 앞으로 수사해봐서 도가미의 혐의가 확실해졌을 경우에 하자고."

"보강 재료라도 된다면 다행인 정도겠네요."

"그렇지. 지금 이 단계에서 유족을 사건 수사에 끌어들여봤자 쓸 만한 성과는 얻기 힘들어. 유족이란 원래 경찰이 주목하는 사람을 범인이라고 단정해버리는 경향이 있어. 그것뿐이면 그나마 괜찮지만, 설익은 정보를 매스컴에 흘리기도 한다니까. 그렇게 되면 일이 정말 귀찮아져."

"요코스카 경찰서 쪽에도 그렇게 전해두겠습니다."

"응, 부탁해. 근데 도가미 마사유키의 지문은 채취했지?"

"네, 채취했어요. 내일부터 대조 작업에 들어가라고 지시하겠습니다."

사건 현장 〈아리아케〉의 가게 안이며 거주지에서는 무수한 지문이 채취되었고 그 자료는 지금도 남아 있었다. 그중에 도가미의 지문이 있는지 확인해보려는 것이다. 혹시 범행 시에 장갑을 끼고 있었다 해도, 범인이 〈아리아케〉를 찾은 것이 그때가 처음은 아닐 거라는 게 당시부터 수사진의 생각이었다.

만일 도가미의 지문이 한 개라도 발견된다면 〈아리아케〉에 대해 모른다고 진술한 점에 대해 집중적으로 추궁할 수 있다.

"그 무렵의 도가미의 행적에 대해 조사할 필요가 있겠군. 사설 도박장에서 잠깐 마주친 정도일 뿐인 사람을 어떤 이유가 됐건 강도에 살해까지 했다는 건 생각하기 어려운 일이야. 어딘가에서 도가미와 피해자가 깊숙이 연결되어 있을 거라고."

"그 점에 대한 조사는 이미 시작했습니다."

"인원이 더 필요하지? 위쪽과 상의해서 몇 명 더 보내달라고 할게. 근데 탐문 조사는 신중하게 해야 돼. 〈도가미 정〉에서 영업 방해로 고소라도 하면 귀찮아진다고."

"네, 그런 쪽은 최대한 주의하고 있어요."

"부디 지나치게 나서지 않도록 조심해. 내가 이 직업 정말 오래 해왔지만, 공소시효 직전에 범인을 잡아낸 경험은 한 번도 없었어."

명심하겠습니다, 라고 하기무라는 대답했다.

현경 본부를 나온 뒤, 하기무라는 간나이역으로 향했다. 하지만 목적지는 역이 아니라 그 옆의 이자카야였다. 그곳에서 가시와바라와 만나기로 약속한 것이다.

가게에 들어가 둘러보니 가시와바라는 등을 웅크리고 카운터 자리에 앉아 있었다. 우롱차 잔을 옆에 놓고 뭔가를 들여다보고 있었다. 뒤에서 슬쩍 쳐다보니 사진이었다. 초등학생 정도의 소년이 찍혀 있었다. 그것이 그의 아들이라는 것을 하기 무라는 알고 있었다.

"제가 좀 늦었죠?"

말을 건네자 가시와바라는 흠칫 놀란 듯 등을 쭉 펴더니 들고 있던 사진을 호주머니에 넣었다.

"응, 예상보다 늦게 끝났네?"

"계장님하고 이래저래 상의를 좀 했거든요."

하기무라는 이소베와의 대화를 들려주었다. 가시와바라는 쓴웃음을 지었다.

"지나치게 나서지 않게 조심하라고 했다고?"

"기껏 양식당 사장을 상대로 너무 몸을 사린다고 하시겠지만, 최근에 검거율이 올라가면서 현경이 한창 이미지가 좋아지는 때인 만큼 오인 체포는 피하고 싶은 거겠죠. 그보다 도가미 마사유키는 어때요?"

"내내 그 상태야. 꿈쩍도 안 해. 상당히 배짱 좋고 다부진 사람이야. 차로 데려다줄 때, 나한테 뭐라고 한 줄 알아? 다음에 꼭 다른 형사들하고 함께 자기 식당의 자랑거리인 하이라이스를 먹으러 오라고 하더라고."

"괜히 여유 있는 척하는 거 아니에요?"

"그건 아냐. 진짜 여유야. 이건 아무래도 잘못 짚었다는 생각이 들어."

"잘못 짚었다니, 그러면 도가미는 범인이 아니라는 얘기?"

우롱차 잔을 손에 들고 가시와바라는 고개를 끄덕였다.

"그 시계를 사건 날 밤에 빼앗아 왔다는 증거는 아무것도 없어. 어쩌면 그 이전에 아리아케 유키히로가 처분했을 수도 있거든. 그게 돌고 돌아 도가미의 손을 거쳤고, 그걸 누군가 깡통에 넣어 천장 위에 숨겼다. 게다가 감춰둔 사람조차 그걸 잊어버렸다ㅡ. 그런 경우도 얼마든지 가능하잖아."

"그러면 누굴까요, 그걸 숨겨둔 사람이?"

"그런 짓을 할 만한 사람이라면 분명 한창 장난꾸러기, 아니면 그 친구들이겠지."

"아, 도가미 씨의 아들 말인가요?"

"10년 전이라면 그 아들이 초등학생 때야. 시계에 관한 진상은 대략 그런 정도인 것 같아." 차가운 어조로 말한 뒤, 가시와바라는 고개를 갸웃거렸다. "어쩌면 우리가 벌써 지나치게 나선 것인지도 모르겠어."

38

다이스케가 운전하는 라이트밴은 쇼와 거리를 우회전한 뒤에 갓길에 멈춰 섰다.

화장이 잘됐는지 확인하던 시즈나는 손거울을 프라다 숄더백에 밀어 넣었다. 저도 모르게 후우 하고 깊은 한숨을 내쉬었다.

"이쯤이면 되겠지?" 다이스케가 물어왔다.

"응, 고마워."

그녀가 가야 할 커피숍은 그곳에서 100여 미터 앞이었다. 혹시라도 차에서 내리는 장면을 유키나리가 목격하게 되면 변명할 도리가 없을 터라서 미리 내려준 것이다.

뒷좌석에 손을 뻗어 종이봉투를 집어 들었다. 쇠고기 조림이 든 봉투였다. 시즈나가 사는 맨션에서 도보로 5분 거리의 오래된 고기 요리점의 상품이었다. 예전에 유키나리가 그 가게를 칭찬했던 것을 기억하고 있었던 것이다.

"빠뜨린 건 없지?"

다이스케의 물음에 그녀는 쓴웃음을 지었다.

"내가 빠뜨릴 리가 있어? 가져갈 것이라고는 딱 한 가지뿐인데." 숄더백을 툭툭 쳤다.

"지문은 안 찍혔겠지? 종이에도 지문이 남는다고 형이 얘기하던데."

"나도 알아. 큰오빠한테서 나한테 건너온 뒤로 한 번도 맨손으로 만진 적 없어."

"작전을 펼칠 때도 조심해."

"장갑 낄 거니까 괜찮아."

"장갑이라니, 그런 걸 끼고 있으면 괜히 의심하지 않을까?"

"괜찮아, 내가 그럴싸한 이유를 생각해냈으니까. 게다가 조금쯤 의심해도 상관없으니까 작전에 들어가기 전에 되도록 장갑을 끼라고 큰오빠가 얘기했어."

고이치의 지시라는 말을 듣고 마음이 놓였는지 다이스케는 고개를 끄덕였다.

"문제는 적당한 장소를 어떻게 찾아내느냐는 거야. 형이 몇 군데 후보지를 생각한 모양인데 그런 장소가 실제로 도가미의 집에 있을지, 그걸 모르겠단 말이야."

"그건 직접 가보지 않고서는 말할 수 없어. 하지만 내가 어떻게든 해볼게. 기회는 이번 한 번뿐이잖아? 아마 오빠들의 기대에 어긋나는 일은 없을 거야."

"너무 무리하지 말라고 말하고 싶다만……." 다이스케는 얼굴을 구기며 머리를 긁적였다. "역시 잘 부탁한다는 말밖에 못하겠다."

"걱정 마. 내가 잘할 거니까."

"내가 도가미 집 옆에서 계속 대기할게. 휴대전화 전원은 꼭 켜둬야 해. 기본적으로 내 쪽에서 연락하는 일은 없을 거야. 하지만 언제라도 받을 수 있게 준비하고 있을 테니까 무슨 일 생기면 즉각 연락해. 그리고 전화해주기를 원할 때는 발신 후 즉시 끊기. 알지?"

"아휴, 알았어, 알았어. 지금까지 수없이 해본 일인데 새삼스럽게 왜 이래? 자, 난 출발할게." 시즈나는 조수석 문을 열었다.

시즈나, 하고 다이스케가 불렀다. 그녀가 돌아보자 다이스케는 머쓱한 표정을 지은 뒤에 머뭇머뭇 입을 열었다.

"오늘로 도가미 유키나리를 만나는 건 마지막이야. 너 정말 괜찮겠어?"

시즈나는 자신의 뺨이 긴장하는 것을 느끼며 다이스케를 바라보았다. 쏘아보는 눈매가 된 것을 자각했지만, 되돌릴 수는 없었다.

"그게 무슨 말이야?" 목소리마저 뾰족해졌다.

"아니, 그러니까……." 다이스케는 어물거리며 눈길을 피했다.

"괜히 오해하지 말라고 지난번에 말했지? 근데 왜 또 그런 얘기를 꺼내는 거야?"

"네 마음속에 망설임이 없다면 그걸로 됐어." 얼굴을 옆으로 돌린 채 다이스케는 말했다. "그냥 한번 물어본 것뿐이야."

"오빠, 바보야? 난 지금 중요한 일을 하러 간다고. 쓸데없이 찬물 끼얹을 거야?"

"알았어. 미안."

"간다?"

"응." 다이스케는 다시 누이에게 시선을 던졌다. "잘해, 시즈나."

시즈나는 가슴이 뭉클했다. 다이스케의 그 눈빛에 다정함과 안쓰러움이 가득했기 때문이다.

대꾸할 말이 얼른 생각나지 않아 그녀는 한 차례 고개만 끄덕이고 차에서 내렸다. 그리고 약간 난폭하게 문을 닫았다.

다이스케는 한 손을 살짝 흔든 뒤 차를 출발시켰다. 달려가는 차를 눈으로 배웅하며 시즈나는 입술을 깨물었다. 애써 생각하지 않으려 했는데 왜 또 마음을 헤집어놓는 거야…….

심호흡을 하고 걸음을 옮겼다. 오늘은 드디어 도가미의 집에 가는 날이다. 집중력을 최대한 높여야 한다고 생각했다. 지금까지 몇 번이나 남자들에게 작전을 펼쳐왔지만, 그때마다 마음에 새긴 것은 결코 긴장을 늦추지 않는다는 것이었다. 상대를 만나기 전부터 미리 연기를 시작할 필요가 있었다.

나는 다카미네 사오리야, 하고 시즈나는 스스로에게 말했다. 그 이름을 사용하는 건 다이스케의 말대로 아마 오늘이 마지막일 것이다. 오늘만 지나면 다카미네 사오리라는 여자는 더 이상 이 세상에 존재하지 않는다―.

만나기로 한 장소는 긴자 니초메의 커피숍이었다. 도가미 유키나리와 몇 번 만난 적이 있는 가게였다.

커피숍에 들어서자 곧장 유키나리의 모습이 눈에 들어왔다. 캐주얼한 갈색 재킷을 입고 있었다. 그쪽에서도 시즈나를 알아보고 웃는 얼굴로 손을 흔들었다.

웨이터에게 마실 것을 주문하고 시즈나는 자리에 앉았다.

"기다리시게 했나 봐요. 미안해요."

유키나리는 손목시계를 들여다보더니 고개를 저었다.

"아직 5분 남았어요. 내가 너무 일찍 나왔죠. 어쩐지 마음이 급해져서 가만히 있을 수가 없더군요. 그래서 일도 일찌감치 끝내고 왔어요."

"어머, 그래요? 일을 방해해서 죄송해요."

"그게 아니라 내가 그만큼 오늘을 기대했다는 뜻이에요. 그러니까 걱정 말아요."

"그렇게 말해주시니 한결 마음이 놓이네요."

웨이터가 가져온 라임티를 마시며 시즈나는 마음을 가라앉히려고 했다. 이렇게 유키나리와 마주 앉는 것만으로도 심장의 고동이 서서히 빨라져가는 것만 같았다. 그의 스스럼없는 웃음을 마주 보기가 힘들었다.

"지난번에는 정말 고마웠어요. 사오리 씨에게 칭찬받았다고 했더니 요리사들이 아주 좋아하던데요?" 유키나리가 말했다.

아자부주반점에 갔을 때의 일을 말하는 것이다. 새로운 레시피로 만든 하이라이스를 시즈나에게 시식해달라고 부탁했던 것이다.

신작 하이라이스는 오리지널이 갖는 깊은 맛을 지닌 데다 재료의 맛이 좀 더 두드러지게 마무리했다. 시즈나는 그런 느낌을 솔직하게 밝히고 정말 맛있다고 칭찬했었다. 거짓말이 아니었다. 분명 이 정도면 〈아리아케〉의 하이라이스와도 견줄 만하다고 생각했던 것이다.

"나는 요리에는 문외한이니까 너무 진지하게 받아들이지는 마세요. 그때도 말씀드렸지만 적당히 흘려들으셔도 돼요."

그러자 유키나리는 문득 진지한 표정으로 고개를 저었다.

"아뇨, 역시 사오리 씨에게 시식을 부탁하기를 잘했어요. 다른 사람들도 왔었지만, 우리가 의도한 것을 정확히 맞힌 건 당신뿐이에요. 역시 하이라이스에 대해 특별한 추억이 있는 사람다웠어요."

"특별한 추억까지는 아니지만……." 시즈나는 눈을 가만히 내리떴다. 이전에 하이라이스를 먹고 패닉에 빠졌을 때의 일을 말하는 것이다.

그녀의 아픈 기억을 건드렸다고 생각했는지, 그 즉시 유키나리는 허둥거렸다.

"앗, 미안. 내가 쓸데없는 소리를 한 것 같군요. 나는 아무래도 섬세한 배려가 부족한 모양이에요."

그 모습에 시즈나는 저도 모르게 웃고 있었다.

"저는 아무렇지도 않아요. 전부터 느꼈던 건데 도가미 씨는 이상하게 남에게 신경을 많이 쓰시는 것 같아요. 그렇게 상대방만 생각해주다 보면 피곤하지 않아요?"

"그래요? 오히려 둔감하다는 소리를 듣는데?" 유키나리가 고개를 갸웃거렸다.

여자의 마음에만 둔감한 거겠죠, 라고 말하고 싶은 것을 시즈나는 꾹 참았다.

"이런 말, 좀 주제넘게 들릴지도 모르지만 경영자는 약간 뻔뻔한 게 좋을 것 같은데."

"그런 거라면 괜찮아요. 실은 내가 상당히 뻔뻔한 편이거든요. 증거를 대보자면, 이런저런 구실을 만들어 당신을 자꾸 불러내고 있잖아요?" 그렇게 말하며 웃은 뒤, 그는 테이블의 계산서를 집어 들었다. "그럼 가볼까요?"

네, 하고 작은 소리로 대답하고 시즈나도 자리에서 일어섰다.

커피숍을 나서자 유키나리가 택시를 잡았다. 항상 그렇듯이 시즈나를 먼저 태우고, 메구로로 가주세요, 라고 운전기사에게 말하며 자신도 올라탔다.

운전기사에게 길을 알려주는 유키나리의 옆얼굴을 가만히 바라보며 시즈나는 가슴속에 번져가는 초조감을 애써 억누르고 있었다. 이렇게 그와 함께 택시를 타는 일도 이제 없을 것이다. 하지만 다른 작전 때처럼 이번 역시 스쳐 지나갈 일일 뿐이다. 그렇게 생각하려고 했다. 하지만 그렇게 애를 쓰면 쓸수록 가슴속에 자꾸만 뭔가 치미는 것 같았다.

이 사람은 아빠와 엄마를 죽인 사람의 아들이야……. 마음속으로 계속 주문처럼 그 말을 외웠다. 하지만 이 주문에 아무런 힘도 없다는 것을 그녀는 알고 있었다. 또 한 사람의 그녀가 자신에게 이렇게 속삭이는 것이다.

하지만 이 사람은 관계가 없어. 이 사람이 죽인 게 아니야. 이 사람은 남의 아픔을 헤아려 줄 아는 사람이야—.

갑작스레 유키나리가 시즈나를 돌아보았다. 의아하다는 듯 눈을 둥그렇게 뜨면서 미소를 건네왔다.

"왜 그래요?"

"아뇨, 아무것도." 시즈나는 눈을 돌렸다. "오늘은 부모님도 집에 계신 거예요?"

"어머니가 있을 거예요. 근데 되도록 참견하지 말아달라고 미리 부탁했죠. 걱정할 거 없어요."

"전에도 여자를 집에 초대한 적이 있었어요?"

"아, 이번이 처음이에요. 그래서 어머니도 필요 이상으로 의식하는 거 같아요. 무슨 그런 관계가 아니다, 그저 집 구조를 구경하러 오는 것뿐이다, 몇 번이나 얘기했는데……." 말끝에서 슬그머니 목소리가 작아졌다.

시즈나는 고개를 끄덕이고 창밖으로 시선을 던졌다. 다이스케의 라이트밴과 비슷한 차가 바로 옆을 달리고 있어서 일순 가슴이 철렁했다. 하지만 차체 측면에 전혀 알지 못하는 회사 이름이 적혀 있었다.

지금 정말로 연인의 집에 가는 길이라면 얼마나 흐뭇하고 설레는 마음이었을까, 하고 시즈나는 생각했다. 처음 만나는 그의 어머니에게 예의 바르게 대할 수 있을지, 은근히 걱정하고 긴장도 했으리라. 하지만 지금 그녀의 심경은 그런 것과는 너무나 동떨어져 있었다. 긴장은 하고 있지만 그건 오빠의 지시대로 자신의 역할을 다해야 한다고 생각했기 때문이었다. 어머니의 일 따위, 아무래도 상관없었다. 그리고 그와의 이별을 생각하며 마음은 한없이 가라앉을 뿐이었다.

"유학에 대해서는 그 뒤로 뭔가 결정했어요?" 유키나리가 물어왔다.

시즈나는 순간적으로 웃는 얼굴을 만들고 유키나리 쪽을 바라보았다.

"며칠 전에 부모님과 이야기했어요. 어차피 갈 거라면 빨리 가는 게 좋다고 하셨어요."

"그래요?" 유키나리의 눈에 진지한 분위기가 떠올랐다.

"어쩌면 다음 달에라도 비행기를 타게 될 거 같아요. 홈스테이를 하기로 한 친구 집에서도 빨리 오라고 하시고."

"그렇게 빨리? 상당히 급한 이야기네요. 하지만 그렇겠죠. 어차피 갈 거라면 서두르는 게 공부하는 데도 유리할 거고." 유키나리는 웃음을 지으며 말했지만, 그 얼굴은 명백히 잔뜩 굳어 있었다.

"솔직히 마음이 급하긴 해요. 해야 할 공부가 너무 많아요. 벼락치기로 영어 회화 학원에도 다녀야 하고."

"힘든 일이 많겠죠. 응원할게요, 열심히 해봐요."

네, 라고 고개를 끄덕이고 시즈나는 다시 차창으로 시선을 돌렸다.

이걸로 포석은 깔아둔 셈이다, 하고 생각했다. 내일 이후로는 유키나리에게서 만나자는 연락이 와도 공부가 바쁘다는 핑계로 거절할 수 있다. 남을 배려해주는 마음이 강한 사람이다. 한 번만 거절하면 그리 끈질기게 연락하지 않을 게 틀림없다. 그리고 다음 달에는 쓰던 휴대전화를 해약한다. 그 전에 한 번쯤 문자를 보내주는 것도 괜찮으리라. 지금 캐나다로 떠납니다, 라는 내용으로. 그걸로 그는 완전히 포기할 것이다. 조금 더 시간이 흐르고 다른 멋진 여자가 나타나면 다카미네 사오리라는 이름은 머릿속에 떠올리는 일도 없을 것이다……

그러면 되는 거야, 하고 시즈나는 마음속으로 중얼거렸다.

저어, 라고 유키나리가 말을 걸어왔다.

"캐나다 쪽의 주소는 알고 있어요?"

"네? 주소요?"

"홈스테이를 하게 될 그 집 말이에요. 나중에 편지를 보내고 싶은데."

시즈나는 당황스러웠다. 지금까지 사기 작전을 펼쳤던 남자들에게서 해외의 주소를 알려달라는 말은 많이 들어왔지만, 유키나리가 이런 식으로 적극성을 보일 줄은 예상도 못 했다.

"미안해요. 지금은 잘 모르겠어요."

"그럼 다음에 좀 알려줄래요?"

"네에, 물론."

"그리고……." 그는 입술을 핥았다. "캐나다에 가기 전에 한 번 느긋하게 만날 시간을 가졌으면 좋겠어요. 꼭 하고 싶은 말이 있어서."

프러포즈다, 하고 시즈나는 직감했다. 그의 진지한 시선이 눈부셨다.

네, 라고 그녀는 저도 모르게 대답하고 있었다. "그럴게요."

"아, 다행이다." 뭔가 큼직한 일을 해냈다는 듯 안도하는 표정을 지으며 유키나리는 시트에 몸을 기댔다.

시즈나는 숨이 막힐 만큼 심장이 두근거렸다. 남자에게서 프러포즈의 기척을 느꼈던 일은 몇 번이나 있었다. 그때마다 항상 감쪽같이 속여 넘겼다는 통쾌한 기분이 들곤 했다. 하지만 오늘은 달랐다. 그저 마음이 뒤흔들릴 뿐이었다.

그에게서 프러포즈의 말을 듣고 싶은 마음은 있었다. 하지만 일단 그 말을 들은 뒤에도 딱 잘라 그를 잊을 수 있을지, 시즈나는 아무래도 자신이 없었다.

"이제 곧 도착해요." 유키나리가 말을 건네왔다.

시즈나는 흠칫 놀라 앞쪽을 보았다. 택시는 한산한 주택가에 들어와 있었다.

너, 왜 이렇게 바보야? 그녀는 자신을 꾸짖었다. 이 남자가 어떻게 나한테 프러포즈를 한다는 거야? 이제 곧 그는 살인범의 아들 신세가 될 텐데. 그 작전을 펼치는 사람이 바로 나인데ㅡ.

39

도가미의 집을 올려다보며 역시나 저택이라는 단어는 이런 집을 위한 말이구나, 하고 시즈나는 생각했다. 정면에서 바라보는 것만으로 전체적인 크기를 알 수는 없지만, 길 쪽의 담장 길이만 봐도 부지가 100평이니 뭐니 하는 정도를 훌쩍 뛰어넘는다는 건 분명했다. 지붕에 기와를 얹은 것은 일본적이지만 거기서 위로 뻗어나간 굴뚝에는 벽돌이 사용되어 서양적인 분위기를 풍기고 있었다.

"굴뚝이 있는 집은 처음 봤어요." 시즈나는 솔직한 느낌을 말했다.

"거실에 난로가 있거든요." 별일도 아니라는 듯 유키나리가 말했다. "근데 요즘에는 쓰지도 않아요. 아버지가 맨틀피스가 꽤 마음에 들었는지 개축할 때도 그대로 남겨둔 모양이에요.
그래서 굴뚝도 그저 장식품이에요."

유키나리가 문기둥에 붙은 인터폰의 버튼을 눌렀다. 예에,
하고 여자의 침착한 목소리가 돌아왔다.

"다카미네 씨와 함께 왔어요."

네에, 라는 부드러운 대답. 그 목소리만으로도 여유 있는 살
림을 꾸려가는 주부의 모습이 엿보였다.

대문을 지나 화초가 가득한 앞마당을 건너갔다. 작은 계단
이 있고 그 위가 입구였다. 현관문이 너무 높고 커서 시즈나는
놀랐다.

"독일 사람은 워낙 키가 크니까요. 문이 이 정도는 되어야
안심이 됐던 모양이죠." 유키나리가 웃으면서 그 문을 열었다.
"자, 어서 들어와요."

실례합니다, 라고 말하고 시즈나는 안으로 들어섰다.

일반 주택이라면 아이들 방으로 써도 될 만큼 널찍한 현관
홀에 몸집이 자그마한 여자가 서 있었다. 연한 보랏빛 니트를
입고 목에는 가느다란 목걸이를 하고 있었다. 뺨이 둥그런 느
낌이지만 결코 뚱뚱한 편은 아니었다. 눈가에 주름이 있어도
피부에서는 윤기가 느껴졌다.

부잣집 안주인의 얼굴이구나, 라고 생각하며 시즈나는 머리
를 숙였다. 그녀의 이름이 기미코라는 건 택시 안에서 유키나

리에게 들었다.

"다카미네라고 합니다. 오늘, 무리한 부탁을 드려서 죄송합니다."

"아이, 천만에요. 이런 집이라도 괜찮다면 얼마든지 구경해요. 근데 내가 청소를 제대로 못 했어. 그런 점은 살짝 눈을 감아줘요."

"어라, 어제 급하게 대청소를 하시는 거 같던데, 아직 자신이 없어요?"

놀리듯이 말하는 아들을 기미코가 흘겨보았다.

"비밀을 술술 불어버리다니, 반칙이잖아. 제대로 못 치운 곳은 다카미네 씨 눈에 띄지 않게 네가 눈치껏 안내해줘. 아, 그보다 어서 올라와요. 우선 차라도 한잔 마셔야지. 얘는 눈치가 없어서 당장 집 구경을 시켜주겠다고 잠시 의자에 앉지도 못하게 할까 봐 걱정이네."

기미코의 입에서 다정한 말이 술술 흘러나왔다. 그것이 전혀 고까운 소리로 들리지 않았다. 내심으로는 귀찮은 부탁을 하는 아가씨라고 생각할 것이고, 그것을 딱 잘라 거절하지 못한 아들에게도 화가 났을 터였다. 하지만 그런 속마음을 전혀 느끼게 하지 않는 점이 이 여자가 단순히 유복한 부인네만은 아니라는 증거처럼 생각되었다. 10여 년 전에, 〈도가미 정〉이 이만큼 성공하기 전에, 그녀는 허름한 양식당의 안주인이었던 것이다. 그러니 손님을 다루는 데 익숙한 것이다.

구두를 벗고 들어선 시즈나는 들고 온 선물이 생각났다.

"저어, 이걸 좋아하신다는 말씀을 들어서요." 조심스럽게 종이봉투를 내밀었다.

"어머, 그런 건 괜찮은데." 기미코는 난처하다는 듯한 얼굴로 받아 든 뒤, 봉투 안을 들여다보고 환하게 웃었다. "아휴, 얘가 그런 얘기까지 한 모양이네. 얘, 생각 좀 하고 살아라, 응?"

"뭐 어때?" 유키나리도 웃고 있었다.

"미안해요, 다카미네 씨. 그럼 감사히 잘 먹을게. 자, 이쪽으로 들어와요."

복도로 가는 기미코의 등을 바라보며 시즈나는 시어머니라는 말이 머릿속에 떠올랐다. 만일 이 아주머니와 한 지붕 아래 살게 된다면 내가 과연 사이좋게 지낼 수 있을까. 지금은 다정하게 보이는 저 표정도 며느리가 된 뒤에는 크게 달라지는 걸까—.

갑자기 기미코가 뭔가 생각난 듯 멈춰 서서 돌아보았다.

"아참, 네 아버지도 기다리고 있어." 유키나리에게 말했다.

시즈나는 가슴이 철렁했다.

"아버지? 웬일로?"

"나도 잘 모르겠지만, 가게 쪽 일은 괜찮으신가 봐. 아마 궁금해서 들어오셨을 거야. 우선 얘가 여자 친구를 집에 데려오는 게 처음이거든." 뒤의 말은 시즈나를 향한 것이었다.

"에이, 구경꾼이 늘었네." 유키나리는 얼굴을 찌푸렸다. "미안해요, 아버지까지 들어오시고. 다카미네 씨, 그래도 괜찮겠어요?"

"네, 저는 괜찮아요."

"잠깐 인사나 하려는 거야." 그렇게 말하고 기미코는 걸음을 옮겼다.

그 뒷모습을 바라보는 시즈나의 마음은 조금 전과는 딴판으로 홱 바뀌었다. 그녀를 시어머니로 상상한 자신을 질타했다. 지금 그런 태평한 생각을 하고 있을 때가 아니야.

기미코가 멈춰 서더니 옆의 문을 열었다.

"여보, 손님 오셨네요." 문 안쪽을 향해 말을 건네고 나서 시즈나 쪽을 보았다. "자, 들어와요."

시즈나는 머리를 숙이며 방으로 들어갔다. 큼직한 센터 테이블이 있고 그것을 에워싸듯이 가죽 소파가 자리 잡고 있었다. 그 옆에 도가미 마사유키가 서 있었다. 회색 카디건을 걸친 모습이었다.

"어서 와요. 지난번에 잠깐 봤었지?"

"네, 안녕하세요?" 시즈나는 새삼 머리를 숙였다.

〈도가미 정〉 히로오점에서 유키나리를 만났을 때, 가게를 나오는 길에 도가미 마사유키와 우연히 마주쳤던 것이다. 그때만 해도 그들은 단순한 사기 작전의 타깃에 지나지 않았다. 그 직후에 다이스케가 마사유키를 먼발치에서 보고 살인사건 날 밤에 목격했던 그 사람이라고 크게 흥분했었다.

유키나리의 안내를 받아 시즈나는 3인용 소파 쪽에 앉았다. 유키나리도 옆에 나란히 앉았다.

"캐나다에 유학을 간다고?" 맞은편에 앉은 마사유키가 물어 왔다.

네, 라고 시즈나가 대답하자 그는 고개를 끄덕였다.

"해외 경험은 인생에 큰 영향을 줄 거야. 하지만 항상 플러스가 된다고만은 할 수 없어요. 그게 어려운 점이지."

"아버지." 유키나리가 미간을 좁혔다. "괜히 찬물 끼얹는 말은 하지 마시고요."

"아, 그런 거 아니다." 마사유키는 시즈나 쪽으로 시선을 돌리고 입에 웃음을 띠었다. "아가씨에게 의미 있는 유학이 되기를 빌어요."

"고맙습니다." 시즈나는 머리를 숙였다.

기미코가 홍차를 내왔다. 은은한 허브 향이 감돌았다. 잔을 입가에 대며 시즈나는 마사유키의 얼굴을 슬쩍 훔쳐보았다. 그는 쿠키에 손을 내미는 참이었다.

이 사람이 아빠와 엄마를 살해했다—.

듬직한 풍채하며 이지적인 얼굴 생김새하며, 살인을 저지를 만한 기척 따위는 털끝만큼도 느껴지지 않았다. 하지만 겉모습만으로 사람 속을 판단할 수 없다는 걸 사기 작전을 계속해온 시즈나는 지나칠 만큼 잘 알고 있었다. 오히려 가면이 완벽하면 할수록 그 이면에는 상상을 뛰어넘는 얼굴이 숨겨져 있다고 하는 게 옳을 것이다.

14년 전, 악몽의 그날이 되살아나려고 했다. 하지만 시즈나는 애써 그 생각을 억눌렀다. 실은 고이치에게서 들은 말이 있었다.

"혹시 도가미 마사유키를 만나더라도 그날의 사건은 되도록 생각하지 마. 생각하면 네가 평정을 유지할 수 없어. 당장 그 자리에서 복수하고 싶을 거야. 하지만 우선은 참아야 해. 증오는 나중에 반드시 터뜨릴 테니까. 이번에는 오로지 네가 할 일만 생각해. 그러지 않으면 실패하기 십상이야."

고이치의 말이 맞았다. 이렇게 마주하는 것만으로도 몸이 달아오르면서 고함을 내지르고 싶은 충동에 휩싸였다. 시즈나는 눈을 내리뜨고 되도록 마사유키를 쳐다보지 않게 주의했다.

"우리 유키나리의 새 가게를 위해 도움을 많이 주셨다고? 나도 고맙다는 인사를 해야겠어."

"도움이라뇨, 아니에요." 몸을 숙인 채 고개를 저었다. "저는 별로 한 것도 없는데요, 뭘."

"실은 며칠 전에도 아자부주반점의 새 하이라이스 시식에 참석했었어요." 유키나리가 말했다.

"오호, 그래서 어떤 평을 해주셨지?"

"재료의 맛을 잘 살렸다는 칭찬을 받았죠. 우리 쪽의 의도가 정확히 전달되어서 정말 마음이 놓였어요."

"흠, 그랬군. 공치사는 아니겠지, 다카미네 씨?"

"아니에요, 제가 생각한 그대로 말씀드렸어요."

"그렇다면 다행이네. 나도 그 정도 맛이라면 승부할 만하다고 생각했어. 아, 그런데 다카미네 씨."

자신을 부르는 소리에 얼굴을 들지 않을 수 없었다. 시즈나는 호흡을 가다듬고 등을 꼿꼿이 세우며 상대를 바라보았다. "네."

"유키나리에게 들었는데, 우리 원조 하이라이스와 똑같은 것을 예전에 다른 양식당에서 먹어본 적이 있다고?"

시즈나의 심장이 크게 뛰었다. 꼿꼿이 세운 상체가 휘청 흔들릴 뻔했다.

뺨이 팽팽하게 긴장되는 것을 느끼며 그녀는 애써 웃는 얼굴을 지었다.

"정말 똑같은지는 잘 모르겠어요. 워낙 어렸을 때의 일이라서요."

"그 양식당이 요코스카에 있었다면서? 가게 이름은 기억이 나는가?"

"그건 나도 물어봤는데, 잘 모른다고 했어요." 유키나리가 옆에서 대답했다. "하지만 영어 이름이었던 것 같다고 했었죠?"

예, 라고 시즈나는 고개를 끄덕였다.

"영어 이름이라……. 그 양식당에 대해 그 밖에 뭔가 생각나는 일은 없었나? 이를테면 하이라이스 이외의 요리 중에 또 맛있는 게 있었어?"

"하이라이스 이외에?"

"왜 그런 걸 자꾸 캐물어요?" 유키나리가 살짝 나무라는 투로 마사유키에게 말했다. "전에 그 양식당 얘기를 했을 때는 별로 관심도 없으신 것 같더니."

"아냐, 그때도 재미있는 이야기라고 생각했어. 하지만 꼬치꼬치 묻는 건 실례인가?"

"오늘은 집을 구경하러 온 거예요. 아버지와 대화를 하기 위한 게 아니죠."

"아, 그렇군." 마사유키는 고개를 끄덕이고 시즈나를 보았다. "불편했다면 미안해요."

"아뇨, 천만에요." 시즈나는 미소를 지으며 말했다. "어렸을 때의 일이라 정확히 생각나지 않아요. 하이라이스의 맛이 비슷했다는 것도 제 선입견 때문인지도 모르겠군요. 저야말로 쓸데없는 말을 한 것 같아서 죄송해요."

"맛을 기억한다는 게 원래 어려운 일이잖아." 맨 끝에 앉아 그들의 대화를 듣고 있던 기미코가 수습에 나서듯이 말했다.

아니, 하고 마사유키는 손을 흔들었다.

"어린 시절에 몸에 밴 맛이라는 건 의외로 강한 거야. 그래서 다들 어머니가 해주신 된장국과 주먹밥을 좋아하지. 혹시 뭔가 생각나거든 유키나리에게 말해줘요. 참고가 될 테니." 그렇게 말하고 그는 자리에서 일어섰다. "나는 이만 물러가마. 자, 마음 편히 구경하고 가요. 누추한 곳이지만."

마사유키가 나간 뒤에도 시즈나의 동요는 가라앉지 않았다. 왜 갑자기 그런 이야기를 꺼냈는지, 아무래도 마음에 걸렸다.

"얘, 내가 다카미네 씨에게 주고 싶은 게 있어." 기미코가 흐뭇한 얼굴로 유키나리에게 말했다.

"뭔데요?"

"이거야." 기미코가 내민 것은 네모난 상자였다. 샤넬 로고가 찍혀 있었다. 시즈나도 그것이 무엇인지 금세 알았다.

"그 향수, 작년에 파리 갔을 때 사 온 거잖아?"

"응, 그랬지. 근데 집에 돌아와서 생각해보니 나한테는 아무래도 어울리지 않아. 너무 화려하다고 할까 너무 상큼하다고 할까."

"한마디로 나이에 맞지 않는 걸 덥석 사셨네." 유키나리가 키득키득 웃었다.

"얘, 그저 타입이 다른 것뿐이야. 근데 다카미네 씨를 보니까 딱 어울릴 것 같아. 괜찮다면 써볼래요?" 기미코는 상자를 열고 향수 병을 시즈나 쪽으로 내밀었다.

"이런 비싼 물건을……." 향수를 받아 들고 시즈나는 유키나리 쪽을 보았다.

"갖고 있어봐야 나는 쓰지도 못하고, 아깝잖아. 하지만 향수라는 건 각자 취향이 있으니까 억지로 권하지는 않을게. 잠깐 냄새를 맡아봐."

시즈나는 왼쪽 손목에 살짝 뿌리고 오른손으로 비빈 뒤에 코에 대보았다. 상큼한 감귤 계통의 달콤한 향기가 났다. 정말 젊은 여자를 위한 향수인 것 같았다.

"아, 좋은 냄새!" 저도 모르게 중얼거렸다.

"좋지? 받아줄래?"

"정말 괜찮으세요?"

"괜찮고말고. 솔직히 말하면 다카미네 씨를 만나기 전까지는 그럴 생각이 없었어. 남의 집을 구경하겠다니, 맹랑한 아가씨구나 하고 생각했지. 하지만 막상 만나보니까 왠지 자꾸 기분이 좋아지네? 이렇게 멋진 아가씨인 줄은 몰랐거든. 얘가 여자 보는 눈이 꽤 괜찮지 뭐야."

"어휴, 어머니." 유키나리가 얼굴을 찌푸렸다.

"그러니 사양 말고 써봐. 아, 혹시 마음에 안 든다면 거절해도 괜찮아."

"아뇨, 정말 고맙습니다. 감사히 받겠습니다. 소중하게 쓸게
요."

향수 병을 꼭 쥐고 시즈나는 고개를 숙였다. 그것은 연기가
아니었다. 실은 눈물이 쏟아지려는 것을 꾹 참고 있었다. 왜 그
러는지 스스로도 알 수 없었다. 확실한 것은 기미코의 말이 거
짓으로는 들리지 않았다는 것이다. 그것이 시즈나의 가슴을
뒤흔들었다.

"어디서부터 안내할 거니?" 기미코가 유키나리에게 물었다.

"우선은 게스트룸부터 가볼까? 그 방의 구조가 꽤 도움이
될 것 같아. 그다음은 서고와 선룸으로 갈 거야."

"구경 다 끝나면 말해줘."

"알았어요. 자, 다카미네 씨, 갈까요?"

유키나리의 말에 시즈나는 네, 라고 대답했다. 그 목소리가
약간 잠겨 있었다.

40

게스트룸은 현관홀 옆이었다. 이 방의 구조가 도움이 될 거
라는 유키나리의 말은 안에 들어서자마자 금세 이해할 수 있

었다. 실로 기묘한 구조였기 때문이다.

앞쪽에 테이블과 소파, 창가에는 간단한 옷장도 있었다. 바닥은 마루였다. 하지만 안쪽으로 바닥이 수십 센티미터 높아지면서 다다미가 깔린 공간이 나타났다. 일본식 3조 방이라는 건 실제로 다다미가 세 장이었기 때문에 금세 알 수 있었다.

"원래는 전면이 마룻바닥이었어요. 그리고 안쪽에는 낡은 침대가 있었다는군요. 하지만 일본 사람은 여행지에서도 다리를 쭉 뻗을 수 있는 바닥이 편하잖아요. 게다가 다다미를 좋아하죠. 그래서 아버지가 이렇게 고안한 모양이에요."

유키나리는 그곳에 걸터앉아 감촉을 확인하듯이 다다미 표면을 손으로 쓰다듬었다.

시즈나도 그 곁에 앉았다.

"이건 정말 서양식과 일본식의 절충이네요."

"꽤 괜찮은 아이디어였죠. 역시 오랜 동안 양식당을 해온 아버지다운 안목이라고 나도 다시 봤을 정도예요. 양식당이란 것도 식문화에서의 서양과 일본의 절충이니까요." 유키나리는 다다미에 올라가 아담한 도코노마[✛] 앞에서 양반다리를 하고 앉았다. 그곳에는 다기茶器가 장식되어 있었다. "마루 쪽에는 영국산 수입 앤티크 가구를 배치하고, 이쪽에는 일본 전통

✛ 일본식 방의 상좌에 한 단을 높여 꽃꽂이나 족자 등을 꾸며놓는 곳.

의 아름다움을 살린 것도 아버지 나름의 미적 감각인 모양이
에요."

시즈나도 올라가서 그 곁에 정좌했다.

"저런 찻잔도 아버님이 직접 고르신 건가요?"

"그럴 거예요. 꽤 이름 있는 도예가의 작품이라고 들었습니
다."

"잠깐 봐도 될까요?"

시즈나의 말에 유키나리는 뜻밖이라는 듯 눈이 둥그레졌다.

"도예 쪽에 관심이 있어요?"

"잘 아는 건 아니지만 보는 건 좋아해요. 예전에 잠깐 다도
를 배운 적이 있거든요."

"그렇군요. 다카미네 씨라면 당연히 그런 쪽에 관심이 있겠
지요. 오모테센케*쪽인가요?"

"아뇨, 우라센케裏千家예요. 차에 거품을 내는 쪽이죠." 웃음
을 지으며 시즈나는 가방을 끌어당겼다. 안에서 하얀 장갑을
꺼내 양손에 꼈다.

유키나리가 놀란 얼굴로 손을 저었다.

"그렇게까지 할 거 없어요. 그냥 맨손으로 들어도 괜찮아
요."

✢ 表千家. 다도 유파의 하나로, 다도의 원조인 센리큐를 계승한 유파. 여기서 분가
해 나간 또 하나의 유파는 우라센케본.

"장갑을 끼는 게 더 편해요. 지문이나 손의 기름이 묻을까 봐 신경 쓰다가 자칫 떨어뜨리기라도 하면 안 되잖아요." 그렇게 말하며 시즈나는 찻잔에 장갑 낀 손을 내밀었다.

물론 도예 같은 건 전혀 알지 못했다. 다도에 대해서도 예전에 어떤 남자를 속이기 위해 책을 보며 공부한 적이 있을 뿐이었다. 찻잔을 보고 싶다고 한 건 유키나리에게 의심을 받지 않고 장갑을 끼기 위한 구실이었다.

"다카미네 씨의 부모님을 꼭 한번 뵙고 싶군요."

유키나리가 불쑥 그렇게 말하는 바람에 시즈나는 놀라서 얼굴을 들었다.

"왜요?"

"아, 이상한 뜻은 아니고요. 어떤 식으로 자녀 교육을 하면 사오리 씨 같은 분이 나오는지 궁금해서요. 당신처럼 세심한 부분까지 배려하는 사람은 그리 많지 않아요. 게다가 그런 세심한 배려를 아주 자연스럽게 행동에 옮기잖아요. 이건 정말 대단한 일이에요."

"그건 과찬의 말씀이에요. 부끄러워서 그릇을 놓칠 것 같아요." 시즈나는 찻잔을 원래 자리에 돌려놓았다.

"과찬인가? 나는 진심으로 그렇게 생각했는데?"

"아이, 이제 됐어요. 그만하세요." 시즈나는 다다미방에서 내려왔다. 장갑을 낀 채 가방을 손에 들었다. "다음은 어떤 방을 보여주실래요?"

"아, 이번에는 선룸." 유키나리도 자리에서 일어섰다.

그의 뒤를 따라가며 시즈나는 복잡한 마음에 휩싸였다. 이
남자는 사람 보는 눈이 없구나, 하고 생각했다. 장갑을 끼기 위
한 구실을 곧이곧대로 받아들여 자기 눈높이에 맞게 다카미네
사오리라는 여자를 만들어내고 있을 뿐이다. 시즈나의 행동을
아주 자연스럽다고 평가한 것도 우스꽝스러웠다. 실은 너무
표 나게 연기한 게 아닌가 하고 내심 조마조마했던 것이다.

하지만 한편으로 그의 칭찬에 순수하게 기뻐하는 마음도 있
었다. 비록 거짓된 모습이지만 그래도 지금 이 시간만은 그가
나를 좋아해준다고 생각하니 가슴이 뭉클해졌다.

기미코에게서 향수를 받았을 때도 똑같은 느낌이었다. 그녀
를 만나는 건 아마도 오늘이 처음이자 마지막일 것이다. 사실
은 그녀가 자신을 어떤 식으로 생각하건 상관도 없는 일이었
다. 하지만 그녀에게서 "다카미네 씨를 만나보고 왠지 자꾸만
기분이 좋아진다"라는 말을 들었을 때, 진심으로 고맙고 기뻤
다. 도가미 유키나리를 낳아준 어머니가 나를 받아들여주는구
나, 하고 느꼈기 때문이다.

하지만 자신은 그런 그들을 배신하지 않으면 안 된다. 이미
망설임은 없지만, 가슴에 아픔이 번지는 것도 부정할 수 없었다.

선룸은 거실 바로 옆이고, 양쪽은 미닫이문으로 구분되어

있었다. 그 미닫이문을 활짝 열면 전체가 20평이 넘는 큰 공간이 되는 것이다. 선룸은 삼면 모두에 큼직한 유리창이 달려 있고 정원으로 나가기 위한 작은 문도 있었다.

"원래는 아틀리에로 쓰던 곳이었어요." 유키나리가 말했다.

"예전 주인이 아마추어 화가였어요. 자연광 아래에서 그림을 그리려고 햇빛이 넉넉히 들어오는 구조로 만들었다는 얘기를 들었어요."

남서쪽 창으로 들어오는 햇살이 바닥에 떨어져 있었다. 그 위에 서서 시즈나는 저도 모르게 "아, 따뜻하다"라고 중얼거렸다.

가구는 거의 없었지만, 구석에 작은 계단을 만들어둔 게 눈길을 끌었다. 그 위는 다락방인 것 같았다. 넓이는 다다미 두 장분 정도일까.

"저 위는 어떤 곳일 것 같아요?" 그녀의 시선을 알아차린 듯 유키나리가 눈을 반짝이며 물었다.

"모르겠어요. 다락방 아닌가요?"

"그럼 잠깐 올라가볼까요?" 유키나리는 성큼성큼 계단으로 다가가 첫 번째 단에 발을 얹은 참에 뒤를 돌아보았다. "자, 어서요."

머뭇머뭇 시즈나는 계단으로 다가갔다. 먼저 올라가 있던 유키나리가 손을 내밀어주었다. 시즈나는 장갑 낀 손을 그의 손바닥에 살짝 얹었다.

장갑 너머로 그의 체온을 느끼며 계단을 올라갔다. 새로운 공간에서 작은 책상과 천체망원경이 기다리고 있었다.

천장을 올려다보고 시즈나는 그곳이 어떤 곳인지 알았다. 큼직한 천창이 눈앞에 펼쳐졌다.

"여기서 넓은 밤하늘을 마음껏 관찰할 수 있어요."

"별자리 관찰하는 거, 좋아하세요?"

"아버지의 영향이에요. 옛날부터 천체 관측이 취미였으니까요. 나도 어렸을 때부터 항상 따라다녔어요. 집 안에 이런 장소를 만든 것도 아버지 생각이죠. 하지만 요즘은 별로 들여다보지 않는군요. 나이 탓에 계단이 무서워졌나?" 그가 시즈나를 돌아보며 고개를 갸우뚱했다. "아차, 여자분들은 별자리에 거의 관심이 없죠? 점성술이라면 아주 인기가 있지만."

별이라는 말을 듣자마자 떠오르는 게 있었다. 시즈나의 입이 저절로 움직였다.

"예전에 사자자리 유성군을 보러 갔었어요."

유키나리가 입을 헤벌렸다.

"와아, 그래요?"

"중학생 때였어요. 그보다 훨씬 전에는 페르세우스 유성군을 보러 갔었죠."

유키나리는 감탄한 듯 그녀를 빤히 바라보며 고개를 저었다.

"당신과 이야기하다 보면 매번 놀라게 돼요. 별에까지 조예가 깊을 줄은 정말 몰랐어요."

"그 정도는 아니에요. 별에 대해서는 전혀 몰라요. 친구가 가자고 해서 뭔지도 모르고 따라간 거예요."

"그것도 멋진 얘기네요. 그래서 유성이 잘 보였어요?"

"아뇨, 아쉽게도 비가 내렸어요. 그래서 몇 년 뒤에 똑같은 멤버로 다시 사자자리 유성군을 보러 간 거예요."

실제로 시즈나는 비가 오기 전에 잠이 들어버렸다. 깨어났을 때는 전혀 낯선 장소에 눕혀져 있었다. 부모님이 살해되었다는 말을 들은 것이 그 직후였다.

악몽 같은 사건이 다시 생각나려고 해서 시즈나는 필사적으로 뿌리쳤다. 지금은 쓸데없는 생각을 할 때가 아니었다.

그녀의 고뇌 따위 전혀 알지 못하는 유키나리는 상큼한 미소로 천창을 우러러보았다.

"유성이라……. 나도 어렸을 때는 열심히 관찰했어요. 극대일*에는 한밤중까지 잠도 안 자고 카운터를 들고 유성을 헤아리기도 했죠. 그 결과를 일일이 노트에 기록하기도 하고. 그러고 보니 최근에는 나도 별을 올려다본 적이 없군요. 내년 여름에는 함께 보러 갈까요?" 신이 나서 말한 뒤에 그는 머쓱한 얼굴을 했다. "아차, 캐나다로 떠날 테니까 안 되겠죠?"

✤ 極大日. 유성군이 활동하는 기간 중 가장 많은 유성이 나타나는 날.

시즈나는 미소를 지으며 고개를 끄덕였다. 자신이 슬픈 표정을 하고 있다는 것이 스스로도 느껴졌다. 그건 연기가 아니었다.

"캐나다는 분명 별이 더 잘 보일 거예요." 유키나리는 웃는 얼굴로 돌아와 있었다. "그만 내려갈까요? 발밑, 조심해요."

계단을 내려와 유키나리는 서고로 안내해주었다.

"예전에는 일하는 사람들의 숙소였어요. 입주 일꾼을 두고 있었다는 얘기겠지요? 하지만 우리는 그런 방은 필요가 없어서 서고로 개조했어요."

일단 현관홀로 돌아가 게스트룸 앞을 지나갔다. 넓은 복도 끝까지 들어가자 왼편에 문이 있었다. 유키나리가 그 문을 열었다. 그 뒤로는 좁은 복도였다.

"이 문 부분은 벽이었어요. 일꾼이 쓰는 방은 안채에서 직접 들어갈 수가 없었죠. 하지만 그래서는 서고로 사용할 때 불편해서 새로 이 문을 만들었어요."

복도로 들어가자마자 오른편에 미닫이문이 있었다. 유키나리가 미닫이문을 열고 안의 불을 켰다.

한 발 들어선 순간, 시즈나는 눈이 휘둥그레졌다.

방 넓이는 5평 정도였지만 두 개의 벽이 온통 책장이었기 때문이다. 게다가 그 책장에는 빈자리가 거의 없었다. 다양한 서적과 자료들이 빽빽이 들어차 있었다.

우와, 굉장하다, 하고 그녀의 입에서 탄성이 터져 나왔다.

"벽 전면에 책장을 넣었네요?"

"아뇨, 그건 아니고요." 유키나리가 말했다. "이 책장은 원래부터 이 자리에 있었어요. 아마 일꾼들이 생활용품이나 의류를 넣었던 것 같아요. 요즘의 수납장 같은 것이죠. 그걸 우리가 조금 수리해서 책장으로 만들었어요. 그래서 군데군데 깊이가 다르죠? 근데 이게 책장으로 쓸 때는 아주 편리해요. 아버지도 나도 정말 마음에 들었습니다."

시즈나는 책장으로 다가가 전체를 둘러보았다. 이미 그녀의 머릿속에서는 한 가지 생각이 만들어졌다.

"책이 엄청나군요. 특히 요리에 관한 책이 많은 것 같아요."

"내 책도 있지만, 역시 아버지가 젊은 시절부터 수집한 것이 대부분이에요. 전 세계의 요리에 관한 자료는 다 모았을 정도예요. 이렇게 진열해놓기만 하고, 실제로 요리는 언제 할 수 있을지 모르겠지만." 유키나리는 쓴웃음을 지었다.

서고를 나서자 유키나리는 세면실과 욕실도 안내해주었다. 서양인에 맞춰 만들어진 부분을 어떤 식으로 키가 작은 일본인용으로 개조했는지, 그는 열심히 설명했다. 하지만 시즈나는 그 설명의 반도 듣지 못했다. 그녀는 오로지 기회만을 엿보고 있었다.

욕실에서 복도로 돌아오자 기미코가 반대쪽에서 오는 참이었다.

"아직 안 끝났니?" 그녀가 물었다.

"아뇨, 거의 다 됐어요."

"그럼 차 한 잔 더 할까? 다카미네 씨도 피곤할 텐데."

"아차, 그렇군. 자, 갈까요?" 유키나리가 시즈나를 돌아봤다.

"저어, 잠깐 화장실을 써도 될까요?"

"그럼요. 어딘지 알아요?"

"네, 괜찮아요. 먼저 가세요."

유키나리는 고개를 끄덕이고 기미코와 함께 복도를 걸어갔다.

그들의 모습이 사라진 것을 확인하고 시즈나는 급히 발길을 돌렸다. 옆의 문을 열고 좁은 복도를 발소리를 죽여 걸어 들어 갔다. 그러고는 미닫이문을 열고 서고 안으로 들어갔다.

가방에서 비닐봉지에 든 노트 한 권을 꺼냈다. 장갑 낀 손으로 신중하게 잡고 책장을 올려다보았다.

어디에 감춰둘지는 조금 전에 정해두었다. 책장의 가장 아랫단이다. 발치라서 사람들의 눈에 띄기 어려운 자리라고 판단한 것이다.

『세계의 가정 요리』라는 제목이 보였다. 상당히 두툼한 책이었다. 그 책 옆에 노트를 꽂았다. 깊숙이 집어넣자 앞에서는 전혀 보이지 않았다.

잽싸게 서고를 나왔다. 하지만 복도로 돌아온 순간, 유키나리와 딱 마주쳤다.

"엇, 왜요?"

"죄송해요. 어디가 어딘지 모르겠어서."

하하하, 하고 유키나리가 웃었다.

"그럴 줄 알았어요. 화장실은 이쪽이에요."

유키나리의 뒤를 따라가며 시즈나는 가방 밖으로 튀어나온 비닐봉지를 잽싸게 밀어넣었다.

거실에서 일본차를 마신 뒤, 모처럼 왔으니 저녁 식사를 하고 가라는 기미코의 청을 정중히 사양하고 시즈나는 이쯤에서 일어서기로 했다. 유키나리가 문밖까지 배웅해주었다. 집 앞에는 그가 부른 택시가 대기하고 있었다.

"미안해요, 어머니가 너무 건너짚는 말을 해서."

"천만에요, 저야말로 죄송해요. 오늘 다른 일정만 없었다면 저녁 식사를 함께 하고 싶었는데."

"어머니는 당신이 정말 마음에 들었나 봐요. 다음에 꼭 다시와요. 가능하다면 캐나다에 가기 전에."

유키나리의 진지한 눈을 마주 보며 시즈나는 말없이 고개를 끄덕였다.

"내가 연락할게요." 그가 말했다.

시즈나는 네, 라고 대답하고 택시에 올랐다. 운전기사에게 행선지를 알린 뒤, 바깥에 있는 유키나리를 향해 머리를 숙였

다. 그리고 자동차가 움직일 때까지 그 자세 그대로 있었다. 그
의 얼굴을 보는 것이 괴로웠기 때문이다.

휴대전화를 꺼내 다이스케에게 걸었다.

"어땠어?" 전화를 받자마자 걱정스러운 듯 질문을 던져왔다.

"책장에 감췄어. 눈치채지 않게 잘했으니까 걱정하지 마."

다이스케가 안도의 한숨을 내쉬는 소리가 전해져왔다.

"잘했다. 이걸로 끝났다."

"응, 끝이야, 다 끝났어."

"축배를 들어야겠네. 어서 이쪽으로 와."

"응."

전화를 끊은 뒤, 시즈나는 심호흡을 하며 눈을 감았다.

41

다이스케에게서 작전이 성공했다는 소식을 듣고 고이치는
진한 한숨을 토해냈다. 노트는 도가미가의 서고에 넣어두었다
고 했다. 이상적이다, 라고 고이치는 생각했다.

"역시 시즈나는 대단해. 유키나리가 마음에 걸려서 혹시 망
설이지나 않을까 걱정했는데 그야말로 쓸데없는 걱정이었어.
지금 시즈나 픽업해서 그쪽으로 갈게. 오랜만에 셋이서 건배

나 하자고." 다이스케의 목소리는 신이 나 있었다.

조심해서 오라고 당부하고 고이치는 전화를 끊었다. 컴퓨터 앞에서 팔짱을 꼈다.

이제 남은 문제는 어떻게 그 노트를 경찰의 눈에 띄도록 하느냐는 것이었다.

그 노트는 아버지가 작성한 레시피 모음집이었다. 어릴 적 정든 집을 떠날 때, 아버지의 소중한 유품으로 꺼내 온 것이었다. 다이스케와 시즈나의 기억 속에 낙인처럼 찍혀 있는, 이 세상에 단 하나뿐인 하이라이스를 만드는 방법도 그 노트에 기록되어 있었다.

경찰이 그것을 발견한다면 이번에야말로 도가미 마사유키를 체포해줄 것이라고 고이치는 예상했다. 물론 도가미는 부정할 것이다. 자신은 본 적도 없는 물건이라고 주장할 것이다. 하지만 상황은 그에게 압도적으로 불리하다. 그 노트를 아리아케 유키히로가 직접 썼다는 점은 분명 쉽게 증명될 것이다. 게다가 그 레시피대로 하이라이스를 만들면 〈도가미 정〉의 대표 요리와 똑같은 맛이 나온다는 것도 곧바로 판명될 것이다.

어떻게 그 노트를 입수했는가. 경찰은 그 점을 집중 추궁할 것이다. 도가미 마사유키는 물론 대답할 수가 없다. 그 자신도 알지 못하는 일이기 때문이다. 하지만 경찰에서는 그런 식으로 받아들여주지 않는다. 살해 현장에서 훔쳐냈다, 라는 가장 타당한 결론을 내릴 것이다. 이미 확보한 금시계의 지문이 그것을 뒷받침해주는 물증이 되는 것이다.

도가미 마사유키로서는 여우에 홀린 듯한 기분일 것이다. 14년간 숨겨왔던 흉악한 범죄가 왜 이제 와서 이런 식으로 폭로되는지, 영문도 모르는 채 체포되는 것이다. 누군가의 덫에 걸려들었다고 생각하겠지만 어떻게도 손쓸 방도가 없다…….

하지만 아무리 그래도 도가미가 깨끗이 자백하리라는 보장은 없다. 다양한 상황증거가 갖춰져도 도가미가 부인하는 한, 검찰도 기소까지는 갈 수 없을지도 모른다.

이제는 경찰을 믿는 수밖에 없다고 고이치는 생각했다. 우리가 이렇게까지 밥상을 다 차려줬잖아요, 이제 제발 물증을 찾아주세요, 라고 기도하는 심정이었다. 가시와바라의 얼굴이 머릿속에 떠올랐다.

그때였다. 눈앞에 놓인 휴대전화가 울렸다. 액정 화면을 들여다보고 흠칫 놀랐다. 바로 그 가시와바라가 걸어온 전화였던 것이다.

반가워서 얼른 버튼을 누르고 네, 라고 대답했다.

"고이치 군인가? 나야, 가시와바라."

"네, 뭔가 알아내셨어요?" 지금까지 그 생각에만 빠져 있었던 탓에 너무 성급하게 묻고 말았다.

"응, 그것 때문에 할 얘기가 있어. 자네, 지금 집에 있어?"

"예, 집에 있어요."

"그럼 잠깐 만날 수 있을까? 10분이면 돼."

"좋습니다. 어디로 갈까요?"

"아니, 내가 그쪽으로 갈게. 실은 바로 근처에 와 있어."

"예?" 바짝 식은땀이 나는 것을 고이치는 느꼈다.

"다른 볼일 때문에 이 근처까지 왔어. 지금 자네 맨션 근처야. 305호실이라고 했던가?"

고이치는 자리에서 일어나 창문 너머로 앞길을 내려다보았다. 하지만 가시와바라의 모습은 보이지 않았다.

"아니, 근데 집이 너무 지저분해서……."

가시와바라가 나지막하게 웃었다.

"거, 좀 지저분하면 어때? 아니면 형사가 찾아가는 게 싫은 거야?"

"아, 아뇨, 그런 건 아니고요. 그럼 기다리겠습니다."

전화를 끊자마자 즉시 다이스케에게 전화를 넣었다. 하지만 전파가 닿지 않는지 부재중 메시지만 흘러나왔다.

별수 없이 문자라도 보내려고 했을 때였다. 도어폰의 차임벨이 울렸다. 이어서 노크 소리. "고이치 군, 나야." 가시와바라의 목소리였다.

고이치는 가슴이 철렁했다. 집 근처가 아니었다. 가시와바라는 맨션 현관문 바로 앞에서 전화를 한 것이다.

다이스케와 시즈나에게 연락할 여유는 없었다. 고이치는 수납장을 열고 이런 때를 위해 준비해둔 프라다 백을 꺼내 침대 위에 휙 던졌다. 안에 있던 화장품이며 소소한 물건들이 비어져 나왔다.

현관 신발장에서 여자 샌들을 꺼내놓고 그 대신 다이스케의 스니커즈는 안에 감췄다.

다시 문을 노크하는 소리가 들렸다. "어이, 고이치 군."

고이치는 신발장 뒤에 감춰진 스위치를 잽싸게 눌러놓고 현관문을 열었다.

나야, 라고 가시와바라가 슬쩍 손을 흔들었다. 갈색 점퍼 차림이었다.

"갑자기 찾아와서 미안해."

"그건 괜찮은데, 정말 집 안이 너저분해서……."

"그런 건 상관없어. 생활 지도를 하러 온 것도 아니니까." 그렇게 말하며 안으로 들어서던 가시와바라의 시선이 현관에 놓인 여성용 샌들로 향했다. 거기서는 아무 말도 하지 않았지만 방에 침대 두 개가 나란히 놓인 것을 보고는 드디어 질문을 던졌다. "혼자 사는 거 아니었어?"

"네, 동거까지는 아니지만." 고이치는 말했다. "가끔 들러서 자고 가는 정도예요."

"그것 때문에 침대를 하나 더 구입했어?"

"침대는 원래부터 두 개였어요. 처음에 이 집을 친구하고 둘이서 빌렸으니까요. 둘 다 월급이 적어서 혼자서는 임대료를 낼 수가 없었어요."

"그 친구는?"

"결혼해서 나갔어요. 침대는 그냥 두고. 더블베드를 샀대요." 고이치는 막힘 없이 대답하면서 침대에 어질러져 있던 화장품이며 자질구레한 물건을 주섬주섬 프라다 백에 집어넣었다. "어디든 편한 곳에 앉으세요. 좁아터진 곳이라 미안합니다만."

가시와바라는 방 안을 둘러본 뒤, 낮은 테이블 옆에 양반다리를 하고 앉았다.

"자네는 그 여자하고 결혼 안 해?"

고이치는 쓴웃음을 지으며 고개를 저었다.

"나도 그렇지만 그쪽도 결혼은 생각해본 적도 없을걸요?"

"그 여자는 몇 살이지?"

"스물셋, 아니, 스물넷이던가? 사귄 지 반년밖에 안 됐어요." 고이치는 냉장고에서 우롱차 페트병을 꺼내 두 개의 유리잔에 따랐다.

"그렇다면 아직 결혼 얘기를 하기는 빠르겠군." 가시와바라는 관찰하는 시선으로 실내를 둘러보고 있었다.

다이스케가 함께 살고 있다는 것을 보여줄 만한 물건은 이 방 안에 하나도 없을 터였다. 사기를 업으로 삼게 된 뒤로 항상 철저히 조심해왔던 것이다. 이렇게 해두면 혹시 경찰이 다이스케를 잡으러 와도 고이치는 동생과 연락한 적도 없고 행방도 모른다고 주장할 수 있다.

고이치는 가시와바라에게도 다이스케와 함께 산다는 것이나 시즈나를 자주 만난다는 건 비밀로 하고 싶었다. 두 동생만은 경찰과 되도록 거리를 두게 하자는 마음은 한 번도 변한 적이 없었다.

"근데 하실 얘기라는 게 뭐예요?" 고이치는 가시와바라에게 물어보며 우롱차가 든 유리잔을 테이블에 내려놓았다.

고마워, 라며 가시와바라는 우롱차를 꿀꺽꿀꺽 마셨다.

"그 뒤로 동생하고는 연락해봤어?"

역시 그 일이구나, 하고 고이치는 생각했다.

"아직요. 연락은 해봤는데 그쪽에서 아무 말도 없었어요."

"잘 살고 있나?"

글쎄요, 라고 고이치는 고개를 갸웃거렸다.

"그 녀석이 매사에 대충대충 넘어가는 성격이고, 착실히 일할 생각을 안 해요. 그래서 혼을 냈더니 먼저 연락을 끊어버렸어요. 얼굴 마주하면 또 잔소리나 들을 거라고 생각하는 모양이에요."

"자네가 어렸을 때부터 보호자 역할을 했겠지." 가시와바라가 안타깝다는 듯이 말했다.

"다이스케의 증언이 필요합니까?" 고이치가 먼저 물어보았다.

"필요할 수도 있다고 할까. 아직 확실히 말하기는 어려워."

"며칠 전에 수사에 약간 진전이 있다고 하셨죠? 그 뒤로 어떻게 됐어요?"

가시와바라는 얼굴을 찌푸리며 끄응, 하는 신음 소리를 냈다.

"단서로 보이는 것들이 여러 가지 발견된 건 사실이야. 우리도 그걸 바탕으로 수사를 진행하고 있어. 하지만 아무래도 결정타가 나오질 않는단 말이야. 어쨌든 14년이나 지난 옛날 일이고 보니 이게 좀……."

"의심이 가는 사람이 있었어요?"

여기서도 가시와바라는 시원스럽게 고개를 끄덕이지 않았다.

"응, 그런 사람이 있기는 한데, 아직은 참고인 단계야. 〈아리아케〉와의 관련성도 확실하지 않고, 솔직히 말하면 지금 손을 놓고 있는 상태야."

"그런 사람이 있다면 일단 가택수색을 해보면 되는 거 아니에요?"

"가택수색?" 가시와바라의 눈이 날카로워졌다. "왜?"

"사건과 관계가 있는 물건을 숨겨뒀을지도 모르잖아요. 그걸 찾아내기만 하면 확실해질 텐데요?"

고이치가 말하는 모습을 가시와바라는 예리한 눈빛으로 지그시 응시했다. 하지만 금세 그 눈이 가늘어지더니 빙긋이 웃었다.

"사건 발생 직후라면 모르지만 지금 단계에서 범인이 증거가 될 만한 물건을 보관하고 있을 리가 없지. 분명 오래전에 없애버렸을 거야."

"하지만 없애버릴 수 없는 물건이라면 어떨까요? 이를테면 범인에게 큰 가치가 있는 것이라든가."

"가치? 돈이 되는 물건이라는 뜻이야?"

"아니, 그게 아니죠. 물건의 가치라는 건 사람마다 다르잖아요. 다른 사람에게는 쓰레기처럼 보여도 어떤 사람에게는 중요한 물건인 경우도 있죠. 그런 것을 범인이 훔쳐 갔을 가능성도 있어요."

하지만 가시와바라는 애매한 표정이었다. 글쎄, 라고 고개를 갸웃거리고 있었다.

고이치는 답답했다. 아무래도 수사가 답보 상태에 빠진 모양이다. 경찰이 적극적으로 움직일 만큼 상황증거가 갖춰지지 못했다는 이야기인지도 모른다.

고이치는 몰래 심호흡을 하고 나서 입을 열었다.

"지난번에 만났을 때 〈도가미 정〉이라는 양식당에 대해 얘기하셨죠?"

가시와바라가 얼굴을 들었다. "응, 그랬지. 뭔가 생각이 났어?"

"그런 건 아니고요, 그냥 저도 그 양식당이 마음에 걸려서 나름대로 조사해봤어요."

"어이쿠, 그건 안 되지. 내가 지난번에도 말했잖아. 아직 그 식당이 이번 사건과 관계가 있는지 없는지도 확실하지 않아. 그러니까 고이치 군은 이상한 감정을 품지 말라고 내가 신신 당부했었지? 사건 수사는 경찰에 맡겨야지." 가시와바라의 말 에는 쓸데없는 짓은 하지 말라는 비난의 여운이 있었다.

"아뇨, 별로 대단한 것도 아니에요. 어떤 식당인지 인터넷으 로 검색해보고, 한 번 먹으러 가본 것뿐이에요."

고이치의 설명을 듣고도 가시와바라의 떨떠름한 얼굴은 풀 어지지 않았다.

"그래봤자 사건 해결에 아무 도움도 안 돼. 자네의 도움이 필요할 때는 우리 쪽에서 정식으로 얘기할게. 그러니까 선불 리 나서는 일이 있어서는 안 돼."

"그건 저도 알죠. 저도 수사를 방해하고 싶지는 않아요. 하 지만 한 가지, 말씀드릴 게 있어요. 〈도가미 정〉에 가서 요리를 먹어봤는데, 좀 특이한 느낌이 들었거든요."

"특이한 느낌이라고?" 가시와바라는 의아한 눈빛이었다. "뭔 가 알아낸 게 있었어?"

"〈도가미 정〉의 요코하마 본점에서 하이라이스를 먹었어요. 근데 진짜로 똑같다는 느낌이 들더라고요."

"똑같다니, 뭐가?"

"예전 우리 식당의 하이라이스하고 맛이 똑같았어요. 아버지가 해주던 것과 진짜 흡사하더라고요. 물론 완벽하게 똑같은 건 아니고, 아주 살짝 바뀌었구나 하는 느낌이었어요."

그 느낌은 거짓말이 아니었다. 고이치는 실제로 요코하마 간나이의 〈도가미 정〉 본점에 가서 하이라이스를 먹어보았다. 사쿠라기초에 있던 첫 번째 가게에서는 〈아리아케〉의 하이라이스를 그대로 베껴서 손님들에게 내놓았을 것이라는 게 고이치의 추리였다.

"그러니까 하이라이스 맛이 똑같은 것을 보면 아버지의 식당과 〈도가미 정〉이 분명 관련이 있었을 것이다, 라는 얘기인가?" 가시와바라가 말했다.

"네, 그렇죠. 지나친 생각일까요?"

"흠, 하이라이스라……." 가시와바라의 시선이 허공을 헤매고 있었다.

도가미의 저택 어딘가에 〈아리아케〉의 레시피 노트가 숨겨져 있을지도 모른다―. 고이치는 그것까지 말해버리고 싶었지만, 역시 그 말만은 꾹 참기로 했다.

다이스케가 시즈나를 픽업한 것은 도쿄역 옆길이었다. 라이트밴에 태우고 곧장 몬젠나카초의 맨션으로 향했다. 조수석에 앉은 시즈나는 창밖을 바라볼 뿐, 내내 말이 없었다.

"왜 시큰둥한 표정이야? 드디어 성공적으로 작전을 끝냈잖아. 좀 더 신나는 얼굴이어야지." 핸들을 잡은 채 다이스케가 말했다.

"좀 피곤해서 그래. 적의 저택에 잠입했었는데 당연하잖아?" 김빠진 말투로 시즈나는 대답했다.

"그렇긴 하겠지만, 뭔가 마음에 걸리는 일이 있었나 해서."

"아무 문제도 없어. 말했잖아, 다 끝났다고?"

응, 이라고 대답하고 다이스케는 입을 다물었다. 어색한 분위기를 깨뜨릴 만한 말이 생각나지 않았다.

역시 괴로운 모양이구나. 다이스케는 시즈나의 심정을 생각하며 가슴이 아팠다. 진심으로 좋아한 사람과 이제 두 번 다시 만날 수 없는 것이다. 게다가 그의 가족을 구렁텅이에 빠뜨릴 덫을 쳐놓고 온 것이다. 룰루랄라 신이 날 리가 없었다.

주차장에 차를 세우고 함께 맨션으로 향했다. 계단으로 3층까지 올라가는 동안, 시즈나는 여전히 입을 꾹 다물고 있었다.

305호실 앞에 도착해 호주머니에서 열쇠를 꺼냈다.

하지만 열쇠 구멍에 꽂아 넣기 직전에 시즈나의 손이 잽싸게 다이스케의 손목을 잡았다.

왜 그러느냐고 말하려는 그를 향해 시즈나가 고개를 저었다. 검지를 입에 대고 다른 손으로는 현관문 위쪽을 가리켰다.

다이스케는 흠칫 놀랐다. 현관문 위에서 쌀알만 한 크기의
발광 다이오드가 깜빡거리고 있었다.

숨을 죽이고 시즈나와 얼굴을 마주 보았다. 둘이서 고개를
끄덕이고 발소리를 죽여 복도를 다시 돌아 나왔다.

42

"응, 상당히 흥미로운 얘기야." 가시와바라는 생각에 잠긴
얼굴로 말했다. "역시 요리사의 아들답다. 바라보는 관점이 전
혀 다르다니까. 아니지, 바라보는 게 아니라 혀로 느끼는 관점
이라고 해야겠군. 하이라이스의 맛에 착안해서 추리를 하다
니." 장난기 어린 말투였지만 그 눈빛은 진지했다.

"수사에 도움이 안 될까요?" 고이치가 물었다.

"글쎄, 맛이라는 건 주관적인 것이라서 말이야."

"그럴까요? 맛은 만드는 순서나 재료 선정 방법에 따라 결
정되는 거거든요. 그게 서로 동일하다면 뭔가 관련이 있다고
할 수도 있잖아요? 하이라이스를 만드는 방법은 식당마다 다
달라요. 저마다 특별한 노하우가 있는 거예요. 중요한 부분은
극비 사항이기도 하죠. 그만큼 맛이 비슷한 걸 보면 가장 핵심
적인 부분이 똑같은 게 아닌가 싶은데." 고이치는 자신이 불끈

182

흥분했다는 것을 자각하고 있었다. 가시와바라가 이 힌트에 주목해주지 않으면 정말 곤란한 것이다.

가시와바라는 팔짱을 낀 채 천천히 고개를 끄덕였다.

"응, 알았어. 일단 서에 들어가서 얘기는 해볼게. 혹시라도 어딘가에 도움이 되는 일일 수도 있겠지."

형사는 뭔가 뜨뜻미지근한 말투였다. 고이치는 내심 답답하기 짝이 없었지만, 더 이상 깊이 들어가는 얘기를 하는 건 위험할 것 같아서 입을 꾹 다물었다.

"근데 자네가 모처럼 해준 충고에 찬물을 끼얹는 것 같아 미안하지만 지금 수사가 제대로 된 방향으로 나가는 건지, 좀 애매한 상황인 것도 사실이야."

가시와바라의 말에 고이치는 미간을 좁혔다. "무슨 말씀이시죠?"

"아까 내가 단서로 보이는 것들이 발견되었다고 했었지? 14년 전에는 경찰에서 사건과 관련된 증거를 거의 발견하지 못했었는데, 이제야 우연히 상황증거로 보이는 것들이 줄줄이 나오고 있어. 그래서 우리도 힘이 나서 수사를 재개했지. 하지만 수사를 하면 할수록 그 상황증거가 정말 믿을 만한 것인지, 이게 자꾸만 마음에 걸린단 말이야."

고이치는 억지웃음을 지으면서 고개를 저었다. 뺨이 팽팽하게 긴장하는 게 느껴졌다.

"이상한 말씀을 하시네요. 그 상황증거라는 건 경찰이 찾아낸 거 아닙니까? 아니면 갑자기 새로운 증인이 나오기라도 했어요?"

"맞아, 경찰이 찾아낸 거지. 하기무라 형사는 자네도 알지? 그 친구가 찾아낸 것도 있었어."

"그러면 경찰이 스스로 발견한 증거를 의심한다는 겁니까? 그건 좀 얘기가 이상하죠."

"응, 자네 말이 맞아. 하지만 증거가 발견된 경위 자체가 의심스럽다면 어떻게 되지? 나는 말이야, 아무래도 누군가 경찰을 유도하고 있다는 느낌이 들어."

가시와바라가 담담하게 한 그 말에 고이치는 몸이 후끈해지는 것을 느꼈다. 온몸에서 일시에 땀이 쏟아지는 것 같았다.

"누가 그런 짓을 한다는 거예요?"

"모르겠어. 이 사건과 관계된 사람일 수도 있고, 단순한 장난 범죄일 수도 있겠지. 아무튼 그럴 가능성도 부정할 수 없다는 얘기야." 가시와바라가 고이치의 눈을 지그시 응시했다. 내면을 탐색하는 듯한 시선으로 느껴져서 고이치는 얼굴을 돌려버리고 싶었다. 하지만 이 상황에서 시선을 회피한다면 모든 게 물거품이 될 것 같아서 애써 마주 쏘아보았다.

"그렇게 생각하시는 이유가 뭐예요? 뭔가 확실한 근거라도 있습니까?"

"근거? 그렇게 말하니 내가 할 말이 없군. 굳이 말하자면 경험과 감이라고 할까? 공소시효 직전에 이렇게 많은 단서가 쏟아져 나오는 것은 역시 부자연스러운 일이야. 이거, 영 설득력이 부족한 말이지만."

아닌 게 아니라 선뜻 이해할 수 있는 설명이 아니었다. 고이치로서는 경찰이 부자연스럽게 느끼지 않도록 최대한 주의를 기울여온 것이다.

"게다가 결국은 물증이 필요해." 가시와바라는 말했다. "지금까지 발견된 상황증거가 설령 진실이라고 해도 현재 드러난 것만으로는 아무도 체포할 수 없어. 이 사람 이외에 범인은 있을 수 없다, 라는 결정적인 것이 있어야 하니까. 그런 의미에서는 다이스케의 증언도 결정적인 물증이 될 수 없어."

고이치는 놀라서 눈을 둥그렇게 떴다.

"어째서요? 그러면 다이스케의 목격 증언에는 기대를 안 한다는 말이에요?"

"시간이 너무 많이 지났어. 상대가 사람을 잘못 본 거라고 우겨버리면 그걸로 끝이야. 누군가를 범인이라고 단정하기 위해서는 구체적이고 객관적인 증거가 필요한 거야." 그렇게 말하더니 가시와바라는 손목시계에 시선을 던지며 자리에서 일어섰다. "자네도 바쁠 텐데 너무 오래 있었군. 오늘은 여자 친구가 안 오는 날인가?"

"아, 예, 오늘은 아마 안 올 거예요."

"그래? 유감이군. 기다리면 잠깐 볼 수 있지 않을까 내심 기대했는데."

가시와바라는 현관에서 구두를 신고 고이치를 돌아보았다.

"과거의 사건에 언제까지고 묶여 있는 건 자네에게 그리 좋은 일은 아닌 것 같아. 아직 젊으니까 이제는 앞으로의 일을 생각해야 하는 거 아닐까? 물론 그 일을 잊는다는 건 참으로 어려운 일이겠지만."

"네, 그렇습니다." 고이치는 대답했다. "그 사건을 잊는다는 건 힘든 일이에요. 앞으로의 일을 생각하는 건 범인이 잡힌 다음이죠."

가시와바라는 한숨을 내쉬더니 웃음을 지었다.

"그래, 그건 어쩔 수 없지."

"수사, 잘 부탁드립니다." 고이치는 공손하게 머리를 숙였다.

가시와바라를 배웅하고 고이치는 침대에 털썩 누웠다. 그와의 대화를 되짚어보았다.

누군가 경찰을 유도하고 있는지도 모른다—.

설마 그렇게 생각하는 사람이 나올 줄은 상상도 못 했다. 상황증거든 뭐든 사건과 연결될 만한 것을 찾아내면 경찰은 눈에 불을 켜고 그것을 바탕으로 수사를 해줄 거라고만 생각했다.

가시와바라로서도 물론 확실한 근거가 있어서 하는 말은 아닌 것 같았다. 그래도 진실을 간파하고 있는 걸 보면 역시 베테랑 형사의 경험과 감이라는 건 함부로 볼 게 아니었다.

어쩌면 가시와바라는 경찰을 유도하고 있는 자가 고이치라고 의심하는지도 모른다. 그래서 일부러 집에까지 찾아와 반응을 확인했다, 라고 생각할 수도 있었다. 하지만 증거는 잡아내지 못했을 것이다. 꼬리를 잡히지 않았다는 자신이 고이치에게는 있었다.

문제는 지금까지 입수한 상황증거에 대해 의문을 품은 사람이 가시와바라뿐인가, 하는 점이었다. 수사의 지휘권을 쥔 사람이 그와 똑같은 생각을 가지고 있다면 고이치와 동생들의 계획은 이미 파탄이 났다는 이야기다. 아니, 그뿐만이 아니다. 누가 경찰을 교란시켰는지, 그 점에 수사진의 관심이 집중될 우려까지 있는 것이다.

가시와바라가 현관에서 남기고 간 말이 고이치의 귀에 되살아났다. 모든 것을 다 간파한 상태에서, 이제 그런 짓은 하지 말라고 암암리에 타이른 것으로 해석할 수도 있는 말이었다.

생각하면 할수록 궁지에 몰린 듯한 기분이 들어서 고이치는 머리를 움켜쥐고 뒤척였다. 그때, 도어록이 열리는 소리가 들려왔다. 고이치는 깜짝 놀라 몸을 일으켰다.

문이 천천히 열리고 다이스케가 빠끔히 들여다보았다.

"괜찮은 거야?" 작은 소리로 물어왔다.

응, 이라고 대꾸하며 고이치는 침대에서 내려섰다.

"경고등, 알아봤냐?"

"하마터면 문을 열 뻔했어. 시즈나가 먼저 눈치를 채고 알려주더라고."

다이스케의 뒤를 이어 시즈나도 들어왔다. 그녀는 도가미의 집에 다녀온 그대로인 듯, 한껏 차려입은 모습이었다.

"가시와바라 형사가 왔었어." 고이치는 말했다.

"그래서?" 다이스케가 불안한 기색을 보였다.

"너한테 연락했냐고 묻더라. 아직 못 했다고 버티긴 했는데."

"그 밖에는? 수사 진행 상황에 대해 뭔가 얘기해줬어?"

"결정적인 증거가 없다고 했어. 좀 더 정확한 물증이 있었으면 좋겠다는 거야."

"그렇다면 이제 완벽한 거 아니야? 전화로도 말했지만, 시즈나가 해냈어. 레시피 작전, 완전 성공이야."

고이치는 고개를 끄덕이고 시즈나를 보았다.

"시즈나, 정말 잘했다. 고생했지?"

"뭐, 고생이랄 것까지야." 그녀는 어깨를 으쓱 쳐들었다. "다른 작전에 비하면 시시한 일이었어. 기회를 노려 노트 한 권만 감춰두고 오면 되는 일이었으니까. 실은 돈 뜯어내는 일보다 훨씬 간단했어."

일부러 강한 척 말하는 시즈나의 얼굴을 보며 고이치는 가슴이 아팠다. 그녀는 다른 어느 때보다 정성을 들여 화장한 모습이었지만, 그 표정에 광채라고는 없었다.

"이제 남은 건 경찰이 가택수색에 들어가기를 기다리는 것뿐인가?" 시즈나와는 대조적으로 다이스케는 목소리가 경쾌했다. "지금까지는 모두 형의 계산대로 술술 풀린 느낌이야."

고이치는 웃으면서 고개를 끄덕여주었다. 불안한 마음 따위, 입 밖에 내서 말할 수 없었다.

하기무라가 생맥주 잔을 기울이는 참에 점퍼 차림의 가시와바라가 가게에 들어왔다. 하기무라는 테이블에서 손으로 신호를 보냈다.

어, 수고, 라면서 가시와바라는 맞은편 자리에 앉았다. 물수건으로 손과 얼굴을 닦은 뒤, 여점원에게 생맥주를 주문했다.

"오늘은 어디에 가셨어요?" 하기무라가 물었다.

"다른 사건 때문에 도쿄에 갔었어. 시답잖은 사건의 뒤처리야. 관할 서에서는 공소시효 직전의 사건에만 전념할 수도 없는 형편이니까."

가시와바라의 맥주가 나왔다. 두 사람은 말없이 잔을 마주쳤다.

"그쪽은 어때, 뭔가 진전이 있었어?" 가시와바라가 물었다.

하기무라는 얼굴을 일그러뜨리는 수밖에 없었다.

"한마디로, 이렇다 할 수확 없음. 도가미가 사쿠라기초에서 식당을 하던 시절까지 거슬러 올라가 인간관계를 조사해봤는데 〈아리아케〉와의 관련은 전혀 잡히지 않아요. 거꾸로 아리아케 부부 쪽에서도 살펴봤는데 거기서도 도가미와의 접점은 없었어요. 완전히 막다른 벽이에요."

"그럼 양쪽을 연결하는 건 역시 그 사설 도박장뿐인가?"

하기무라는 고개를 끄덕였다.

"다방 〈선라이즈〉. 거기서 도가미와 아리아케 유키히로가 만났다는 건 우선 틀림이 없어요. 문제는 그다음이에요. 두 사람 사이에 어떤 형태로든 교류가 있었겠죠. 어딘가에 분명 그 흔적이 남아 있을 텐데, 이게 14년이나 지난 일이고 보니 영 쉽질 않네요."

가시와바라는 삶은 풋콩에 손을 내밀었다. 하지만 입에 넣지 않고 손끝으로 만지작거리기만 하고 있었다.

"그 지문은 어땠어? 사건 현장에서 채취된 지문과 도가미의 지문을 대조해본다고 했었잖아."

여기서도 하기무라는 속 시원한 대답을 하지 못했다. 잔을 기울이며 고개를 저었다.

"감식반에서 고생해가면서 대조해본 모양인데, 일치하는 지문은 발견하지 못했어요. 도가미가 〈아리아케〉를 찾아간 게 범행 당일뿐이었다면 그럴 가능성이 더 높긴 하지요. 범행 때는 장갑을 낀 상태였을 테니까요."

"거참, 아쉽네. 이소베 씨는 뭐래?" 가시와바라는 하기무라의 상사 이름을 댔다.

"지금 이대로는 어떻게도 움직여볼 도리가 없다는 의견이에요. 자백을 시키려고 해도 공격할 증거가 너무 적다는 거예요."

가시와바라가 드디어 풋콩을 입에 넣었다. 맥주를 벌컥벌컥 마시더니 후우 한숨을 내쉬었다.

"사체는 아직 안 떴지?"

"사체요?"

"DVD 가게에 숨어든 좀도둑의 사체 말이야. 보트로 바다 한가운데로 나가서 감쪽같이 사라졌잖아."

"아, 그러고 보니 사체가 떠올랐다는 말은 없었어요. 하긴 뭐, 바다는 넓으니까요."

"바닷고기들의 먹잇감으로 사라졌나, 아니면 원래부터 그런 사람이 없었나……."

"예?" 하기무라가 물었다. "무슨 뜻이죠? 역시 위장 자살이라는 말인가요?"

"아니, 아무것도 아냐."

"혹시 위장 자살이어서 그 절도범이 살아 있다고 해도 이 사건에 플러스가 될 건 없어요. 훔쳐낸 물건에 어떤 의미가 있는지, 그 절도범은 전혀 모를 테니까요."

"하지만 나는 그 도둑놈을 좀 만나보고 싶군." 가시와바라가 말했다. "아, 그 유서에 대한 정보는 아직 어디서도 들어온 게 없어?"

"해안에서 발견된 유서 말이죠? 아무것도 못 찾았을 거예요. 신원을 파악했다는 말도 못 들었으니까요."

그래, 하고 가시와바라는 슬쩍 고개를 끄덕였다.

가시와바라가 왜 새삼스럽게 잔챙이 절도범에 대해 신경을 쓰는지 하기무라는 알 수 없었다. 물론 절도범이 훔쳐낸 물건에서 차례차례 새로운 사실이 판명되었고 마침내 도가미 마사유키까지 더듬어 갔지만, 그래도 절도범 자체는 〈아리아케〉 사건과는 아무 관계도 없을 터였다.

"가시와바라 씨 쪽은 어땠어요? 뭔가 수확이 있었습니까?"

하기무라의 물음에 가시와바라는 즉석에서 고개를 저었다.

"아까도 말했잖아. 시답잖은 사건으로 내돌리는 통에 내 맘대로 움직여볼 시간도 없어."

"그러시군요……."

"자질구레한 사건만 줄줄이 터지고, 정말 답답하네. 당연한 일이지만 위쪽에서야 결과가 나오기 쉬운 사건부터 처리하려고 들잖아. 서장은 옛날 옛적 사건에는 아예 관심도 없어. 시효가 성립되어도 자기 책임은 아니라고 생각하는 건지 뭔지."

그야말로 상사가 이해를 해주지 않아 괴롭다는 듯한 말투였지만, 하기무라에게는 그런 가시와바라 자신이 요즘 들어 이 사건에 대한 열의가 사그라진 것처럼 보였다. 오늘 이 자리에서 만나자는 것도 하기무라가 먼저 청한 것이었다.

"근데 그 식당에서 뭐 좀 먹어봤어?" 가시와바라가 물어왔다.

"그 식당이라뇨?"

"〈도가미 정〉 말이야. 자네 본부 쪽에서는 가깝잖아?"

"아, 그 식당요? 아뇨, 아직 못 먹어봤어요."

"그래?"

"그게 왜요?"

"아냐, 한번 먹으러 가보는 것도 나쁘지 않을 거 같아서. 하이라이스가 자랑거리라는 모양이야."

"좋지요. 언제든 함께 가시죠."

가시와바라는 고개를 끄덕이고 맥주잔을 비웠다. 점원을 부르더니 모둠 생선회와 생맥주를 추가로 주문했다.

그 모습을 보며 하기무라는, 역시 예전과는 뭔가 다르다고 느꼈다.

43

눈을 떴더니 휴대전화가 울리고 있었다. 아니, 그보다 그 소리 때문에 잠이 깬 것이리라. 전원을 꺼둘 걸 그랬다고 시즈나는 침대 위에서 후회했다. 최소한 매너모드로라도 해둘걸.

전화는 계속해서 울렸다. 어지간히도 끈질기다. 담요를 머리까지 뒤집어쓰면서 그 소리를 차단했다.

마침내 소리가 멈춘 것을 확인하고 시즈나는 담요 밖으로 얼굴을 내밀었다. 오늘 아침에도 머리가 무거웠다. 며칠째 밤 늦도록 와인을 마셔댔으니 당연한 일이었다.

느릿느릿 침대 밖으로 기어 나와 바닥에 떨어진 휴대전화를 집었다. 착신 기록을 확인해보았다. 전화한 사람이 유키나리라는 것을 알고 그녀는 가슴이 욱신욱신 아파왔다. 그러면서도 몸속 깊은 곳이 마치 등불이라도 켜진 것처럼 따스해졌다.

그의 집에 갔었던 게 사흘 전이다. 그날 밤에 시즈나는 감사하다는 문자를 보냈다. 유키나리에게서 곧바로 답신이 왔다. 다음에는 언제쯤 만날 수 있겠느냐는 질문이 담긴 문자였다. 앞으로의 일정이 정해지는 대로 연락하겠다, 라고 시즈나도 답장을 보냈다.

그다음에 유키나리에게서 문자가 날아온 것은 어젯밤이었다. 급하게 만나고 싶으니 부디 시간을 내달라는, 그로서는 드물게도 몹시 적극적인 내용이었다. 알겠습니다, 라는 짧은 회답을 보내주었다.

그런데도 다시 직접 전화를 한 것이다. 문자로는 아무래도 안 되겠다고 생각했는지도 모른다.

캐나다에 가기 전 여유 있게 만나는 시간을 갖고 싶다—. 도가미가에 가기 전에 유키나리가 한 말이었다. 프러포즈를 하려는 거라고 시즈나는 예감하고 있었다. 물론 그를 만나고 싶은 마음은 있었다. 프러포즈의 말도 듣고 싶었다. 하지만 그런 말을 듣고 나면 이별이 한층 더 괴로워지리라는 것을 시즈나는 잘 알고 있었다.

휴대전화를 침대 위에 내던지고 무거운 걸음으로 냉장고로 다가갔다. 냉장고 위에는 빈 와인 병이 얹혀 있었다. 모두 합해 세 병이었다. 거기에 빈 맥주 캔이 여섯 개나 있었다. 빈 캔은 발치에도 굴러다녔다.

냉장고에서 물병을 꺼내 컵에 따르지도 않고 병째로 마셨다. 후우, 한숨을 내쉬고는 실내를 둘러보았다. 방바닥에는 벗어 던진 옷이며 스낵 과자 봉지 따위가 아무렇게나 널려 있었다. 그러고 보니 며칠째 청소도 못 했구나, 하는 생각이 들었다. 하지만 치울 마음은 나지 않았다. 청소는커녕 옷을 갈아입는 것조차 귀찮기만 했다.

네 다리로 엉금엉금 다시 침대 안으로 기어들었다. 아무것도 할 마음이 나지 않았다.

베개에 머리를 파묻었을 때, 다시 휴대전화가 울리기 시작했다. 손을 내밀어 발신자 표시를 보았다. 유키나리였다.

상대에게 혹시라도 폐가 되는 것을 유난히 싫어하는 유키나리가 이토록 연달아 전화를 거는 건 아무래도 드문 일이었다. 아마도 마음을 단단히 먹고 버튼을 누르고 있을 것이다. 잔뜩 긴장한 표정으로 휴대전화를 귀에 대고 있을 그의 모습이 눈에 선했다.

시즈나는 저도 모르게 통화 버튼을 눌렀다. 네, 라고 애써 밝은 소리를 냈다.

"다카미네 씨? 나예요, 도가미입니다. 다행이네요, 연결이 되어서."

"지난번에는 고마웠습니다. 덕분에 멋진 집을 구경했어요."

"아, 그래요……. 지금 통화 괜찮아요?"

"네, 잠깐이라면. 무슨 일이세요?"

"문자로도 보냈지만, 실은 급하게 이야기할 게 있어요. 바쁘다는 건 잘 알지만, 잠깐 만날 수 있을까요? 30분, 아니, 15분이라도 좋아요. 필요하다면 내 쪽에서 어디로든 나갈게요."

강압적이라기보다 궁지에 몰린 듯한 말투로 들렸다. 마치 두 번 다시 만날 수 없다는 것을 알고 있는 것만 같았다.

다카미네 사오리가 유학을 떠나기 전에 어떻게든 자신의 마음을 전해야 한다고 생각하는지도 모른다. 그의 마음을 상상하며 시즈나는 가슴이 미어지는 것 같았다.

"어때요?" 그녀가 침묵하고 있자 유키나리가 다시 물어왔다.

시즈나는 몰래 심호흡을 했다.

"미안합니다. 지금 이런저런 할 일이 너무 많아서……. 정리가 되는 대로 제가 꼭 연락드릴게요."

"정말 아주 잠깐이라도 좋아요. 지금 어디예요? 괜찮다면 지금 내가 거기로 갈게요."

"죄송해요. 실은 지금 유학 설명회에 와 있거든요. 이제 곧 시작이에요."

"그건 언제쯤 끝나죠?"

"그건 아직 잘 모르겠어요. 아, 이제 그만 회장에 들어가야겠어요……."

"그럼 다시 전화할게요. 다카미네 씨도 시간 나는 대로 연락해요."

"알겠습니다. 그럼 실례합니다."

전화를 끊은 뒤 시즈나는 그것을 가슴에 품고 눈을 꾹 감았다. 한참을 그러고 있다가 고개를 내저으며 다시 휴대전화를 내던져버렸다.

그 사람이 좋아하는 건 다카미네 사오리라는 엘리트 여대생인 것이다. 고졸에 아동시설 출신의 고아라는 사실을 알게 되면 그는 나를 돌아보지도 않을 것이다. 프러포즈 같은 건 물론 말도 안 되는 이야기다. 정체를 알고 나면 사기꾼이라고 펄펄 뛰며 분노할 것이다—.

시즈나는 자학적인 웃음을 지었다. 그런 말을 들어도 싸다고 생각했다. 실제로 자신과 두 오빠는 사기꾼인 것이다.

침대에서 내려와 두 손을 높이 쳐들고 기지개를 켰다.

한 시간 뒤, 그녀는 롯폰기에 와 있었다. 특별한 목적이 있는 건 아니었다. 번화한 거리를 걷다 보면 조금쯤 기분이 풀릴지 모른다고 생각했던 것이다.

하지만 마음대로 되지 않았다. 보통 때 같으면 여기저기 아이쇼핑을 하는 것만으로도 마음이 들뜨곤 했는데 오늘은 새로 나온 브랜드 상품을 봐도 별다른 느낌이 없었다. 아무리 멋진 옷을 봐도 갖고 싶다는 마음조차 들지 않았다.

정처 없이 계속 걸었다. 머릿속에서는, 나는 대체 어떤 사람인가, 하는 생각이 뭉클뭉클 퍼져갔다.

인생에 아무런 목표도 없고 꿈도 없다. 그저 살아남기 위해 남자들에게 차례차례 사기를 쳤다. 마지막에는 진심으로 사랑하는 사람이 나타났는데도 결국 그런 자신의 마음을 전할 수 없게 되었다. 유키나리를 속인 것은 돈 때문이 아니었지만…….

눈앞에 넓은 사거리가 나타났다. 문득 깨닫고 보니 꽤 멀리까지 와 있었다. 주위를 둘러보고 시즈나는 더욱더 허탈한 마음이 들었다. 그곳은 눈에 익은 장소였다. 아자부주반.

나는 왜 이렇게 어리석을까, 라고 생각했다. 유키나리는 이제 그만 잊자고 결심했는데 무의식중에 발길이 이곳으로 향하고 있었다. 조금 전부터 자신이 이쪽으로 가고 있다는 것을 뻔히 알면서도 멈추지 않았다.

시즈나는 한숨을 내쉬며 지하철 입구로 발길을 돌렸다. 이런 곳에 있어봤자 별수도 없다.

하지만 계단 바로 앞에서 그녀는 걸음을 멈췄다. 유키나리와 함께 걸었던 길이 바로 눈앞에 있었다. 겨우 며칠 전의 일인데도 간절한 그리움이 마음속에 사무쳤다.

다시 발길을 돌려 그쪽으로 걸어갔다. 마지막 마무리를 하자고 마음먹었다. 머지않아 유키나리가 오픈하게 될 가게를 한 번만 보고 돌아가기로 한 것이다.

좁은 일방통행 길, 그와의 추억을 되새기듯이 천천히 걸었다. 당분간 이 거리에는 오지 않으리라. 어쩌면 이것이 마지막이 될지도 모른다.

가게가 가까워졌다. 20미터쯤 앞에서 걸음을 조금 더 늦췄다. 유키나리를 만나러 온 것도 아닌데 심장의 고동이 빨라졌다.

처음 이곳을 찾았을 때의 일이 생각났다. 건물 정면에서 완만한 커브를 그리는 계단을 올라가면 〈도가미 정〉 이자부주반점이다. 유키나리의 꿈과 야망이 가득한 식당이었다. 어떤 식당으로 만들어갈까 이야기할 때, 그 열정 가득한 눈을 시즈나는 잊을 수가 없었다. 소년 같은 순수한 반짝임과 거친 파도를 향해 달려가는 어부 같은 다부진 힘이 그 눈빛에 함께 깃들어 있었다.

시즈나는 고개를 떨구었다. 열의를 담아 이야기하는 그의 목소리도 이제 두 번 다시 들을 수 없다.

이제 그만 됐어, 라고 생각했다.

돌아가려고 몸을 돌렸을 때였다. 뒤에서 누군가 어깨를 왈칵 움켜잡았다.

흠칫해서 돌아보았다. 거기에 서 있는 남자의 얼굴을 보고 시즈나는 비명을 지를 뻔했다. 홀쭉하고 창백한 그 얼굴을 시즈나는 잘 알고 있었다. 그런데 이름이 생각나지 않았다.

남자는 눈을 부릅뜨고 있었다. 그녀의 얼굴을 뚫어져라 응시하면서 그는 말했다. "역시 시호였어!"

시호라는 그 말에 한자 '志穗'가 머릿속에 떠올랐다. 그 이름을 따라서 남자의 이름도 생각났다. 다카야마 히사노부였다.

혼란스러웠다. 이 남자와 어떻게 헤어졌는지 기억나지 않는다. 머리를 스친 것은 이런 자리에서 이 사람을 만난 건 끔찍하게 불리하다, 라는 것뿐이었다.

"어떻게 된 거야, 왜 시호가 여기에 있지? 뉴욕에 간 거 아니었어?"

다카야마의 말에 시즈나는 순간적으로 많은 것이 기억났다. 그렇다, 미나미다 시호는 디자이너다. 지인의 소개로 디자이너 수업을 위해 뉴욕으로 떠났던 것이다.

"아, 미안해. 내가 이런저런 사정이 있어서 뉴욕에 가지 못했어." 그렇게 말하며 시즈나는 주춤주춤 뒷걸음질을 쳤다. 빈틈을 노려 도망칠 생각이었다. 다카야마는 스포츠맨은 아니다. 필사적으로 달리면 떼어낼 수 있을 거라고 머릿속에서 급하게 계산을 했다.

"그런데 왜 나한테 알려주지 않았지? 내가 어떤 심정으로 시호를 기다렸는지, 알기나 해? 근데 시호는 멀쩡하게 이런 곳을 돌아다니고, 이건 뭔가 이상하잖아?"

"다카야마 씨야말로 왜 여기에?"

"전에 여기서 시호 비슷한 여자를 봤거든. 그때부터 내내 찾고 다녔어. 시간만 나면 이 근처를 돌아다녔다고. 이제 그만 포기하려던 참이었는데 드디어 내 소원이 이뤄졌군."

다카야마가 팔을 내밀어 시즈나의 손목을 잡았다. 뻐끗할 만큼 억센 힘이었다.

"아, 잠깐……. 이 손, 놔요."

"안 돼. 분명하게 해명하기 전에는 이 손을 놓아줄 수 없지. 왜 나한테 연락을 안 했느냐고!" 다카야마의 목소리가 주위에 울릴 만큼 높아졌다. 눈빛이 이상하게 번뜩이고 있었다. 자신을 상실한 눈빛이었다.

"이봐, 뭐 하는 거야!" 등 뒤에서 소리가 들려왔다.

그 목소리에 시즈나는 한층 더 절망적인 기분이 들었다. 돌아보지 않아도 목소리의 주인을 알 수 있었다.

빠른 걸음으로 다가오는 기척이 있었다.

"여자에게 난폭한 짓을 하다니, 도저히 못 봐주겠군." 유키나리가 옆에 와서 섰다. 다카야마의 팔을 잡더니 시즈나의 손목에서 떼어냈다.

"넌 뭐야?" 다카야마가 당황한 눈빛으로 유키나리를 노려보았다. "앗, 당신, 전에 이 여자하고 함께 있었지?"

유키나리는 허를 찔린 듯한 얼굴이었지만, 금세 침착한 표정으로 고개를 끄덕였다.

"그녀를 몇 번 만났으니까 당연히 함께 있었지. 그보다 당신은 뭐지? 왜 길거리에서 폭력을 휘두르는 거야?"

"폭력을 휘두른 적 없어. 이 여자는 내 연인이야. 외국으로 떠난다고 했는데 이런 곳에서 어정거리고 있어서 지금 그걸 물어보는 참이라고. 당신과는 관계없는 일이니까 얼른 사라져!"

다카야마가 떠들어대는 말을 듣고 시즈나는 고개를 떨구는 수밖에 없었다. 유키나리에게는 도무지 영문을 알 수 없는 소리일 것이다. 다카야마를 달래주고 동시에 유키나리도 속일 수 있는 적당한 말 따위, 한 마디도 생각나지 않았다.

"정말 이 사람이 연인이에요?" 유키나리가 시즈나에게 물었다.

그녀는 시선을 떨군 채 말없이 고개를 저었다.

"시호, 거짓말하지 마!" 다카야마가 소리를 높였다.

"시호?" 유키나리가 의아하다는 듯 중얼거렸다. 하지만 그는 낯선 이름에 대해 캐묻는 일 없이 다카야마를 향해 말했다. "어쨌든 당신은 그녀를 연인이라고 생각하는 거네."

"물론이지. 장래에 대해 서로 상의하던 사이야."

"흠, 그래?" 유키나리는 고개를 끄덕였다. "그렇다면 당신과 협상하는 게 얘기가 훨씬 더 빠르겠군. 이 여자하고는 도무지 일이 해결이 안 되어서 말이지."

"협상이라니?"

"빚 받을 게 있거든. 실은 그 일 때문에 오늘 내가 이쪽으로 나오라고 했어. 하지만 당신이 대신 갚아준다면 나로서는 대환영이야."

"빚이라고? 얼만데?" 다카야마가 시즈나에게 물었다.

하지만 그녀는 대답할 수 없었다. 유키나리가 느닷없이 무슨 말을 하는 건지, 알 수가 없었다.

"2천만 엔이야." 유키나리가 태연히 대답했다. "당신이 대신 갚아주겠다면 지금 같이 사무실로 가자고. 계약서를 작성해야 하니까. 하지만 못 하겠다면 점잖게 우향우 해서 집으로 돌아가, 다치기 전에." 지금까지 시즈나가 한 번도 들어본 적이 없는 위협적이고 나지막한 목소리였다.

그 즉시 다카야마의 얼굴에 두려운 기색이 떠올랐다. "그, 그게 정말이야?" 시즈나를 향해 물어왔다.

그녀는 말없이 고개를 끄덕였다. 크으윽, 하고 다카야마가 한심한 신음 소리를 냈다.

"어쩔 거지? 갈 거야 말 거야, 확실히 말해."

다카야마는 멀뚱히 서 있었다. 도망치려고 하는 기척을 시즈나는 감지했다.

"미안해요. 사정이 이러니까 오늘은 그만 돌아가요. 나중에 연락할 테니까."

다카야마는 시즈나와 유키나리를 번갈아 바라보다가, 알았어, 라고 작은 소리로 대답했다.

"그, 그럼, 연락 기다릴게." 겨우 몇 마디 던지고 등을 돌리더니 잰걸음으로 멀어져갔다.

다카야마가 택시를 타는 것을 지켜보고 유키나리가 후유 하고 깊은 한숨을 토해냈다.

"와아, 제대로 먹혔네. 다카미네 씨의 표정을 보고 얼른 쫓아버리는 게 좋을 거 같아서 내가 서툰 연극을 해봤어요. 잘한 건가요?"

"네, 덕분에 살았어요. 실은 방금 그 사람, 스토커 같은 남자라서 제가 너무 난처했는데……."

"분명 그럴 거라고 생각했어요. 근데 다카미네 씨는 왜 여기에?"

"우연히 이 근처에 오게 됐어요. 그래서 가게가 어떻게 되었는지 잠깐 들러보려고······."

"그렇구나. 고마워요. 아무튼 만나서 다행이에요. 자, 홍차라
도 한잔하죠."

유키나리의 안내를 받아 시즈나는 가게로 들어갔다. 벌써
실내 인테리어가 거의 완성되어 있었다. 둘은 창가 자리에 마
주 앉았다.

"아까는 깜짝 놀랐어요. 도가미 씨가 그런 위협을 하시다니,
상상도 못 했어요."

유키나리는 겸연쩍은 듯 쓴웃음을 지었다.

"이런 장사를 하다 보면 다양한 사람을 접하게 되니까요. 때
로는 허풍을 떠는 것도 필요해요."

젊은 점원이 홍차를 가져왔다. 〈도가미 정〉 아자부주반점의
새 유니폼을 입고 있었다. 벌써 직원 교육도 시작한 모양이었다.

"내 가방 좀 가져와요." 유키나리가 점원에게 지시했다. 그
리고 시즈나 쪽을 보았다. "몇 번씩이나 전화해서 미안해요. 오
늘 꼭 만나고 싶어서."

"저야말로 죄송해요." 시즈나는 고개를 숙였다.

점원이 가방을 가져왔다. 유키나리는 그것을 받아 무릎 위
에 얹었다.

"다카미네 씨에게 보여줄 게 있어요."

가슴이 뜨끔해서 시즈나는 그의 얼굴을 마주 보았다. 프러

포즈의 반지인지도 모른다, 라고 생각했다.

하지만 그가 가방에서 꺼낸 것은 그녀가 생각지도 못한 물건이었다.

바로 그 레시피 노트—.

"정직하게 대답해줘요." 유키나리는 노트를 테이블에 올려놓고 진지한 눈빛으로 시즈나를 바라보았다. "당신은 대체 누구예요?"

44

그 순간, 시즈나의 머릿속은 하얗게 비어버렸다. 상황을 이해할 수 없어서 대답할 말도 떠오르지 않았다. 어째서 유키나리가 이 노트를 가지고 있는지 알 수가 없었다.

"뭐예요, 이게?" 가까스로 그렇게 물었다. 당황한 것을 감추는 연기에 실패했다는 것은 스스로도 잘 알고 있었다.

"그건 내가 묻고 싶은 말인데요. 이건 대체 뭡니까?" 유키나리가 온화한 말투로 물었다. 분노나 의심을 애써 억누르고 있는 것처럼 느껴졌다.

그녀는 몸을 숙이고 고개를 가만히 옆으로 저었다. "나는 모르는 물건이에요."

큰 소리가 나올지도 모른다고 생각했다. 유키나리에게 그녀가 알지 못하는 면이 있다는 건 조금 전 다카야마와 나눈 대화로도 충분히 알 수 있었다.

"부탁이에요. 사실대로 이야기해요." 하지만 유키나리의 태도는 흐트러지지 않았다. "당신이 이 노트를 감춰뒀다는 건 이미 알고 있어요."

시즈나는 살짝 눈을 치켜뜨고 유키나리를 보았다. 어떤 표정으로 묻고 있는지 마음에 걸렸기 때문이다. 그의 입가에는 엷은 웃음이 떠 있었다. 하지만 그 눈빛은 몹시 슬퍼 보였다. 그녀는 문득 깨달았다. 그는 화가 난 것이 아니다. 마음속 깊이 상처를 입은 것이다. 그녀는 다시 시선을 떨굴 수밖에 없었다.

"그저께 밤에 우리 집 서고에 갔었어요. 조사해볼 게 있어서." 유키나리가 조용히 이야기하기 시작했다. "『세계의 가정요리』라는 책을 빼내다가 그 바로 옆에 이 노트가 있는 것을 알았어요. 한 번도 본 적 없는 거라서 꺼내봤죠. 그리고 깜짝 놀랐어요. 양식 요리의 레시피가 빽빽이 적혀 있었으니까. 그건 아버지의 필적이 아니었어요. 하지만 내가 그보다 더 놀란 건 바로 이 노트의 냄새 때문이었어요."

시즈나는 고개를 들었다. 냄새라니?

"당신도 잠깐 맡아봐요. 상당히 옅어지기는 했지만." 유키나리는 노트를 시즈나에게 내밀었다.

노트를 받아 들고 시즈나는 표지를 코끝에 대보았다. 그 순간, 그가 한 말의 의미를 이해했다.

"당신도 알겠죠? 향수 냄새가 나더군요. 어머니가 당신에게 반 강제로 선물했던 그 샤넬 향수. 당신은 손목에 향수를 뿌리고 오른손으로 그걸 비볐지요? 그 뒤에 장갑을 끼기는 했지만, 이 노트에 그 냄새가 배었던 거예요."

시즈나는 말없이 노트를 테이블에 올려놓았다. 반론을 생각했지만 아무것도 떠오르지 않았다. 향수를 선물받던 때의 일은 기억이 났다. 하지만 그것을 손목에 발랐다는 건 까맣게 잊고 있었다.

"말해봐요. 왜 이 노트를 거기에 넣었어요?" 유키나리가 다시 물었다.

시즈나는 무릎 위에서 두 손을 움켜쥐었다. 손바닥에 흥건히 땀이 배어 있었다.

오빠, 나 어떻게 해야 돼?

고이치와 다이스케의 얼굴이 떠올랐다. 그동안 셋이서 온갖 고생을 하면서 면밀하게 계획을 진행시켜왔다. 그런 모든 노력이 지금 물거품이 되려 하고 있었다.

"다카미네 씨, 아니……." 유키나리는 잠시 말을 끊었다. "아마 그건 가짜 이름이겠지요? 분명 조금 전의 그 남자는 시호라고 했어요. 시호라는 게 본명인가요?"

시즈나는 대답할 수 없었다. 여기서 아니라고 부정하면 다카야마에게 가짜 이름을 사용한 이유도 설명해야 한다.

"그러면 혹시…… 아리아케 씨예요?"

유키나리의 물음에 시즈나는 저도 모르게 눈을 둥그렇게 뜨고 말았다.

그는 테이블 위에 노트를 펼쳤다.

"봐요, 여기 '아리아케 크로켓'이라고 적혀 있죠? 그 밖에도 '아리아케 프라이'라든가 '아리아케 라이스' 같은 것도 있어요. 아마도 아리아케라는 건 이 식당의 이름이겠죠. 그리고 아리아케라고 하면 나는 짐작되는 가게가 있어요. 전에 당신에게 내가 그 양식당에 대해 알아보고 있다고 얘기했었죠? 왜 내가 이 식당을 알아봤는가 하면 얼마 전에 형사가 우리 집에 찾아왔었기 때문입니다. 그 형사들이 아버지에게 이상한 질문을 했었어요. 그 질문 중의 하나가 〈아리아케〉라는 양식당을 알고 있느냐, 라는 것이었죠. 그게 아무래도 마음에 걸려서 오래된 신문 기사를 검색해봤어요. 〈아리아케〉는 14년 전에 강도 살인사건이 일어났던 식당이더군요. 아마 형사들이 그 사건을 수사하던 중에 우리 집을 찾아온 모양이에요. 근거는 확실하지 않지만, 그 형사들이 아버지를 의심하는 것 같더군요."

단숨에 이야기한 뒤, 유키나리는 찻잔을 손에 들었다. 한 모금 마시고 그가 중얼거렸다. "이 홍차는 우리 가게의 자랑거리인데 식어버리니 아무 소용이 없네."

시즈나는 테이블에 시선을 떨어뜨린 채였다. 이 자리를 수습하는 일 따위 불가능했다. 노트를 발견한 뒤에 유키나리는 다양하게 추리를 해봤을 게 틀림없었다. 그런 다음에 시즈나에게 연락한 것이다. 어째서 그가 그토록 끈질기게 전화를 했었는지 이제야 그녀는 이해했다. 프러포즈를 하려는 거라고 생각했던 자신의 어리석음을 저주했다.

"고개를 들어봐요, 시호 씨." 유키나리가 말했다.

시즈나는 어금니를 악물었다. 아뇨, 내 이름은 시호가 아니에요…….

"당신이 이런 이야기를 했어요. 어렸을 때 우리 식당과 똑같은 맛의 하이라이스를 먹어본 적이 있다. 그 하이라이스를 먹은 곳은 친구의 부모님이 경영하던 식당이고, 그분들이 돌아가셨기 때문에 가게도 문을 닫았다. 그리고 그 친구는 이름이 야자키 시즈나였다……. 그렇죠?"

갑자기 자신의 이름이 튀어나오는 바람에 시즈나는 움찔 몸으로 반응을 해버렸다.

"요코스카의 양식당이고 부모님이 돌아가셨다는 공통점 때문에 나는 당신에게 그곳이 혹시 〈아리아케〉라는 식당이 아니냐고 물었습니다. 하지만 당신은 아니라고 했지요? 나도 그때는 그럴 거라고 생각했어요. 〈아리아케〉라는 식당은 사장의 이름도 아리아케였으니까요. 그런데 당신이 이 노트를—." 그는 시즈나의 눈앞에서 노트를 가리켰다. "이 노트를 우리 집에 몰래 갖다 둔 것을 보면 그때 그 말을 그대로 믿을 수가 없군요. 조금 더 말하자면, 이 노트에 적혀 있는 하이라이스의 레시피는 〈도가미 정〉의 원조 하이라이스와 완전히 똑같아요. 우리는 아주 특별한 간장을 사용하는데 이 노트에 그 제품명까지 기록되어 있어요. 당신이 처음에 우리 하이라이스를 한 입 먹자마자 눈물을 흘린 이유를 그제야 알았어요. 그 친구의 식당이라는 게 역시 〈아리아케〉였지요? 야자키 시즈나라는 건 당신이 생각해낸 가짜 이름이고?"

시즈나는 숨을 삼키고 얼굴을 들었다. 유키나리를 응시하며 고개를 저었다.

"아니, 그건 가짜 이름이 아니에요."

"그래요?"

"네, 그것만은 믿어주세요."

"그것만은?"

유키나리가 빤히 쳐다보는 바람에 시즈나는 다시 시선을 떨구었다. 그가 한숨을 내쉬는 소리가 들려왔다.

"당신은 신기한 사람이에요. 이 노트에 대해 내가 이래저래 이야기하는 건 말없이 듣고 있더니, 친구 이름이 거짓말 아니냐는 질문에는 유난히 민감하게 반응하는군요. 왜 그럴까. 정말 궁금하군요."

시즈나는 입술을 깨물었다. 야자키 시즈나라는 이름만은 가짜가 아니다─. 그렇게 말하고 싶었다.

"저기, 시호 씨." 쐐기를 박듯이 유키나리가 그 이름을 썼다. "내가 이해할 수 있도록 설명을 해봐요. 왜 이 노트를 우리 집 서고에 감춰뒀어요? 아니, 그보다 어째서 이 노트를 당신이 갖고 있었죠? 당신과 〈아리아케〉는 어떤 관계예요? 제발 솔직히 말해줘요. 부탁합니다, 시호 씨."

더 이상 견딜 수가 없었다. 시즈나는 강하게 고개를 흔들며 부르짖었다. "아니라니까요!"

흠칫 놀란 듯 몸을 뒤로 물리는 유키나리를 시즈나는 뚫어져라 바라보았다.

"내 이름은 시호가 아니에요. 그런 이름으로 부르지 말아요!"

젊은 점원이 뛰어왔다. 그것을 유키나리가 손으로 제지했다. "필요할 때는 내가 부를 테니까 그때까지 우리 둘만 있게 해줘."

점원은 고개를 끄덕이고 주방 쪽으로 사라졌다. 그 모습을 지켜본 뒤에 유키나리는 시즈나에게 얼굴을 향했다.

"하지만 아까 그 남자는 분명 시호라고……."

"그 사람에게도 가짜 이름을 썼어요."

"그랬구나……. 자, 그럼 진짜 이름은?"

시즈나의 가슴속에 망설임과 체념이 교차했다. 다카미네 사오리라고 주장하는 것도 머리를 스쳤다. 하지만 그런 거짓말은 금세 들키고 만다. 아니, 그것보다 이제 더 이상 거짓말은 하고 싶지 않았다.

"야자키…… 시즈나." 그녀는 대답하고 있었다.

"엇, 당신이?" 유키나리는 눈을 둥그렇게 떴다. "그래도 그건 친구 이름이라고……."

시즈나는 가방을 끌어당겨 안에서 지갑을 꺼냈다. 그곳에 들어 있던 건강보험증을 테이블에 올려놓았다.

"정말이네?" 보험증을 보고 유키나리는 중얼거렸다. 그러고 는 "아, 그런 거였구나!"라고 뭔가 깨달았다는 표정을 했다. "당신 이름은 야자키 시즈나, 그리고 그 친구가 아리아케였어요?"

시즈나는 저도 모르게 눈을 깜빡였다. 이런 착각은 예상도 하지 못했다. 하지만 유키나리가 그렇게 착각하는 것도 이상할 건 없었다.

일이 그렇게 된 거군요, 라고 유키나리는 고개를 끄덕였다.

"그러면 지금부터는 야자키 씨라고 하죠. 그러면 되겠어요?"

시즈나가 가만히 턱을 끄덕였다.

유키나리가 후우, 숨을 들이쉬었다.

"야자키 씨, 다시 묻겠습니다. 당신이 어째서 이 노트를 갖고 있었는지는 이제 알겠어요. 아마 친구 아리아케 씨가 당신에게 이 노트를 맡겼겠지요. 자, 그렇다면 왜 우리 집 서고에 이 노트를 몰래 넣어뒀는지, 그걸 설명해봐요."

시즈나는 침묵했다. 설명 따위 할 수 있을 리가 없었다.

"야자키 씨." 약간 딱딱한 어조로 유키나리가 말했다. "당신이 말을 하지 않는다면 나로서는 최후의 수단을 쓰는 수밖에 없어요. 정말로 본의는 아니지만."

얼굴을 든 시즈나를 보며 그는 말을 이었다.

"이 노트를 경찰에 신고할 수밖에 없어요. 내 대신 형사가 당신에게서 진실을 알아내겠지요. 하지만 정말로, 정말로, 그런 일은 하고 싶지 않군요. 어떤 이야기라도 나는 놀라지 않을 테니까 얘기해봐요. 부탁입니다." 그는 깊숙이 머리를 숙였다.

마음의 벽이 각설탕이 녹아내리듯 무너지는 것을 시즈나는 느꼈다. 자신이 그동안 감쪽같이 속았다는 것을 알았으면서도 이 사람은 흐트러지는 일 없이, 그리고 시즈나를 나무라는 일도 없이, 애써 신사적인 태도를 유지하려 하고 있다. 그 당당한 태도에 시즈나는 마음이 크게 뒤흔들렸다.

시즈나는 입을 열고 말했다. "부탁을 받았어요……."

유키나리가 얼굴을 들었다.

"부탁을 받았다? 누구에게?" 질문을 던진 직후에 그는 뭔가 깨달은 듯한 얼굴이 되었다. "아리아케 씨로군요. 하지만 그가 왜 그런 일을 당신에게?"

"자세한 건 모르겠어요. 그저 아리아케는 그 사건의 범인이 당신의 아버님, 즉 도가미 마사유키 씨라고 했어요."

"설마, 그럴 리가 없어요!"

"아리아케는 사건 당시에 범인의 얼굴을 봤어요. 자신이 목격한 범인은 도가미 마사유키 씨가 틀림없다고 했어요. 게다가 하이라이스의 맛이 완전히 똑같아요. 나도 그런 일이 그저 단순한 우연이라고는 생각할 수 없어요."

"당신도 우리 아버지가 범인이라고 생각한다는 거예요?"

"전혀 관계가 없는 건 아니라고 생각해요. ……미안해요."

"아뇨, 사과할 일은 아니지만……." 유키나리는 고통스럽게 얼굴을 일그러뜨렸다.

"노트를 갖다 둔 건 경찰의 수사가 진전되었을 때 결정적인 증거가 될 수 있게 하려는 거였어요. 아리아케가 그렇게 얘기해줬어요."

"분명 경찰은 우리 아버지를 의심하고 있어요. 그런 때에 우리 집에서 이런 노트가 나온다면 정말 범인이라고 확신할지도 모르지요." 미간에 주름을 잡으며 그렇게 말한 뒤, 유키나리는 뭔가 생각난 듯 다시 입을 열었다. "형사가 우리 집에 찾아온 건 바로 최근이에요. 아리아케 씨가 그들에게 뭔가 정보를 흘렸던 건가요?"

시즈나는 고개를 저었다. "거기까지는 모르겠어요."

유키나리는 답답한 마음을 달래려는 듯 머리를 긁적이고 옆에 있던 가방을 들어 올렸다. 거기에서 종이 한 장을 꺼내 테이블에 올려놓았다. 뭔가 글씨가 인쇄되어 있었다. 시즈나는 바짝 긴장했다. 14년 전의 '아리아케 부부 살해사건'을 보도한 신문 기사였다. 인터넷을 통해 검색한 모양이었다.

"이 기사에 의하면 한밤중에 어린아이들이 외출한 사이에 부모님이 살해되었다고 하더군요. 이 아이들 중의 한 사람이 당신의 친구인 거네요?"

시즈나는 급히 기사를 훑어보았다. 그곳에는 아이들이라고만 나와 있을 뿐, 자세한 이름은 적혀 있지 않았다. 또한 부모님이 정식으로 혼인신고를 하지 않은 사이라는 내용도 없었다. 이 기사가 나온 시점에는 신문사도 아직 그런 사실까지는 파악하지 못한 모양이었다.

"전혀 관계없는 얘기지만, 왜 한밤중에 아이들끼리만 외출을 했지?" 유키나리가 혼잣말처럼 의문을 입에 올렸다.

"유성이에요." 시즈나가 말했다. "모두 함께 유성을 보러 갔어요."

"유성?"

"페르세우스 유성군."

그녀의 말에 유키나리는 고개를 갸우뚱했지만, 곧바로 뭔가 생각났다는 표정이 되었다.

"지난번 우리 집에 왔을 때, 친구와 함께 페르세우스 유성을 보러 갔다고 했었죠? 그 친구가 아리아케 씨였구나." 시즈나가 고개를 끄덕이자 그는 천장을 올려다보았다. "그렇게 된 거였군. 당신이 아리아케 씨를 위해 전력투구한 이유를 알았어요. 어떤 의미에서는 당사자였군요."

"내가 말할 수 있는 건 이것밖에 없어요. 더 이상 아는 게 없습니다."

"네, 말해줘서 고마워요. 하긴 내가 위협하다시피 해서 입을 열게 했지만."

"경찰에 신고하실 거예요?"

"아뇨, 지금은 그럴 생각 없어요. 머릿속을 좀 정리하고 싶군요. 이 노트는 내가 갖고 있어도 되겠어요?"

"네."

유키나리는 가방에 노트를 챙겨 넣었다. 그 가방을 무릎에 얹은 채 시즈나를 보았다.

"당신은 처음부터 이런 일을 할 목적으로 내게 접근했군요. 근데 나는 전혀 눈치도 못 챘네." 유키나리는 자조적인 웃음을 짓고 있었다. "유학 이야기도 거짓말이었고."

미안해요, 라고 시즈나는 머리를 숙였다.

"혹시 모든 게 내가 잘못 생각한 것이라면 이걸 당신에게 건네줄 생각이었는데, 이제 필요 없겠죠?" 그러면서 그는 가방에서 한 권의 파일을 꺼냈다.

그 제목을 보고 시즈나는 가슴이 뭉클했다. 그곳에는 '캐나다의 가정 요리'라고 그가 직접 써넣은 글씨가 있었다.

"이걸 작성하려고 서고에 갔었어요. 그 결과가 이렇게 나오다니, 아이러니한 일이죠?" 그는 쓸쓸한 얼굴로 파일을 다시 가방에 넣었다.

45

다이스케는 머뭇머뭇 고이치의 눈치를 보았다. 형은 늘 하던 대로 컴퓨터 앞에 앉아 입을 꾹 다물고 있었다. 그 미간에는 깊은 주름이 새겨졌다.

시즈나는 바닥에 앉은 채 고개를 떨구고 있었다. 마치 죄를 고백하고 처벌을 기다리는 모습처럼 보였다.

"미안해. 내 잘못이야." 풀 죽은 목소리로 그녀는 말했다. 아까부터 몇 번이나 반복하고 있는 말이었다. "내가 멍청하게 구는 바람에 오빠들이 힘들게 쌓아온 작전이 엉망이 되어버렸어. 어떤 말로 사과해야 할지 모르겠어. 나 자신에게 너무 화가 나."

하지만 고이치는 여전히 아무 말이 없었다. 꼬고 있는 다리를 자꾸 흔들었다. 마음속의 초조함을 억누르려고 하는 것처럼 보였다.

의기소침한 모습의 시즈나에게 다이스케는 한마디 위로의 말을 건네주고 싶었다. 하지만 안이하게 위로해주는 게 옳은지 어떤지, 그는 알 수 없었다. 그만큼 사태가 심각했다.

"형, 어떻게 하지?" 다이스케가 물었다. 침묵의 무게를 견딜 수 없었기 때문이다. "유키나리에게 그 노트를 들켰다는 건 계획이 전부 틀어졌다는 얘기잖아. 이제는 이래저래 머리를 굴릴 것도 없는 상황인 것 같아."

그러자 고이치는 흔들던 다리를 멈추고 다이스케를 보았다.

"무슨 말이야?"

"내가 경찰에 가서 말할게. 사건 날 밤에 목격한 사람, 도가미 마사유키가 틀림없다고 증언할 거야. 하이라이스의 맛도 〈아리아케〉와 완전히 똑같다고 말할 거라고."

고이치는 팔짱을 끼고 고개를 갸웃거렸다.

"그러면 경찰이 도가미 마사유키를 체포해줄 거 같아?"

"증거로서는 충분하지 않을지도 모르지만……."

"우리가 왜 부모님의 소중한 유품까지 희생해가며 증거를 꾸며냈는데? 그렇게까지 해줬는데도 경찰은 여전히 신중하게 나오고 있어. 좀 더 확실한 증거가 없는 한, 그자들은 움직이지 않아. 얼굴이 닮았다든가 맛이 똑같다든가, 그런 건 결정타가 되지 못한다고. 몇 번을 말해야 알겠어?" 고이치는 내뱉듯이 말했다.

"그래서 그 레시피 노트가 비장의 카드였는데……." 시즈나가 침울하게 가라앉은 목소리를 냈다. "그걸 경찰에서 발견했다면 틀림없이 도가미 마사유키를 체포했을 텐데……."

"이미 지나간 일을 꾸물꾸물 되새겨봤자 아무 소용 없어. 지금 우리가 반드시 생각해내야 하는 건 앞으로 어떻게 하느냐는 거야. 그러려면 우선 도가미 유키나리가 어떻게 나올지 추리해볼 필요가 있어." 고이치는 자리에서 일어나 창가에 섰다.

"역시 경찰에 신고하지 않을까?" 다이스케가 말했다.

"그건 아닌 거 같은데……." 혼잣말처럼 중얼거린 건 시즈나였다.

"아니, 너한테도 말했다면서? 노트를 경찰에 신고하겠다고."

"그건 그가 질문을 하는데 내가 대답을 안 했기 때문에 한 말이야. 그때도, 사실은 그런 짓은 하고 싶지 않다고 했어. 게다가 헤어지면서도 아직은 경찰에 연락할 생각이 없다고 했고……."

"그런 말을 어떻게 믿어?"

"내 생각에는 그건 믿어도 될 것 같아." 머뭇거리는 말투였지만 시즈나는 양보하지 않았다.

역시 진심으로 유키나리를 좋아하는구나, 하고 다이스케는 생각했다.

그러자 고이치가 말했다.

"나도 시즈나와 같은 생각이야. 유키나리는 경찰에 신고하지 않을 거야. 적어도 지금은."

형의 말은 다이스케로서는 뜻밖이었다. "어째서?"

"말해봤자 아무 이익도 없기 때문이야." 고이치는 딱 잘라 말했다. "유키나리는 경찰이 자기 아버지를 의심한다는 것을 알고 있어. 물론 유키나리는 자기 아버지를 믿고 싶겠지. 하지만 믿고 싶은 것과 진심으로 믿는다는 건 미묘하게 달라. 범인이 아니기를 진심으로 빌고 있겠지만 그걸 확신하는 건 아니야. 그 레시피 노트가 아버지의 무죄를 증명할 증거가 될 수 있다면 망설임 없이 경찰에 달려갔을 거야. 하지만 그 노트는 그런 물건이 아니야. 특히 그 안에는 〈도가미 정〉의 하이라이스와 완전히 똑같은 레시피가 들어 있어. 아버지의 무죄를 주장하고 싶은 유키나리에게는 결코 유리한 물건이 아니라는 얘기야. 〈아리아케〉와 밀접한 관련이 있다는 것을 보여주는 물건이니까."

"그럼 유키나리가 어떻게 나올 거라고 생각해?"

"우선 생각할 수 있는 건 아버지에게 직접 물어본다는 거야. 그게 가장 빠른 방법이니까."

"하지만 도가미 마사유키가 사실대로 실토할까?"

"아니, 실토하지 않을 거야. 상대가 아들이더라도 자신이 살인범이라는 얘기는 그리 쉽게 고백할 수 없을 테니까. 유키나리 역시 바보가 아니니까 그런 것쯤은 알고 있겠지. 단지 아버지가 거짓말을 했을 경우에 그때의 말투나 태도 등을 통해 알아낼 수 있다고 생각해서 물어볼 거야."

"유키나리가 그런 걸 알아낼 수 있을까? 완전 순진한 부잣집 아들이던데?"

그런 다이스케의 말에 다시 시즈나가 반응했다.

"그 사람, 오빠들이 생각하는 것처럼 순진한 사람 아니야. 실제로 단순한 부잣집 도련님이었다면 우리가 이렇게 쩔쩔매는 일도 없었을 거야."

"시즈나 말이 맞아." 고이치가 동의했다. "직접 본 적은 없지만 분명 유키나리는 두뇌가 명석해. 머리가 좋은 사람일수록 신중하기도 해. 아버지의 거짓말을 알아낼 자신이 있다고 해도 만일 알지 못했을 경우를 생각해볼 거라고. 그렇다면 직접 아버지에게 물어보는 방법은 피하는 경우도 충분히 생각할 수 있어."

"아버지에게 물어보지 않는다면, 그다음에는 어떻게 할까?" 다이스케가 말했다.

"일반적으로는 잠시 상황을 지켜본다, 라는 길을 선택할 거야. 하지만 유키나리는 그렇게는 안 할 거 같아."

"그럼 어떻게 한다는 거야?"

고이치는 몇 초 동안 침묵한 뒤, 다이스케를 내려다보았다.

"작전용 휴대전화, 어디 있지?"

"작전용 전화? 내가 갖고 있어."

고이치는 손을 내밀었다. "그거, 나한테 줘."

다이스케는 곁에 있던 웨스트포치에서 휴대전화를 꺼냈다. 사기 작전을 펼칠 때만 사용하는 휴대전화였다.

"이걸로 뭘 할 건데?" 다이스케가 전화를 내밀며 물었다.

"이걸 사용할 때가 올지도 몰라. 그때가 바로 승부를 걸어볼 기회야." 고이치는 휴대전화를 꾹 움켜쥐었다.

유키나리는 자기 방에서 책상을 마주하고 있었다. 그 앞에는 한 권의 노트가 있었다. 문득 얼굴을 들고 손끝으로 눈을 지그시 눌렀다. 한숨을 내쉬며 의자 등받이에 몸을 맡겼다. 그 자세로 새삼 문제의 노트를 바라보았다.

펼쳐진 페이지에는 민치 커틀릿용 데미글라스 소스를 만드는 방법이 적혀 있었다. 모두 연필로 직접 쓴 요리법이고 그리 능숙하다고 할 수 없는 일러스트도 곁들여져 있었다. 군데군데 알아보기 힘든 표현도 있지만, 상세한 순서까지 생략하는 일 없이 꼼꼼하게 기록되어 있었다. 요리사 본인이 단순히 외우기 위해 써놓은 것이 아니라 가게의 맛을 후계자에게 전달

할 목적으로 기록한 것처럼 보였다.

그 내용을 자세히 읽어보면 볼수록 유키나리는 온몸에 소름이 돋는 듯한 한기를 느꼈다. 하이라이스뿐만 아니라 그곳에 기록된 거의 대부분의 요리 레시피가 〈도가미 정〉의 것과 완전히 똑같았던 것이다. 그것은 하나같이 지금껏 유키나리가 〈도가미 정〉의 독자적인 방식이라고 믿어왔던 요리법들이었다.

이 노트만 보자면 〈도가미 정〉이, 즉 아버지 마사유키가, 〈아리아케〉라는 양식당과 아무 관계가 없다고는 도저히 생각할 수 없었다. 둘 중 누군가가 다른 쪽의 레시피를 참고했다고 생각할 수밖에 없었다. 그리고 〈아리아케〉가 14년 전에 없어진 점을 감안하면 〈도가미 정〉 쪽이 오리지널이라고 하기는 어려웠다. 마사유키가 원조 하이라이스를 고안해낸 시기는 〈아리아케〉 사건보다 나중인 것이다.

유키나리는 손을 내밀어 미네랄워터 페트병을 집어 들었다. 뚜껑을 열고 벌컥벌컥 마셨다. 그는 아직 저녁 식사도 하지 못했다. 식욕이 전혀 없었다. 그러면서도 유난히 목이 말랐다.

야자키 시즈나와의 대화를 되돌아보았다. 그녀와의 대화는 유키나리에게 인생 최악의 추억이 될 것 같았다. 바로 며칠 전만 해도 그녀에게 프러포즈를 하려고 했었는데.

그녀가 자신에게 호감을 갖고 있다고 생각했었지만 그건 모두 연기였다. 이 레시피 노트를 집 안에 몰래 갖다 놓기 위해,

아리아케라는 인물의 부탁을 받고 어쩔 수 없이 좋아하는 척했던 것이다. 당연히 노트를 성공적으로 감춰놓은 다음에는 유키나리 앞에 두 번 다시 나타나지 않을 생각이었을 것이다. 그 복선이 바로 캐나다 유학이었던 셈이다.

더구나 그녀가 그런 행동을 하게 된 이유라는 것이 마지막 강펀치처럼 유키나리를 철저히 때려눕혔다. 〈아리아케〉 사건의 범인이 아버지 마사유키라는 것이다. 살인사건의 유족인 아들이 그렇게 확신하고 있는 모양이었다.

그 사건과 관련해서 생각나는 것은 집에 형사가 찾아왔을 때의 일이었다. 그들은 오래된 사탕 통이며 금시계를 보여주었다. 시계에는 〈아리아케〉라는 글자가 새겨져 있었다.

그런 물건들은 유키나리로서는 본 적도 없는 물건이었고, 마사유키도 그렇게 대답했다. 그 뒤로 형사들에게서 별다른 말이 없었기 때문에 모두 잘 처리된 모양이라고 생각했었다.

아버지가 강도살인범이라고? 설마⋯⋯.

도저히 받아들일 수 없는 이야기였지만, 그렇다면 이 노트에 대해서는 대체 어떻게 설명해야 한단 말인가. 게다가 유족의 목격 증언도 있다고 한다.

유키나리에게는 또 한 가지 마음에 걸리는 게 있었다. 원래 아자부주반점에서는 그 원조 하이라이스를 대표 메뉴로 쓸 계획이었다. 하지만 중간에 아버지 마사유키가 갑작스럽게 이의를 제기했다. 야자키 시즈나—그때는 이름이 다카미네 사오리였지만—에게서 똑같은 맛의 하이라이스가 있다는 말을 듣고 그 얘기를 아버지에게 해준 직후의 일이었다. 어쩌면 아버지는 〈아리아케〉와 맛이 똑같다는 것을 눈치채는 사람이 앞으로도 또 나올 수 있다는 점을 걱정했던 게 아닐까.

두통이 밀려왔다. 그는 노트를 덮고 관자놀이를 지그시 눌렀다.

그때, 발소리가 들려왔다. 계단을 올라오는 소리였다. 유키나리의 방을 지나 옆방 앞에서 멈췄다. 뒤를 이어 방문 열쇠를 따는 소리. 마사유키가 부재중일 때, 그의 방문은 늘 열쇠로 잠가두었다.

문이 열리는 소리가 나고 다시금 정적이 돌아왔다.

유키나리의 마음은 거세게 요동쳤다.

혼자서 머리를 굴리며 고민하기 전에 아버지에게 직접 물어보면 될 거 아니냐는 생각은 내내 머릿속에 있었다. 이를테면 레시피 노트를 보여주며 어떻게 된 일이냐고 물어보는 것이다.

하지만 과연 아버지의 입에서 나온 대답을 순수하게 믿을 수 있을까, 하는 불안감이 있었다. 아마도 아버지는 〈아리아케〉 사건과의 관련 따위, 강하게 부정할 것이다. 그 말을 그저 받아들일 수밖에 없다면 굳이 그런 괴로운 질문을 던질 이유도 없다. 자칫하면 앞으로 아버지와 아들로서의 관계에 큰 골이 파이는 결과만 낳고 말 것이다.

유키나리는 의자에서 일어나 동물원의 곰처럼 방 안을 어슬 렁거리다가 침대에 털썩 누웠다. 머리를 쥐어뜯었다. 아버지를 믿는 마음에는 변함이 없었지만, 야자키 시즈나가 섣부른 소리 를 했다고는 생각되지 않았다. 남의 집에 잠입해 물증이 될 물 건을 감춰두는 것은 어지간한 결심으로는 할 수 없는 일이다.

유키나리의 시선이 벽 쪽의 책장으로 향했다. 그곳에는 평 소에 자주 사용하는 자료뿐만 아니라 어린 시절부터 읽어왔던 책들이 정리되어 있었다. 그는 침대에서 내려와 책장 앞에 섰 다. 두툼한 파일 한 권을 빼냈다. 사인펜으로 '별의 관찰'이라 는 제목이 적혀 있었다.

페르세우스 유성군—.

14년 전이라면 아직 아버지가 천체 관측에 흥미를 갖고 있 던 시절이다. 당시에는 유명한 유성군이라면 빠짐없이 찾아보 곤 했다.

파일을 열고 과거의 기록을 확인해보았다. 〈아리아케〉 살인 사건이 일어난 날짜는 이미 머릿속에 기억해두었다.

기록에 의하면 분명 그날은 페르세우스 유성군 극대일이었 다. 야자키 시즈나가 말했던 대로 비가 오락가락하는 흐린 날 씨였을 터였다. 그래서 유키나리가 망원경을 사용해 들여다보 았는데도 유성은 여섯 개밖에 관측되지 않았다.

하지만 문제는 그런 게 아니었다.

당시 유성군 관측이라는 이벤트가 있을 때는 반드시 아버지도 곁에 함께 있었다. 애초에 유키나리가 천체 관측에 관심을 갖게 된 것도 아버지의 영향인 것이다. 그 증거로, 다른 때에는 아버지가 관측한 유성의 숫자가 분명하게 기록되어 있었다. 하지만 〈아리아케〉 살인사건이 일어났던 그날 밤만은 아버지의 칸이 공백으로 남아 있었다.

유키나리의 뇌리에 중학생 시절의 기억이 되살아났다. 그렇다, 그건 페르세우스 유성군을 관측했던 날 밤의 일이었다. 그날 밤만은 그 혼자서 천체망원경을 들여다보았다. 아버지가 밤늦게 외출했었기 때문이다. 이야기할 상대도 없이 수많은 유성이 발견되기만을 기대하면서 혼자 기다렸다. 하지만 상황은 점점 좋지 않게 풀려갔다. 비가 흩뿌리기 시작했던 것이다.

틀림없어. 야자키 시즈나가 말했던 게 바로 그날 밤이야—.

유키나리는 파일을 떨어뜨렸다. 하지만 그것을 다시 집어들 기력이 없었다. 발밑으로 스르르 힘이 빠져나가 그는 그대로 주저앉았다.

그날, 밤늦은 시간에 아버지는 밖에 나가고 없었다. 어디에 갔었는지는 알지 못한다. 즉 아버지에게는 〈아리아케〉 살인사건에 관하여 알리바이가 없다는 얘기다.

그리고 그것을 유키나리 혼자만 알고 있었다.

여행 가방에 짐을 넣는 다이스케의 움직임은 표가 나게 둔했다.

"빠뜨리는 물건이 없도록 잘 챙겨. 당분간 너는 이쪽 집에 돌아올 수 없을 테니까." 고이치는 동생을 내려다보며 말했다.

"근데 형, 내가 굳이 나가야 할 필요가 있어? 형사가 찾아오면 함께 살고 있다고 말해버리면 되는 거 아니냐고. 함께 사는 게 무슨 나쁜 짓도 아닌데."

"지금까지 일이 어떻게 흘러왔는지 생각해봐. 이제 와서 그런 말을 하면 어떻게 되겠냐?"

고이치가 답답해하면서 말했을 때, 책상 위의 휴대전화가 울렸다. 그는 눈을 둥그렇게 떴다. 보통 때라면 울릴 일이 없는 전화, 그들이 '작전용'이라고 부르는 전화기가 울린 것이다.

다이스케도 놀랐는지 잔뜩 긴장한 얼굴이었다. "저게 왜 울리는 거지?"

고이치는 휴대전화를 집어 들었다. 발신자 표시를 보았다. 거기에는 그가 예상했던 인물의 이름이 떠 있었다.

고이치가 전화를 받았다. 예, 라고 낮게 대답했다.

"여보세요." 상대 남자가 말했다. "가스가이 씨입니까?"

고이치는 심호흡을 했다. "네, 그렇습니다만."

상대는 일순 침묵하고 나서 말했다. "전에 만났을 때와는 목소리가 다르군요. 코르테시아 재팬의 가스가이 씨 맞습니까?"

229

"네, 가스가이입니다. 실례지만, 당신은?"

"도가미예요. 도가미 유키나리라고 합니다."

46

도쿄역 옆의 대형 서점에서 고이치는 선 채로 책을 구경하고 있었다. 하지만 그의 의식은 온통 가게 입구 쪽으로 쏠려 있었다.

도가미 유키나리가 나타난 것은 약속 시각 5분 전쯤이었다. 회색 재킷 차림이었다. 서점에 들어온 유키나리는 곧장 계단으로 향했다. 위의 2층에 커피숍 코너가 있었다.

그의 뒤쪽을 살펴봤지만 경찰이 따라오는 기척은 없었다. 그것을 확인한 다음에 고이치는 에스컬레이터를 탔다. 커피숍 쪽의 상황을 살펴보기 위해서였다.

커피숍은 자리가 반쯤 차 있었다. 도가미 유키나리는 끄트머리 테이블에 앉아 가만히 입구 쪽을 응시하고 있었다.

고이치는 2층으로 올라갔다가 다시 에스컬레이터를 이용해 1층으로 내려왔다. 그리고 커피숍 코너로 이어진 계단을 걸어서 올라갔다. 유키나리 쪽을 쳐다보지 않도록 조심하며 입구 근처의 자리에 앉았다.

곧바로 웨이트리스가 다가왔다. 그는 콜라를 주문했다.

유키나리가 손목시계를 들여다보고 있었다. 그의 테이블에는 아이스커피 잔이 놓여 있었지만 전혀 줄어들지 않았다.

고이치는 다시 한번 가게 안의 상황을 살펴보았다. 모두 평범한 손님들로 보이지만, 형사가 변장을 한 것인지도 모른다. 하지만 그런 경우는 어쩔 수 없다고 생각했다. 다만 가시와바라나 하기무라 형사에게 들키는 것만은 피하고 싶었다. 그래서 최대한 신중하게 주의를 기울인 것이다.

웨이트리스가 콜라를 가져온 것을 보고 고이치는 자리에서 일어섰다.

"미안해요. 동행이 저쪽에 먼저 와 있었는데 몰랐네요." 웨이트리스에게 그렇게 말하고 그는 유키나리의 테이블로 향했다.

유키나리는 허를 찔린 기색이었다. 눈을 둥그렇게 뜨고 다급하게 자리에서 일어서려고 했다.

"아뇨, 일어나실 거 없어요." 고이치는 미소를 지으면서 유키나리의 맞은편에 앉았다.

웨이트리스가 콜라와 계산서를 이쪽 테이블로 옮겨주었다.

유키나리가 와아, 하고 놀란 얼굴을 보였다.

"용의주도하군요. 내가 와 있다는 걸 알면서도 일단 다른 자리에서 지켜본 거예요?"

"별로 사람을 믿지 않으며 살아왔거든요. 일종의 처세술이라고 할까요? 어느 누구에게도 기대지 않고 살아가야 하는 사람으로서는 당연한 일이죠."

유키나리의 눈빛이 심각해졌다. "부모님이 안 계시다는 얘기인가요?"

"그렇습니다."

"그러니까 당신이—." 유키나리는 지그시 고이치의 얼굴을 응시했다. "아리아케 씨로군요?"

고이치는 상대의 시선을 정면으로 맞받으며 순간적으로 생각을 굴렸다.

유키나리에게서 전화가 걸려온 것은 한 시간쯤 전이었다. 야자키 시즈나 일로 할 말이 있으니 잠깐 만나자는 것이었다. 그는 전화를 받은 사람이 코르테시아 재팬의 가스가이가 아니라는 것을 알아차린 모양이었지만, 그 점에 대해서는 언급하지 않았다. 시즈나와의 만남이 의도적인 접근이었다면 가스가이 역시 가공의 인물이고, 분명 그 뒤에서 누군가 조종하고 있다고 예상했던 것이리라.

자신이 아리아케라고 밝힐지 말지는 유키나리를 만난 뒤에 판단하자고 고이치는 마음먹었다. 단지 그 판단 기준은 직감밖에 없었다.

"짐작하신 대로, 라고 해둘까요? 야자키 시즈나에게 얘기는 들었어요. 레시피 노트 계획이 어긋나버린 건 몹시 안타까운 일이죠."

"나한테는 청천벽력 같은 일이었어요. 그녀와의 만남 뒤에 그런 계획이 있었다니. 아무것도 모르고 그녀에게 빠져들었던 나를 어지간히 비웃었겠군요."

"유감스럽지만 우리에게는 남을 비웃을 만한 여유 같은 건 없어요. 도가미 마사유키 씨의 범행을 만천하에 공개하는 일만으로도 머릿속이 가득하거든요."

"그거 말인데요, 왜 번거로운 절차를 밟는 거예요? 우리 아버지의 얼굴이 범인과 닮았다면 그대로 경찰에 알리면 되는 거 아닙니까?"

"닮았다는 것만으로는 경찰에서 움직여주지 않아요."

"그래서 물증을 우리 집에 감춰놓기로 했다는 거군요. 하지만 아무래도 이상해요. 당신들이 그런 일을 꾸미는 사이에 경찰이 몇 차례 우리 아버지와 접촉했어요. 오래된 금시계를 가져와서 보여주기도 하고. 혹시 그 일과 당신들이 관계가 있어요?"

"그건 지나친 생각이에요. 그 일은 우리와는 아무 관계도 없습니다. 금시계는 형사가 보여줘서 나도 봤어요. 하지만 나도 처음 본 물건이에요. 경찰이 드디어 도가미 마사유키 씨를 주목했다는 것도 최근에야 알았습니다. 어째서 그렇게 생각했는지는 알려주지 않았지만요. 어쨌건 우리로서는 마침 잘된 일이었어요. 그 참에 가택수색에 들어가 그 레시피 노트를 발견해준다면 그야말로 완벽했겠죠."

고이치의 말에 유키나리는 진지한 시선으로 마주 보았다. 이쪽의 마음을 읽어내려고 하는 눈빛이었다.

"아버지가 범인이라고 확신하는 근거는 역시 하이라이스인 가요?"

"물론이죠. 그 맛은 우연히 일치할 수 있는 게 아니에요. 둘 중 누군가가 모방했다고 생각할 수밖에 없어요. 그러면 훔쳐 간 건 어느 쪽인가. 그다음은 굳이 말하지 않아도 알겠죠?"

유키나리는 고민에 빠진 듯 입가가 일그러졌다.

"그 맛을 만들어낸 건 우리 아버지 쪽이 나중이다, 라는 건 알고 있습니다."

"그렇다면 우리가 어떤 심경인지도 알고 있겠군요."

유키나리는 고개를 숙이고 아이스커피 잔을 들었다. 하지만 입도 대지 않고 다시 얼굴을 들었다.

"앞으로 어떻게 할 생각이에요? 결정적인 물증을 경찰이 발 견하게 하려던 작전은 실패했잖아요."

"그건 계획에 약간 무리가 있었어요. 그래서 다음에는 정공 법으로 나가볼 생각이에요. 다행히 경찰에서도 도가미 마사유 키 씨에 대해 강한 의혹을 품고 있는 것 같더군요. 적극적으로 그들에게 협력한다면 결국에는 정의가 이길 것이다. 그렇게 믿어보는 수밖에 없겠죠."

정의, 라는 단어는 그리 좋아하지 않지만 고이치는 일부러 그 말을 써보았다.

"하지만 결정적인 증거는 없잖아요?" 유키나리는 탐색하는 눈빛을 보내왔다.

고이치는 잔을 들고 콜라를 마셨다. 얼음이 녹아서 맛이 싱거워져 있었다.

"현재로서는 절대적인 증거는 없죠. 그건 사실이에요. 하지만 비장의 카드가 있어요."

"비장의 카드?"

"범인이 현장에 한 가지 물건을 잊어버리고 갔거든요. 실제로는 잊어버린 게 아니라 가져가지 않은 것이라고 생각하고 있지만요. 왜냐하면 그 물건에는 지문을 닦아낸 흔적이 있었어요. 아마 범인은 지문을 남기지 않으면 그 물건 때문에 발목이 잡힐 일은 없을 거라고 계산했겠죠. 실제로 사건 당시의 과학기술로는 그 계산이 맞았어요. 그래서 경찰은 여태까지 그 유류품을 그야말로 '잊어버린 물건'으로만 취급했습니다. 하지만 시대가 바뀌면서 과학수사가 비약적으로 발전했어요. 지문 이외에도 범인을 알아낼 수 있는 다양한 방법이 나왔어요."

"지문 이외에도? 이를테면 DNA 감정이라든가?"

유키나리의 말을 듣고 고이치는 크게 고개를 끄덕였다.

"머리카락이나 혈액으로 DNA 감정이 가능하다는 건 꽤 알려져 있지만, 최근의 기술은 좀 더 대단해요. 땀이나 먼지, 손가락에서 분비되는 소량의 지방 성분으로도 감정이 가능하다더군요. 즉 아무리 지문을 닦아내도 그런 것이 조금이라도 묻어 있다면 누구의 물건인지 판명해낼 수 있다는 얘기입니다."

술술 매끄럽게 설명할 수 있었던 것은 이곳에 올 때까지 그 내용을 열심히 연습했기 때문이었다.

잊어버린 물건이란 사건이 일어난 날 밤, 〈아리아케〉의 뒷문 옆에 남겨져 있던 비닐우산을 말하는 것이다. 그것이 범인의 우산일 가능성이 높았지만, 끝내 수사의 결정적인 단서가 되지 못한 모양이었다. 현재 경찰이 그 우산을 어떻게 보관하고 있는지, 고이치는 알지 못했다. 방금 그가 얘기한 식으로 검토하고 있는지 어떤지도 명확하지 않았다.

하지만 고이치는 유키나리와 대결하는 자리에 뭔가 강력한 카드를 들고 나올 필요가 있었다. 이쪽에 더 이상 아무런 무기도 없다는 것을 알게 되면 유키나리가 경찰에 시즈나를 신고할 수도 있기 때문이다. 그러면 경찰의 창끝이 도가미 마사유키가 아니라 고이치 형제와 시즈나에게로 향할 우려가 있었다.

"그 잊어버린 물건이 무엇인지, 나한테 알려줄 수 없겠죠?"

유키나리가 물어왔다.

"그야 당연하죠. 적에게 비장의 카드를 알려주는 바보는 없습니다."

허풍 속임수가 제대로 먹힌 것 같다, 라고 고이치는 느꼈다. 유키나리의 머릿속에 아주 조금이라도 불안감이 싹텄다면 이쪽이 노린 대로 된 것이다. 어쩌면 유키나리가 도가미 마사유키에게 오늘 들은 얘기를 전해줄지도 모르지만, 그래도 상관없다고 생각했다. 도가미 마사유키는 현장에 비닐우산을 잊어버리고 온 장본인이기 때문에 분명 크게 당황할 것이다. 다급해져서 뭔가 행동에 나선다면 거기서 사건 해결의 돌파구가 열릴 가능성이 있다.

미간에 주름을 잡고 생각에 잠겨 있던 유키나리가 마침내 마음을 정한 듯 얼굴을 들었다.

"아리아케 씨, 다시 해볼 생각은 없습니까?"

"예?" 고이치는 당황했다. "해보다니, 뭘?"

"그 계획 말이에요. 그쪽은 레시피 노트라는 물증을 우리 집에 숨겨둔다는 계획에 실패했잖아요? 그러니까 그걸 다시 한번 해볼 생각이 있느냐는 거예요."

고이치는 어깨를 흔들며 웃어 보였다.

"무슨 말을 하는가 했더니만. 지금 제정신이에요? 우리는 도가미 마사유키, 즉 당신 아버지의 범행을 입증하려고 하는 거예요."

"네, 그래서 그걸 다시 한번 해보자고 제안하는 거예요. 이번에는 나도 도와드리죠. 아버지가 정말로 범인이라면 이 계획은 반드시 성공할 테니까."

고이치는 눈썹을 찡그리며 유키나리의 얼굴을 빤히 쳐다보았다. 그의 심각한 눈빛에는 절벽 끝에 선 듯한 절박함이 담겨 있었다.

"그거, 정말이에요?"

"이런 얘기를 농담 삼아서 하지는 않죠."

"나를 함정에 빠뜨리려는 건 아니겠죠? 하지만 왜 그런 일에 당신이……."

"그건 당연한 일이 아닐까요? 사건의 진상을 알고 싶은 건 나 역시 마찬가지예요." 그렇게 말하고 유키나리는 드디어 아이스커피 잔에 손을 내밀었다.

고이치가 맨션에 돌아오자 다이스케뿐만 아니라 시즈나도 와서 기다리고 있었다.

"둘 다 당분간 이쪽 집에는 오지 말라고 했잖아. 가시와바라 형사가 언제 들이닥칠지 모른다고. 함께 있는 걸 들키면 귀찮아진단 말이야." 고이치는 시즈나를 쏘아보았다.

"아니, 내가 오라고 했어." 다이스케가 말했다. "유키나리를 만나고 왔잖아? 시즈나한테도 둘이 어떤 얘기를 했는지 알려 줘야지."

"어땠어?" 시즈나가 걱정스러운 눈길을 던져왔다.

"실은 얘기가 아주 묘하게 됐어."

고이치는 유키나리가 제안한 내용을 두 사람에게 전했다. 이야기를 들은 시즈나는 생각에 잠기고, 다이스케는 침대 위에 벌렁 드러누웠다.

"그래서 형은 어떻게 하기로 했어?"

"좀 망설이기는 했지만, 그의 제안대로 해보기로 했어."

"정말 괜찮을까? 뭔가 속셈이 있는 거 아니야? 그 사람에게는 자기 아버지가 살인범이 되느냐 마느냐 하는 갈림길이야. 무엇 때문에 우리하고 한편이 되어주겠어?"

"우리하고 한편이 되겠다는 게 아니야. 그자는 진상을 밝혀서 명백하게 결론을 내겠다는 거야."

"글쎄, 그럴까? 정말 그런 식으로 생각하는 사람도 있는 거야?" 다이스케가 얼굴을 찌푸리며 고개를 갸웃거렸다.

"그 사람이라면 그렇게 생각할 수도 있어." 시즈나가 고개를 숙인 채 말했다. 그리고 고이치를 올려다보며 말을 이었다. "원래 그런 사람이야."

고이치는 고개를 끄덕였다.

"이런 말을 해서는 안 되겠지만……." 시즈나를 가만히 쳐다보았다. "네가 그 사람을 좋아하는 이유를 알 것 같았어."

"아이 참, 좋아하는 거 아니라니까……." 시즈나는 발톱을 만지작거리며 중얼거렸다.

문 앞에 서서 유키나리는 한 차례 심호흡을 했다. 머릿속에서 자신이 할 말을 다시 한번 확인한 뒤에 주먹을 꽉 쥐고 노크를 했다.

예에, 라는 나지막한 소리가 돌아왔다. 유키나리는 손잡이를 돌렸다.

마사유키는 책상에서 뭔가 읽고 있었던 모양이다. 노안경을 벗더니 의자를 빙글 돌렸다. "무슨 일이냐?"

"아버지, 잠깐 괜찮아요? 중요한 이야기가 있는데."

"아자부주반점 이야기냐?"

"그런 게 아니고 아버지 일이에요." 유키나리는 1인용 소파에 앉았다. "오늘, 아버지가 집에 오시기 전에 가나가와 현경의 형사가 왔었어요."

마사유키의 얼굴이 흐려졌다.

"또? 이번에는 무슨 일이래?"

"실은 좀 이상한 얘기를 했어요. 아버지의 DNA 검사를 할 수 있게 해달라고 하던데요."

"DNA? 왜 그런 검사를?"

"그 형사들, 14년 전에 일어난 강도살인사건을 수사하는 모양이에요. 당연히 이제 곧 공소시효예요. 다급한 상황이라서 형식을 갖출 여유가 없으니까 일단 조금이라도 용의선상에 오른 사람은 모두 DNA 감정을 해볼 생각인가 봐요. 어머니가 마침 외갓집에 가신 참이라 다행이었어요. 이런 이야기, 어머니 귀에 들어가게 하고 싶지도 않고."

"감정이라고 하는 걸 보면 범인의 DNA를 알고 있어야 가능한 일일 텐데?"

"범인이 현장에 남겨놓고 간 물건이 있었던 모양이에요. 당시에는 머리카락이나 혈액이 아니면 DNA 감정이 어려웠지만, 요즘은 과학수사가 발달해서 소량의 먼지나 땀, 손의 기름기 등으로도 알아낼 수 있는 모양이에요."

"그래……."

마사유키의 시선이 허공을 헤매는 것을 보고 유키나리는 가슴이 술렁거렸다. 아버지가 이토록 불안한 표정을 보이는 것은 웬만해서는 없는 일이었다.

"더 이상 이런저런 이상한 말을 듣는 게 싫어서 내 판단으로 아버지의 빗과 면도날을 건네줬어요. 본인의 승낙서가 필요하다고 했는데 내가 대리로 사인했습니다. 괜찮지요?"

마사유키는 몇 차례 눈을 깜빡거린 뒤, 살짝 고개를 끄덕였다.

"응, 잘했다. 형사는 그 밖에 다른 말은 없었어?"

"용건은 그것뿐인 것 같았어요. 이걸로 아마 속 시원히 해결되겠지요. 도리어 잘됐어요."

"그렇구나. 네가 할 얘기라는 게 그거였어?"

"예, 그것뿐이에요." 유키나리는 자리에서 일어섰다. "일하시는 중에 죄송해요. 안녕히 주무세요."

으응, 이라고 마사유키가 대답하는 것을 들으며 유키나리는 아버지의 방을 나왔다.

47

휴대전화로 지도를 확인하고 전봇대의 표시를 보며 고이치는 발을 멈췄다.

"이 길이 맞는 것 같아. 저쪽 모퉁이를 돌면 도가미의 집이 보일 거야."

"왠지 엄청 긴장되는데?" 다이스케가 입술을 핥았다.

"할리우드 연기자 다이스케가 왜 이래? 이런 일쯤은 지금까지 수없이 해봤잖아."

"젊은 남자를 상대로 하는 사기와는 전혀 달라. 그동안은 시즈나가 도와준 것도 컸어."

"괜히 기죽을 거 없어. 너라면 충분히 할 수 있어."

"그럴까? 하긴 뭐, 해보는 수밖에 없지." 다이스케는 넥타이의 모양새를 매만졌다.

두 사람 모두 양복을 입고 있었다. 고이치는 다이스케의 모습을 바라보고 저절로 탄성이 터져 나왔다.

"새삼스러운 말이지만, 넌 정말 대단해. 어떤 직업으로든 척척 변신을 해버리니. 완전히 젊은 형사 느낌이야. 은행원 때와 똑같은 옷차림인데, 왜 이렇게 분위기가 달라지지?"

"원래 내가 개성이라고는 없는 인간이라서 그래." 다이스케는 안경의 위치를 바로잡았다. 물론 도수 없는 멋내기 안경이었다.

"꼭 그렇지만도 않을걸?"

바로 옆에 커피숍이 있었다. 유리창에 두 사람의 모습이 비쳐졌다. 그 모습을 들여다보며 고이치는 고개를 갸웃거렸다. "나야말로 괜찮을까?"

고이치는 노타이 차림이었다. 다이스케가 그러는 게 더 형사답다고 했기 때문이다.

"너무 딱딱한 표정은 좋지 않아." 다이스케가 말했다.

"하지만 형사는 눈빛이 날카로운 거 아니야?"

"중년 형사라면 그것도 괜찮지만, 젊은 사람의 그런 표정은 그냥 째려보는 것처럼 보일 뿐이야. 드라마에서 젊은 배우가 형사 역할을 하면 어쩐지 동네 깡패처럼 보이지? 그건 너무 작위적이라서 그런 거야. 지나치게 형사 티를 내지 않도록 하는 게 포인트야."

"거참 어렵네. 아무튼 연기 쪽은 네가 잘 알아서 해줘." 고이치는 손목시계를 들여다본 뒤, 휴대전화를 꺼내 들었다. "시간

됐네. 자, 전화한다?"

"도가미 마사유키, 집에 있을까?"

"그럴 거야. 〈도가미 정〉은 쉬는 날이고, 유키나리가 어떻게든 외출하지 않도록 하겠다고 했어."

"유키나리가 혹시라도 배신 때리지 말아야 할 텐데." 다이스케가 불안한 눈빛으로 말했다.

"이제 와서 그런 소리는 하지 마. 배짱 좋게 밀고 나가는 수밖에 없어." 고이치는 휴대전화의 버튼을 누르기 시작했다.

벽시계가 오후 1시 10분을 가리켰을 때, 집 전화가 울렸다. 정확히 미리 약속한 시각이었다. 유키나리는 아버지 쪽을 보았다. 마사유키는 소파에 앉아 신문을 읽고 있었다.

어머니는 친구와 연극을 보러 외출해서 저녁때까지 돌아오지 않는다. 우연히 그렇게 된 것이 아니라 유키나리가 연극 티켓을 선물했던 것이다. 물론 오늘 일어날 일들을 어머니에게는 보이고 싶지 않기 때문이다.

유키나리는 전화를 받았다. "네, 도가미입니다."

"아리아케예요." 상대는 말했다. "집 앞에 와 있어요. 당신 아버지는 집에 있겠지요?"

"아버지 말씀입니까? 네, 계십니다만." 말을 하면서 유키나리는 뒤를 돌아보았다. 마사유키가 신문에서 얼굴을 들고 있었다.

"예정대로 해도 되는 거지요? 지금 가면 몇 분 뒤에 도착할 텐데."

"지금 말씀입니까? 네, 괜찮습니다만, 무슨 용건이신지요?"

"우리 쪽에 한 사람이 더 있어요. 야자키 시즈나를 처음 만났을 때, 가스가이라는 남자가 있었죠? 코르테시아 재팬의 가스가이. 그 친구도 형사로 함께 갈 거니까 놀라지 말아요. 물론 이번 일에 대해서는 자세히 알려줬어요."

"아, 그렇군요. 그렇다면, 네, 그 형사님의 성함은?"

"구사나기라고 해둡시다. 스마프의 구사나기. 그리고 나는 가가 형사. 유명한 가가 형사, 알죠? 둘 다 가나가와 현경 본부의 형사라고 할 거예요. 명함은 준비했어요. 경찰수첩도 가져왔는데, 가짜인 게 너무 빤히 보이니까 되도록 내놓지 않았으면 좋겠어요."

"알겠습니다. 그러면 10분 뒤에." 유키나리는 전화를 끊었다.

"경찰에서 온 거냐?" 마사유키가 즉각 물어왔다.

"네. 지금 오겠대요. 며칠 전 그 일로 중요한 이야기가 있다는데요."

"며칠 전 일이라면, DNA인지 뭔지 하는 그거 말이냐?"

"그럴 거예요. 자세한 건 집에 와서 얘기하겠대요."

"그래……."

마사유키는 생각에 잠긴 얼굴로 신문을 접기 시작했다.

정확히 10분 뒤에 차임벨이 울렸다.

"가나가와 현경의 구사나기입니다. 갑작스럽게 연락드려서 죄송합니다." 현관홀에서 다이스케가 인사를 하며 명함을 내밀었다.

"시간은 얼마나 걸릴까요?" 유키나리가 물었다.

"그건 얘기가 어떻게 되느냐에 달려 있습니다. 아무튼 도가미 마사유키 씨를 좀 만나게 해주시겠습니까?"

"알겠습니다. 이쪽으로 오시죠."

그의 안내를 받아 다이스케와 함께 긴 복도를 걸어가며, 역시 대단하구나, 하고 고이치는 내심 감탄했다. 마사유키의 시선이 지켜보는 것도 아닌데 유키나리는 다이스케의 얼굴을 보고서도 표정 하나 변하지 않았다. 작전을 완벽하게 실행하겠다는 결심의 표현일 것이다.

도가미 마사유키는 소파에 앉아 기다리고 있었다. 갈색 카디건 차림이었다.

인사를 주고받은 뒤, 고이치와 다이스케는 마사유키와 마주하는 모양새로 자리를 잡았다. 유키나리는 마사유키 옆에 앉았다.

"아드님께 들으셨겠지만, 우리는 14년 전에 요코스카에서 일어난 강도살인사건에 대해 수사하고 있습니다. 몇 가지 단서가 있었는데, 우리는 범인의 것으로 보이는 유류품, 사건 현장에 남겨져 있던 물건에 관한 수사를 담당하고 있습니다. 특히 현재는 DNA 감정을 중심으로 일을 진행하고 있어요. 무슨 말씀인가 하면, 손잡이 부분에 손가락의 지방분이 남아 있었고 그 DNA가 판명되었습니다. 14년 전에는 없었던 과학기술이죠."

다이스케의 말투는 평소와 마찬가지로 막힘이 없고 지극히 자연스러웠다. 이 정도면 의심을 살 일은 없을 것 같아서 고이치는 내심 안도했다.

"예, 그런 모양이더군요. 그래서 내 DNA도 조사를 했다면서요?" 마사유키가 말했다.

"원래 본인의 승낙이 필요합니다만, 이번에는 아드님이 승낙서에 사인을 해줬어요. 덕분에 신속하게 작업을 진행할 수 있었죠." 다이스케는 유키나리 쪽을 향해 머리를 숙였다. "고맙습니다."

"그래서, 감정 결과는 나왔습니까?" 마사유키가 진지한 시선으로 다이스케를 바라보았다.

초조해하는구나, 하고 고이치는 느꼈다. 유키나리에게서 DNA 감정 이야기를 들은 뒤로 이 사람은 밤에도 잠들지 못할 만큼 고민했을 터였다. 이제는 그 결과를 알고 싶어 견딜 수가 없는 모양이었다.

이 작전은 잘되겠다, 하고 고이치는 확신했다.

"예, 나왔습니다." 다이스케가 마사유키를 응시하며 말했다. "결론부터 말씀드리자면 DNA의 일치율이 99.9퍼센트였어요. 이건 재판에서 일치로 간주되는 수치입니다."

마사유키의 뺨이 움찔 떨리는 것을 고이치는 보았다.

유키나리가 자리에서 벌떡 일어섰다.

"그건 말도 안 돼요! 분명 뭔가 잘못된 거야!"

"혹시라도 오류가 생기지 않도록 신중하게 감정했습니다. 결과 서류를 가져왔어요. 보시겠습니까?" 다이스케는 침착한 어조였다.

"그런 엉터리 같은 서류는 보고 싶지도 않아요!" 유키나리는 아버지를 내려다보았다. "아버지, 나카하라 변호사를 불러야겠어요. 이건 말도 안 되는 얘기예요."

나카하라는 잘 아는 변호사라고 했다. 유키나리가 사전에 알려준 내용이다.

"아, 잠깐. 얘, 좀 가만 있어봐." 마사유키는 그렇게 말한 뒤, 생각을 정리하려는 듯 몸을 숙였다.

고이치는 유키나리를 보았다. 시선이 마주쳤다. 유키나리의 얼굴 표정은 아버지가 범인인지 아닌지 아직은 판단할 수 없다, 라고 말하고 있었다.

"도가미 마사유키 씨." 다이스케가 이름을 불렀다. "이 결과에 따르면 당신이 그 유류품의 손잡이 부분을 만졌다는 건 과학적으로 증명된 거예요. 그다음은 언제 어디서 만졌는지 밝힐 필요가 있겠지요. 우리와 함께 가주시겠습니까?"

"이봐요, 손잡이를 만진 흔적이 있다고 그것이 반드시 아버지의 물건이라고 할 수는 없잖아요!" 유키나리가 짐짓 험악한 기세로 말했다. "어딘가에서 자신도 모르게 남의 물건에 손이 닿았을 수도 있어요. 아니면 아버지 물건을 범인이 훔쳐 갔을 수도 있죠. 그런 감정 결과는 아버지가 범인이라는 증거가 될 수 없어요!"

"물론 범인이라고 결론을 내린 건 아닙니다. 단지 그 물건을 만졌다는 게 증명되었다는 말씀을 드린 거예요." 다이스케는 담담히 말했다.

유키나리가 마사유키 쪽을 보았다.

"분명 그 무렵 아버지가 애지중지하던 물건이 있었어요. 가볍고 손잡이가 편리하다고 했죠. 근데 누군가 훔쳐 갔다고 얘기했었잖아요. 그걸 훔쳐 간 사람이 사건의 범인인지도 몰라요."

"누군가 훔쳐 갔다고요? 어떤 물건인데요?" 다이스케가 마사유키에게 물었다.

"아니, 그건 아닐 거예요." 마사유키는 고개를 저었다.

"일단 확인을 위해 말해주십시오. 어떤 물건입니까?"

"말해줘요, 아버지."

"너는 조용히 좀 해. 그 우산은 관계가 없어. 잠깐 생각 좀 하게 해줘."

그 말을 들은 순간, 유키나리의 얼굴에서 핏기가 사라지는 것을 고이치는 목격했다. 나아가 유키나리는 고개를 툭 떨궜다.

거꾸로 고이치는 피가 불끈 솟구치는 것을 느꼈다. 체온이 급상승한다는 게 실감이 났다. 옆을 보니 다이스케도 얼굴이 붉게 상기되어 있었다.

"아버지." 유키나리가 고개를 숙인 채 말했다. "어떻게 우산인 줄 알았어요?"

마사유키는 의아한 듯 아들 쪽을 바라보았다. "뭐라고?"

유키나리가 얼굴을 들었다. 뺨은 창백했지만 눈 주위는 홍조를 띠고 있었다.

"유류품이 우산이라는 말은 아무도 한 적이 없어요. 그런데 어떻게 그걸 알고 있어요?"

무엇을 지적하는 건지, 마사유키는 언뜻 이해하지 못하는 기색이었다. 하지만 퍼뜩 생각난 듯이 눈을 크게 뜨더니 고이치와 다이스케 쪽을 보았다.

"드디어 꼬리를 잡히셨군요, 도가미 씨." 고이치가 말했다. "방금 분명하게 들었어요. 아드님도 증인입니다. 이제 달아날 길은 없어요."

마사유키는 유키나리를 보았다. "무슨 말이지?"

유키나리는 고뇌에 찬 표정으로 고개를 저었다.

"……아버지, 아니야. 이 사람들은 형사가 아니라고. 살해된 아리아케 부부의 아들들이에요."

"아리아케의?" 마사유키의 얼굴이 일그러졌다.

"왜 이런 일을 꾸몄느냐고 묻고 싶으시겠지만, 그건 나중에 말씀드릴게요. 아무튼 지금 아버지에게 하고 싶은 말은 한 가지뿐이에요. 자수하세요. 자수해서 죄를 갚아주세요." 유키나리는 간절한 목소리로 말했다.

"도가미 씨." 고이치가 말했다. "우리는 거래를 했습니다. 우리 형제가 당신이 저지른 짓을 증명해내면 아드님은 당신에게 자수를 권하겠다고 했어요. 그 대신 오늘의 이 대화에 대해 우리는 경찰에 말하지 않겠습니다. 당신의 자수는 스스로의 의사에 따른 것으로 해도 좋아요. 그러는 게 재판에서 조금이나마 유리하겠죠."

"이제 그만 항복하라고요." 안경을 벗으며 다이스케도 말했다. "내가 당신 얼굴을 봤어요, 사건 날 밤에. 지난 14년 동안 그 얼굴을 한 번도 잊은 적이 없어요!"

마사유키는 미간에 주름을 잡고 입을 한일자로 꾹 다물었다. 관자놀이에서 땀 한 줄기가 주르륵 흘렀다.

아버지, 하고 유키나리가 말했다. "부탁이에요. 최소한 추한 모습만은 보이지 마세요."

마사유키가 후우, 긴 한숨을 내쉬었다. 고이치 형제 쪽으로
얼굴을 돌렸다.

"그래, 아리아케 씨의 아드님들이었구면."

"당신이 범인이지요?" 고이치가 말했다.

하지만 마사유키는 고개를 끄덕이지 않았다. 그 고개를 아
들 쪽으로 돌렸다.

"전에 왔던 형사, 가나가와 현경의, 이름이 뭐였더라……, 그
렇지, 하기무라와 가시와바라라는 형사였어. 그 사람들 명함을
네가 갖고 있지?"

"있을 거예요." 유키나리는 자리에서 일어나 옆의 거실 장식
장 서랍을 열었다. 안에서 명함을 꺼내 마사유키 앞에 놓았다.
"이거지요?"

마사유키는 명함을 손에 들더니 조금 전 인사할 때 고이치
형제가 내밀었던 명함과 비교해보았다.

"아주 잘 만들었군. 똑같아." 그렇게 말하고 엷게 웃었다.

이미 체념한 끝의 자학적인 웃음인가, 하고 고이치는 생각
했다.

마사유키가 휴대전화를 들었다. 하기무라의 명함을 들여다
보며 전화를 걸기 시작했다.

"여보세요, 하기무라 형사님입니까? 바쁘신데 죄송합니다.

나, 도가미예요. 도가미 마사유키입니다." 침착한 목소리로 그는 말을 이어갔다. "지금 통화 괜찮아요? ……예에, 실은 중요한 이야기가 있어서요, 지금 바로 우리 집에 와주셨으면 합니다."

고이치는 놀랐다. 설마 이 자리에서 당장 하기무라에게 전화를 걸리라고는 미처 예상하지 못했다.

"자세한 것은 만나서 얘기하기로 하고, 예에……, 그럼 잠시 뒤에 뵙지요……. 예, 부탁합니다." 전화를 끝내고 마사유키는 고이치에게 말했다. "한 시간 안에 오시겠다는구나."

"자수를 하겠다면 우리는 이쯤에서 자리를 떠야겠는데요."

"아니, 자네들도 함께 있는 게 좋아. 게다가 나는 자수를 하려는 게 아니야."

"뭐요?" 자신의 입가가 일그러지는 것을 고이치는 느꼈다. "이제 와서 무슨 엉뚱한 말입니까?"

"아버지……!"

"아, 잠깐, 내 말을 들어봐." 마사유키는 아들을 제지하고 다시금 고이치와 다이스케 쪽으로 얼굴을 돌렸다. "내가 의심을 받는 것도 당연하다고는 생각해. 하지만 이것만은 확실하게 말해두겠네. 자네 부모님을 죽인 건 내가 아니야."

"뭐라고요?"

"지금 장난하는 겁니까!" 다이스케가 벌떡 일어섰다. "아까부터 우리가 하는 얘기 못 들었어요? 내가 직접 얼굴을 봤다니

253

까! 어디서 오리발을 내밀어?"

당장이라도 덤벼들 듯한 기세였다. 고이치는 오른팔을 내밀어 다이스케의 몸을 잡아 눌렀다.

"무슨 말입니까?" 마사유키에게 물었다.

"응, 자네가 목격한 건 분명 나였어." 마사유키는 다이스케를 올려다보며 말했다. "그날 밤, 나는 자네 집에 갔었어. 〈아리아케〉 식당에 말이지. 그건 인정하겠네."

"하지만 죽이지는 않았다는 거예요?" 고이치는 물었다.

"죽이지 않았어. 범인은 내가 아니야." 마사유키는 낮은 목소리로 말을 이었다. "내가 도착했을 때는 사건이 일어난 뒤였어. 자네 부모님은 이미 숨을 거둔 상태였어."

48

"어떻게 그런 거짓말을!" 고이치는 어금니를 악물고 마사유키의 얼굴을 노려보았다.

"거짓말이 아니야. 만일 침착하게 내 말을 들어줄 마음이 있다면 지금 당장 모든 일의 경위를 이야기하겠네. 하지만 그럴 수 없다면 하기무라 형사가 오기를 기다리는 수밖에 없어."

고이치는 다이스케와 얼굴을 마주 보았다. 동생은 숨을 씩

씩거리고 있었다. 그 어깨를 다독여 다시 자리에 앉혔다.

"좋아요, 들어보죠." 고이치는 마사유키에게 말했다.

하기무라 형사 일행이 온다면, 고이치 자신은 어찌 됐건 다이스케까지 이 자리에 함께 있는 건 별로 좋지 않다. 하지만 여기서 아무 말도 듣지 않고 떠날 수 있는 상황도 아니었다. 일이 흘러가는 대로 맡겨보자고 고이치는 각오를 다졌다.

마사유키가 아들에게 말했다.

"얘, 내 방 책상의 맨 아래쪽 서랍에서 검은 커버의 노트를 가져와. 미리 펼쳐보면 안 돼."

"검은 커버의……. 알겠습니다." 유키나리는 방을 나갔다.

마사유키가 다시 고이치와 다이스케를 번갈아 보았다.

"나에 대해서는 어디서 알게 됐지?"

"형사에게 들었어요." 고이치가 대답했다. "〈도가미 정〉이라는 식당에 대해 뭔가 짚이는 게 없느냐고 묻더군요. 자세한 얘기는 해주지 않았지만, 아무래도 이 사건과 관계가 있는 것 같아서 동생과 둘이 식당에 가봤어요. 간나이의 본점입니다. 그래서 당신 얼굴을 확인한 거예요."

"흐흠, 그랬군. 하지만 이상하네. 그 가게에서 내가 얼굴을 내미는 일은 거의 없는데?" 마사유키는 고개를 갸웃거렸다. "우리 아이와는 어떻게 알게 되었는지, 그 얘기도 듣고 싶은데, 뭐 그건 나중에 들어도 되겠지. 아마 그 다카미네라는 아가씨

와도 관계가 있을 거라고 짐작은 했어."

이 사람도 시즈나를 수상하게 생각한 모양이다. 고이치 형제가 침묵하자 마사유키는 알겠다는 듯 턱을 끄덕였다.

"우리 식당 요리는 먹어봤던가?"

"하이라이스죠." 고이치는 말했다. "약간 바꾸기는 했지만 그건 우리 아버지의 맛이었어요."

마사유키는 뺨을 풀며 웃더니 고개를 끄덕였다.

"자네 아버님은 위대한 요리사였어. 독창적이고 대담하고, 그러면서도 지극히 섬세하게 맛을 조종하는 천재였어. 단지 안타깝게도 요리 이외의 일에 지나치게 관심이 강했어. 그렇게 도박을 좋아하지만 않았더라면 지금쯤 〈도가미 정〉이 아니라 〈아리아케〉가 유명한 식당이 되었을 거야."

"무슨 말이요?"

고이치가 물었을 때, 유키나리가 돌아왔다. 손에 노트를 들고 있었다.

그것을 받아 들고 마사유키는 말했다.

"자네가 간파한 것처럼 우리 식당의 맛은 아리아케 씨가 만든 것을 베이스로 쓰고 있어."

"살인은 인정하지 않지만 레시피를 훔쳐 온 건 인정한다는 겁니까?"

"아니, 훔친 게 아니야. 내가 샀네."

"샀다고요?"

"음, 50만 엔에 샀어. 이것이 그 물건이야." 마사유키는 노트를 고이치 앞에 펼쳐놓았다.

그것을 보고 고이치는 헉 숨을 삼켰다. 그 노트에는 복사용지가 차례차례 붙어 있었다. 그 내용은 다른 어느 누구보다 고이치 자신이 잘 아는 것이었다.

유키나리가 곁에서 노트를 들여다보았다. "……이건 그 레시피 노트?"

"네가 실물을 본 적이 있어?" 마사유키가 뜻밖이라는 듯이 물었다.

"이 친구들이 보여줬어요. 그보다 아버지, 이걸 샀다는 게 사실이에요?"

"사실이야." 마사유키는 고이치 형제 쪽으로 얼굴을 돌렸다. "그 무렵, 아리아케 씨는 도박에 빠져 있었어. 내가 그를 만난 것도 그런 도박판에서였어. 아니, 나는 그 가게에 배달을 해주러 간 것뿐이야."

사설 도박장 얘기구나, 하고 고이치는 생각했다.

"거기서 내가 아리아케 씨와 잠깐 말다툼을 했어. 이런 한심한 요리를 내놓다니 창피하지도 않느냐는 소리를 들었지. 가만 들어보니 아리아케 씨도 양식당을 운영하고 있다는 거야. 요리 솜씨라면 나도 나름대로 자부심이 있었으니까, 그렇다면 당신 요리는 얼마나 대단하냐고 나도 한바탕 대들었지. 그래서 그다음에 그의 가게, 즉 〈아리아케〉 식당에 찾아갔던 거야." 마사유키는 당시의 일을 떠올리듯이 먼눈이 되어 잠시 멍하고 있다가 이윽고 고개를 저었다. "그의 요리를 먹어보고 정말 큰 충격을 받았어. 그때까지 내가 양식당이란 이런 것이다, 하고 혼자 품고 있던 개념을 완전히 뒤엎는 요리였으니까. 왜 우리 식당이 인기가 없었는지, 그제야 겨우 깨달은 것 같았어. 기억에 남는 맛이라는 건 바로 이런 것이구나, 하고 실감했어. 어떻게 하면 이런 맛을 낼 수 있을까, 나도 이런저런 연구를 해봤지만 도무지 알 수가 없었어. 그래서 염치고 체면이고 돌아볼 것 없이 아리아케 씨에게 직접 물어봤어. 하지만 물론 가르쳐줄 리가 없지. 스스로 연구해내라는 말만 들었어."

"그런데 어떻게 이 레시피를?" 고이치가 물었다.

"우리 식당에 돌아와 나는 연구에 연구를 거듭했어. 어떻게든 그 맛을 만들어내려고 말이지. 하지만 어떻게 해봐도 똑같이 만들어낼 수가 없더라고. 나 자신의 무력함을 깨닫고 초조해하던 무렵에 아리아케 씨에게서 연락이 왔어. 자기 레시피를 사지 않겠느냐는 얘기였어."

"아버지 쪽에서요?"

"돈이 급해서 그렇다고 했어. 자세한 사정은 물어보지 않았지만, 대충 짐작은 갔어. 그가 도박으로 큰 빚을 졌다는 소문이

내 귀에까지 들려왔으니까. 아마 그 빚에 쫓기고 있었을 거야. 50만 엔이라는 가격도 아리아케 씨 쪽에서 먼저 제시했어. 아마 여기저기서 돈을 긁어모았는데 그만큼의 돈이 모자랐던 모양이야."

"그래서 아버지가 그 레시피를 사셨어요?" 유키나리가 물었다.

마사유키는 괴로운 듯 얼굴을 찌푸리며 고개를 끄덕였다.

"참으로 부끄러운 일이지만, 나는 그 제안을 받아들였어. 곧바로 은행에 뛰어가 돈을 인출해서 우편환으로 송금했어. 어물어물하다가 다른 사람에게 그 레시피를 빼앗길까 봐 애가 탔으니까. 그렇게 돈을 보내고 얼마 뒤에 아리아케 씨에게서 연락이 왔어, 레시피를 복사해뒀으니 가지러 오라고. 당장 그날 밤에 〈아리아케〉로 달려갔어. 우리 식당 뒷정리를 마치고 가야 했으니까 꽤 늦은 시간이었어. 아리아케 씨 쪽도 영업이 끝난 뒤니까 뒷문 쪽으로 들어오라고 미리 얘기해줘서 내가 가게 옆 골목으로 돌아서 들어갔어." 여기에서 마사유키는 잠시 말을 끊고 한 차례 심호흡을 했다. "근데 그때 어떤 사람이 뒷문 쪽에 있었어. 체격을 보고 아리아케 씨가 아니라는 건 알았지만, 얼굴은 보이지 않았어. 그 사람은 나보다 앞서서 안에 들어가는 참이었지."

고이치가 윗몸을 앞으로 바짝 내밀었다. "다른 사람이?"

"나로서는 그런 일에 다른 사람과 얼굴을 마주치고 싶지 않았지. 그래서 담벼락 뒤에 숨어서 그 사람이 나올 때까지 기다리기로 했어. 혹시 나처럼 아리아케 씨에게서 레시피를 사들인 요리사인지도 모른다는 생각이 들더라고. 만일 그렇다면 내가 아리아케 씨한테 속았구나, 그런 의심도 했었어. 참, 내 생각만 하는 염치없는 상상이었지." 쏩쓸한 웃음을 보인 뒤, 마사유키는 다시 진지한 얼굴로 말을 이어갔다. "10여 분쯤 지났었나? 뒷문이 벌컥 열리더니 그 남자가 뛰쳐나와서 급하게 뛰는 걸음으로 사라졌어. 그 모습을 확인한 다음에 나는 뒷문을 열고 안에 대고 인사를 건넸어. 그런데 아무 대답이 없어서 안으로 들어가본 거야. 거실 미닫이문이 활짝 열려 있었어. 그 방 안을 들여다보고 하마터면 비명을 지를 뻔했어."

고이치는 14년 전에 자신이 목도한 광경을 머릿속에 떠올렸다. 그 장면을 봤다면 마사유키가 비명을 질렀다 해도 그건 당연한 일이라고 생각했다.

"그때 내 머릿속에는 내가 그 자리에 있어서는 안 좋겠다는 생각밖에 없었어. 하지만 도망쳐 나올 때, 선반 위에 놓인 복사용지가 눈에 들어왔어. 그게 바로 이 레시피 복사본이야. 나는 순간적으로 그걸 집어 들고 그대로 뒷문으로 도망쳐 나왔어." 그렇게 말하고 마사유키는 다이스케 쪽을 보았다. "자네가 나를 목격한 건 아마 그때였을 거야. 나도 반쯤은 넋이 나간 상태였으니까 가까이에 어린아이가 있다는 건 전혀 알지 못했어."

거짓말이야, 하고 다이스케는 컬컬한 목소리를 냈다. "그런 얘기, 다 거짓말이야!"

"믿기 어려운 이야기겠지만, 사실이야." 마사유키는 후우 한숨을 내쉬었다. "그렇다고 내가 아무 죄도 없다고는 생각하지 않아. 그런 식으로 내 손에 넣은 레시피를 바탕으로 우리 식당에 〈아리아케〉의 하이라이스를 내놓았어. 그게 사람들에게 호평을 받으면서 〈도가미 정〉은 나날이 번창했지. 하지만 커닝으로 좋은 점수를 따봤자 그게 자랑거리가 될 리 없어. 나는 항상 양심에 가책을 느끼면서 살아왔어. 한시라도 빨리 〈아리아케〉의 레시피에서 벗어나야 한다는 생각에 늘 초조한 마음이었지. 하지만 그런 마음과는 반대로 〈아리아케〉의 맛은 〈도가미 정〉의 이름으로 계속 퍼져가기만 했어. 더 이상 나 자신의 맛으로 돌아갈 방법이 없었어."

마사유키는 양 무릎에 손을 짚고 깊숙이 머리를 숙였다.

"나만 잘살겠다고 자네들에게 큰 고통을 안긴 것에 대해서는 어떻게 사죄해야 할지 모르겠어. 정말 미안해."

다이스케가 벌떡 일어섰다.

"그런 사과는 필요 없어요! 레시피를 베껴먹었건 말건 그런 건 아무래도 상관없다고요. 그보다 살인 쪽은 어떻게 된 거예요? 그쪽을 실토해야지!"

"진정해, 다이스케."

"이런 사람이 하는 말을 형은 믿을 수 있어? 틀림없이 멋대로 지어낸 이야기야!"

"이런 상황에 열을 내서 뭘 어쩌겠다는 거야? 어차피 진실은 금방 밝혀져. 마음을 가라앉히고 잠시만 기다려봐." 고이치는 마사유키를 보았다. "그 말을 그대로 받아들이라는 건 아니겠지요? 뭔가 증명할 만한 게 있습니까?"

"하기무라 형사가 도착하면 내가 그 증거를 보여줄게." 마사유키는 고개를 끄덕였다.

그 눈을 보고 고이치는 자신의 신념이 흔들리는 것을 느꼈다. 마사유키의 말은 이치에 어긋난 점이 없었다. 적어도 이 자리에서 언뜻 생각해낸 변명처럼 들리지는 않았다.

당시, 사건 전날 낮 시간에 어머니 도코가 도서관에서 목격되었다는 것을 고이치는 떠올렸다. 평소에 어머니가 도서관 같은 데 가는 일은 없었다. 그녀의 목적이 레시피를 복사하기 위한 것이었다고 하면 이야기가 맞아떨어진다.

하지만 도가미 마사유키 이전에 다녀간 사람이 있었다면, 그건 대체 누구란 말인가. 고이치로서는 전혀 짐작 가는 데가 없었다.

인터폰 차임벨이 울렸다. 모두가 일제히 얼굴을 들었다.

유키나리가 자리에서 일어섰다. 고이치는 마사유키를 응시

한 채 침묵에 잠겨 있었다. 마사유키는 눈을 감고 있었다.

이윽고 유키나리의 안내를 받아 하기무라 형사가 들어왔다. 그리고 그의 뒤를 따라 가시와바라가 나타났다.

"지난번에는 실례가 많았습니다." 마사유키를 향해 인사한 뒤, 하기무라는 고이치를 보자마자 뜻밖이라는 듯 눈이 둥그레졌다. 나아가 다이스케 쪽으로 시선을 던지고는 화들짝 놀라는 얼굴을 했다. "자네, 혹시 다이스케 군?"

다이스케는 어색하게 시선을 떨군 채 대답하지 않았다.

"연락이 된 거야?" 가시와바라가 고이치를 보았다.

"네, 겨우 연락이 닿았어요. 가시와바라 씨는 수사에 대한 건 경찰에 맡기라고 했지만, 아무래도 마음에 걸려서 우리 둘이 〈도가미 정〉에 가봤어요. 이 사람 얼굴을 동생에게 확인하게 했더니 자신이 목격한 범인이 틀림없다고 해서 오늘 이렇게 둘이서 찾아왔습니다."

"찾아왔다고?" 하기무라는 의아하다는 듯 미간을 찌푸렸다.

"이 두 친구가 우선 아들에게 얘기를 했다는군요. 우리 아들도 형사들이 집에 찾아오고, 아무래도 마음에 걸렸는지 이 두 친구를 불러다가 모든 것을 명백히 밝히자고 마음을 먹었던 모양이에요. 그래서 내가 아는 것을 모두 털어놓기로 했습니다. 갑작스럽게 오시라고 해서 죄송하군요." 마사유키의 설명은 교묘했다. 고이치 일행이 형사인 척 그에게 덫을 치려고 했다는 것을 슬쩍 덮어주고 있었다.

"당신이 〈아리아케〉 사건의 진상을 아신다고요?" 하기무라가 물었다.

"진상이라고 할 건 아니에요. 유감스럽게도 범인이 누군지는 모릅니다. 하지만 중요한 것을 여태까지 숨겨왔어요."

마사유키는 레시피를 입수하게 된 경위를 다시 한번 하기무라에게 말했다. 하기무라는 선 채로 메모를 하고 있었다. 그 얼굴에는 놀람과 당혹의 빛이 번졌다.

이윽고 가시와바라가 입을 열었다.

"도가미 씨, 그 이야기는 나름대로 설득력이 있군요. 하지만 이런 말씀을 드리면 실례겠지만, 14년이나 지난 일이라면 앞뒤가 맞아떨어지는 이야기를 만들어내는 건 그다지 어려운 일도 아니죠. 당신의 이야기가 진실이라는 것을 증명할 수 있습니까?"

"예, 증명이 될 거예요. 적어도 내가 범인이 아니라는 건 증명할 수 있을 겁니다." 침착한 어조로 말한 뒤, 마사유키는 하기무라를 보았다. "현장에 범인의 것으로 보이는 유류품이 있었을 거예요. 바로 투명한 비닐우산이죠. 맞습니까?"

하기무라는 눈을 둥그렇게 뜨며 고이치 쪽을 돌아보았다.

"비닐우산에 대한 얘기는 어디에도 발표된 적이 없었는데? 고이치 군이 말했어?"

"아뇨, 내가 말하기 전부터 도가미 씨는 알고 있었어요. 그래서 범인이라고 확신을 했던 건데⋯⋯." 고이치는 뒷말을 어물거렸다.

"그럼 도가미 씨는 어떻게 그걸 알고 있지요?" 하기무라가 마사유키에게 물었다.

"그건 간단해요. 실은 그 우산이 내 것이었거든요. 그날 밤, 나는 우산을 들고 〈아리아케〉 식당에 갔었어요. 투명한 비닐 우산을 들고."

"그걸 거기에서 잊어버리고 왔다는 얘기예요?"

"아, 그렇지 않아요. 나는 우산을 잊어버리지 않았어요."

하기무라가 턱을 쭉 내밀었다. "무슨 말씀이십니까?"

"잠깐만요, 내가 보여드릴 게 있으니까." 마사유키는 자리에서 일어섰다.

고이치는 팔짱을 낀 채 침묵하고 있었다. 어떻든 마지막까지 이야기를 들어보자고 마음을 다졌다. 옆자리의 다이스케도 말없이 몸을 숙이고 있었다.

"이것 참, 놀랍네." 혼잣말처럼 중얼거리는 하기무라 형사의 목소리가 유난히 크게 울렸다. 그 곁에서는 가시와바라가 심각한 표정으로 생각에 잠겨 있었다.

발소리가 들리고 마사유키가 돌아왔다. 손에 보자기로 감싼 길쭉한 막대 같은 것을 들고 있었다.

"그게 뭡니까?" 하기무라가 물었다.

"자, 한번 풀어보세요." 마사유키가 하기무라에게 건넸다.

하기무라가 보자기를 풀어낸 순간, 고이치는 앗 하는 소리를 내고 말았다. 보자기에 감싼 것은 기다란 투명 봉지에 든 비닐우산이었다.

"그날 밤 나는 분명히 우산을 들고 〈아리아케〉를 나왔어요." 그렇게 말하고 마사유키는 다이스케를 바라보았다. "자네는 내가 우산을 든 것까지는 못 본 것 같아. 하긴 우산을 들었다고 해도 펼쳤던 게 아니니까 알아보기 어려웠겠지."

"하지만 아까 당신은 현장에 남아 있던 우산은 당신 것이라고……." 하기무라가 말했다.

"내가 그 순간에 착각했던 거였어요."

"착각?"

"그 집에 들어갈 때 뒷문에 있던 양동이에 우산을 넣었는데, 급하게 뛰쳐나오면서 순간적으로 다른 우산을 들고 온 거예요. 그걸 깨달은 건 〈아리아케〉 식당에서 한참 멀어진 뒤였어요. 그래서 그때 내가 이런 생각을 했죠. 나보다 먼저 〈아리아케〉를 찾아온 자가 안에 들어가면서 우산을 접어 그 양동이에 넣어뒀는데 나가면서 그걸 안 가져갔구나, 하고요."

하기무라가 눈이 휘둥그레진 채 손에 든 우산을 응시했다.

"그럼 이 우산이 바로 범인의 우산?"

"예, 얘기가 그렇게 되겠지요." 마사유키는 고개를 끄덕였다. "내가 좀 더 일찍 나서서 이런 사실을 밝혔어야 하는데, 그걸 못 했어요. 용기가 없었습니다. 하지만 어차피 경찰이 나한테 찾아올 거라고 각오는 했었어요. 현장에 남겨진 우산에는 내 지문이 찍혔을 테니까요. 그 지문을 근거로 나한테 찾아왔을 때, 해명할 수 있게 이 우산을 보관해두기로 한 것이지요. 우산에 찍힌 범인의 지문이 지워지지 않도록 즉시 이렇게 비닐봉지에 넣어뒀습니다. 하지만 경찰이 안 왔어요. 14년 동안 나한테 찾아올 기미조차 없었습니다. 그러다가 마침내 찾아와서 내게 보여준 것이라고는 금시계니 오래된 사탕 통이니, 나로서는 전혀 짐작 가는 게 없는 물건들뿐이었어요. 그런 물건에 내 지문이 있었다는 말을 듣고는 그저 어리둥절할 수밖에 없었습니다. 우산에 대한 이야기를 할까, 하는 생각도 했지만 일단 상황을 파악할 때까지 좀 지켜보는 게 좋겠다고 생각했지요."

고이치는 할 말을 잃고 있었다. 마사유키의 고백이 거짓말이라고는 생각되지 않았기 때문이다. 모두 지어낸 얘기고 우산도 그러려고 준비해둔 것이라고 하기는 아무래도 어려웠다.

"이 우산을 조사해주십시오." 마사유키는 하기무라에게 말했다. "내가 우산을 잘못 가져왔다는 것을 깨달았을 때, 손잡이 부분에 후우 숨을 불어봤어요. 그랬더니 또렷하게 지문이 보였습니다. 그때까지 나는 손잡이가 아니라 우산 윗부분을 잡고 있었으니까 내 지문이 아니라는 건 분명해요. 아마 범인의 지문이 틀림없을 겁니다."

하기무라는 심각한 표정으로 우산을 들여다보고 있었다. 하지만 거기에서 얼굴을 들더니 마사유키를 바라보며 천천히 고개를 저었다.

"아니, 그건 이상한 이야기예요."

고이치는 흠칫 놀라서 하기무라 형사를 올려다보았다. 하기무라는 마사유키에게 말했다.

"그 말에는 모순이 있습니다. 당신은 거짓말을 하고 있어요."

49

마사유키는 뜻밖이라는 듯 형사를 마주 바라보았다.

"내 이야기의 어디에 모순이 있다는 겁니까?"

하기무라가 스읍 숨을 들이쉬는 기척이 들렸다. 그는 다시 입을 열었다.

"자신이 이야기하면서 이상하다고 생각하지 않았어요? 당신이 말했던 대로 우리 경찰에서는 유류품인 우산에 대해 철저히 조사했습니다. 하지만 그것을 근거로 당신에게 찾아오지 못했어요. 왜 그런지 아십니까?"

"그 점은 아닌 게 아니라 나도 이상했어요. 당시에는 아리아케 씨의 인간관계에서 내 이름이 드러나지 않았기 때문인가, 하고 생각했지요. 그가 나와의 관계를 남들에게는 숨기고 있었던 모양이니까요. 하지만 최근에 나는 형사님들의 말에 따라 지문 채취에 응했습니다. 금시계에 찍힌 지문과 대조해볼 목적이라고 했지만, 나로서는 그런 건 문제가 아니었어요. 사실을 말하자면 그때, 우산의 지문과 일치한다는 사실 때문에 머지않아 문제가 될 거라고 각오하고 있었어요. 그런데 전혀 그런 기척이 없었어요. 이게 대체 무슨 일인가 하고 나도 고개를 갸웃거리고 있던 참입니다."

마사유키의 말을 듣고 있는 사이에 고이치도 하기무라가 지적한 모순점이 무엇인지, 차츰 이해가 되었다. 분명 마사유키가 한 이야기에는 사실과 다른 부분이 존재했다. 하지만 단순히 그가 거짓말을 한다고 생각할 수도 없었다. 그가 범인이라면 그 모순을 깨닫지 못할 리가 없기 때문이다.

"도가미 씨, 당신은 정말로 진실을 말한 겁니까?" 하기무라가 다시 한번 다짐을 했다.

"모두 다 진실입니다. 거짓이라고는 하나도 없어요." 마사유키는 단언했다.

"그렇다면 이건 정말 이상하군요. 현장에 남겨진 우산은 당신 것이라고 하셨지요? 거기에서 지문이 검출될 것을 각오하고 있었다고 하셨고요. 그런데 그 우산에서는 당신의 지문이 검출되지 않았어요. 의도적으로 누군가 닦아낸 흔적이 있었습니다."

하기무라의 말에 고이치는 크게 고개를 끄덕였다. 그 역시 우산에 대해서는 그런 설명을 들었다.

"아니, 그럴 리가 없어요." 마사유키의 얼굴에 놀람의 표정이 떠올랐다. "나는 남의 우산을 내 것으로 착각해서 들고 왔었어요. 지문을 닦아낼 여유가 있었다면 남의 우산을 내 우산으로 착각할 리가 없지요."

"그렇다면 어째서 지문이 사라졌을까요?"

"그건 모르겠어요. 나로서도 대답할 도리가 없는 일이군요. 다만 나는 사실대로 말했을 뿐입니다."

"다시 확인하죠. 이 우산은 정말로 당신 것이 아닙니까? 현장에 남겨진 우산이 범인의 것이고, 지문을 닦아낸 것도 당신 이전에 〈아리아케〉를 방문한 범인이라고 한다면 이야기의 앞뒤가 맞아떨어지는데 말이에요."

하지만 마사유키는 고개를 가로저었다.

"내가 남의 우산을 내 우산인 줄 알고 잘못 가져왔기 때문에 이렇게 14년 동안이나 보관했던 겁니다. 그저 흔해빠진 비닐 우산이지만, 이건 절대로 내 것이 아니에요. 내가 들고 갔던 우산은 접었을 때 끈을 단추로 눌러주는 타입이지만, 이 우산은 매직테이프로 붙이게 되어 있어요. 애초에 잘못 가져왔다는 것을 깨달은 것도 바로 그걸 봤을 때입니다."

고이치의 눈에는 마사유키가 거짓말을 하는 것처럼 보이지 않았다. 또한 그런 거짓말을 할 이유도 없었다. 그러면 어째서 이런 모순이 생긴 것인가.

고이치는 테이블 위에 놓인 우산을 가만히 들여다보았다. 마사유키의 말대로 흔해빠진 비닐우산이었다. 우산 부분은 투명하고 손잡이 부분은 하얀 플라스틱으로 만들어졌다.

그 하얀 손잡이에 가느다란 실 같은 흠집이 줄줄이 그어져 있었다. 그 흠집을 응시하고 있는 사이에 고이치의 머릿속에 한 가지 생각나는 것이 있었다. 그것은 언뜻 떠오른 생각에 지나지 않았지만 이윽고 고이치의 오래된 기억에서 한 장면을 불러냈다. 그 모습이 생생하게 뇌리를 스쳤다.

"왜 그래?" 하고 하기무라가 물었다.

하지만 고이치는 곧바로 대답할 수가 없었다. 자신의 머릿속에 떠오른 상상이 너무도 충격적인 것이었기 때문이다. 그는 그것을 스스로 부정하려고 했다. 도저히 쉽게 받아들일 수 없는 상상이었다. 하지만 그 상상은 강한 설득력을 품고 그의 마음을 덮쳤다. 모든 의문이며 수수께끼가 한꺼번에 풀리는 것이다.

"왜 그래, 형?" 다이스케가 걱정스러운 듯 말을 건네왔다.

"아니, 아무것도 아냐." 고이치는 고개를 숙였다. 고개를 들기가 두려웠다. 몸이 부르르 떨리려는 것을 애써 참고 있었다.

하기무라가 고민에 찬 신음 소리를 흘린 뒤, 옆에 있던 가시와바라에게 말했다.

"우선 이 우산을 가져가보는 수밖에 없겠네요."

"응, 그렇겠지?" 가시와바라가 가만히 고개를 끄덕였다. "이걸로 수사는 원점으로 돌아가는군."

"사건 당시의 지문 기록은 남아 있어요. 즉시 대조해달라고 지시하죠. ―이 우산, 우리가 가져가도 되겠지요?"

하기무라의 물음에, 물론입니다, 라고 마사유키는 대답했다.

두 형사는 서둘러 거실을 나섰다. 유키나리가 현관까지 배웅을 하러 나갔다. 그사이에도 고이치는 시선을 아래로 떨어뜨린 채였다.

"형, 어떻게 이런 일이……." 다이스케가 목멘 소리를 냈다. "나는 뭐가 어떻게 된 건지 모르겠어. 그럼 대체 범인은 누구라는 거야?"

고이치는 고개를 들고 동생의 얼굴을 보았다.

"너, 여기서 혼자 집에 갈 수 있지?"

"뭐?"

"너 먼저 좀 들어가." 고이치는 자리에서 일어나 마사유키를 향해 인사를 건네고 방을 나섰다. 현관에서 유키나리가 돌아오는 참이었다.

"무슨 일이죠?" 유키나리가 눈을 둥그렇게 떴다.

"미안해요, 설명은 나중에." 고이치는 유키나리 옆을 빠져나가 현관으로 향했다.

구두를 신고 빠른 걸음으로 도가미가를 나섰다. 길로 나가 시선을 멀리로 던지자 두 남자의 등이 보였다. 그는 힘껏 내달려서 그 뒤를 쫓아갔다.

발소리를 알아들었는지 하기무라와 가시와바라가 동시에 뒤를 돌아보았다.

무슨 일이냐고 하기무라가 물었다.

"아, 가시와바라 씨에게 잠깐 할 이야기가……. 동생 일로 상의할 게 좀 있어서요."

하기무라는 의아한 듯 미간을 찡그렸다. "지금 우리가 좀 급한데?"

"미안합니다. 근데 얼마 안 걸릴 거예요."

하지만, 이라고 하기무라가 말하려는 것을 가시와바라가 손으로 제지했다.

"하기무라, 자네 먼저 돌아가서 보고 좀 해줘. 나는 고이치 군 얘기를 들어볼 테니."

"그래요? 자, 그럼 나중에." 하기무라는 석연치 않은 표정을 하면서도 걸음을 뗐다.

가시와바라가 고이치에게 웃는 얼굴을 던져왔다.

"어디 찻집에라도 들어갈까, 아니면 걸으면서 이야기할까?"

"나는 어느 쪽이건 좋습니다."

"그럼 걸으면서 자네 얘기를 들어볼까?"

가시와바라는 하기무라와는 반대 방향으로 발길을 돌렸다. 고이치는 그 뒤를 따랐다.

50

가시와바라는 걸음을 옮기면서 휴대전화를 꺼냈다. 어딘가에 걸더니 작은 소리로 뭔가 말을 하고 있었다. 전화를 끊고 나서 고이치 쪽을 돌아보았다.

"그래서, 무슨 이야기지? 다이스케 군에게 무슨 일이 있었나?"

고이치는 대답하지 않았다. 그러자 가시와바라는 멈춰 서서 그의 얼굴을 찬찬히 바라보았다.

"아무래도 동생과는 관계없는 이야기인 모양이군."

"관계는 있어요. 그 사건에 대한 이야기니까요. 하지만 상의를 하려는 게 아니에요. 물어볼 게 있습니다." 고이치는 턱을 당기고 눈을 슬쩍 위로 치뜨며 가시와바라를 보았다. "가시와바라 씨, 요즘도 골프 하세요?"

"골프? 아니, 관뒀어. 허리도 영 시원찮고 무엇보다 돈이 많이 들어서."

"그래요? 하지만 그 무렵에는 골프를 굉장히 좋아하셨지요? 사건이 일어났던 그 무렵에는?"

"응, 그렇지. 하지만 굉장히 좋아한다고 할 정도는 아니었어."

"그런가요? 상당히 열심이시라고 생각했는데요? 잠깐이라도 틈이 나면 맨손으로 골프 연습을 했잖아요? 내가 봤어요, 그 사건이 일어난 날 밤에 우리 집 창문에서. 수사를 위해 가장 먼저 달려온 가시와바라 씨가 검은 우산을 골프채 삼아 연습하는 것을 분명히 봤습니다."

가시와바라는 쓴웃음을 지으며 고개를 슬쩍 옆으로 돌렸다. "내가 그랬었나?"

"우산을 거꾸로 잡고 휘둘러서 손잡이가 가끔 땅바닥을 스쳤어요. 그러면 손잡이에 가느다란 흠집이 생기겠지요?" 고이치는 잠시 틈을 두었다가 말했다. "아까 그 비닐우산처럼."

가시와바라가 고이치 쪽으로 얼굴을 돌렸다. 그 얼굴에 웃음기는 사라지고 없었지만, 눈에서는 진지하고 위압적인 빛이 번뜩였다.

"무슨 말을 하려는 거야?"

"내가 생각을 좀 해봤어요. 도가미 씨 이야기가 사실이라면 현장에 남겨진 우산의 지문을 도가미 씨보다 나중에 온 사람이 지웠다는 얘기가 되겠지요. 하지만 도가미 씨가 집을 나간 직후에 우리가 돌아왔으니까 아무도 그 우산에 접근할 수 없었어요. 단지 한 부류의 사람들만 빼고는."

가시와바라는 여전히 입가에 미소를 띤 채로 시선을 돌리며 심호흡을 했다.

"경찰이라면 가능했다는 얘기인가?"

"그 범인은 엄청난 실수를 범했어요. 현장에 우산을 두고 왔다는 실로 단순한 실수죠. 게다가 거기에는 범인의 지문이 찍혀 있었어요. 그러니 범인도 나름대로 머리를 썼겠지요. 사건 소식이 처음 날아오자마자 누구보다 먼저 현장에 달려 나가 잽싸게 지문을 지워버리자―. 바깥은 아직 비가 내렸으니까 범인은 다른 검은 우산을 받쳐 들고 현장에 나갔습니다. 피해자의 아이들의 눈을 피해 요령껏 비닐우산의 지문을 닦아낸 뒤에 집 밖에 나가 다른 수사원들이 오기를 기다렸죠. 하지만 거기서 범인은 또 한 가지 큰 실수를 범했습니다. 검은 우산으로 골프 연습을 하는 장면을 피해자의 아들에게 그대로 보여주고 만 거예요. 14년 뒤에 그것 때문에 범행이 발각되리라는 건 미처 생각도 못 했겠지요. 아마 골프 연습이 버릇이 되었던 모양이지요?" 고이치는 가시와바라를 쏘아보았다. 자신의 입 안이 바싹 말라 있다는 것을 느꼈다.

가시와바라가 천천히 고이치 쪽으로 얼굴을 돌렸다. 이미 거기에 웃음기라고는 없었다. 하지만 분노나 증오의 빛도 없었다.

"왜 아까 그런 얘기를 하기무라에게 하지 않았지?"

"우선 내가 확인해보고 싶었어요. 내 귀로 진실을 듣고 싶었다고요. 둘이서만."

그래, 라고 말하더니 가시와바라는 다시 걸음을 옮겼다.

그 뒤를 쫓으며 고이치는 복잡한 심경에 휩싸여 있었다.

가시와바라는 이 사건에 관련된 사람들 중에서도 가장 신뢰했던 인물이었다. 다른 어느 누구보다 자신들을 혈육처럼 염려해주는 사람이라고 믿었다. 그런 사람을 의심해야 하는 현실, 게다가 아마도 범인이 틀림없을 거라는 현실이 저주스러웠다. 마침내 진상을 밝혀냈다는 성취감 따위는 털끝만큼도 없었다. 마음 한구석에서는 제발 뭔가 잘못 생각한 것이기를 간절히 빌고 있었다.

두 사람은 말없이 걸음을 옮겼다. 이윽고 앞쪽에 육교가 나타났다. 가시와바라는 아무 말 없이 계단을 오르기 시작했다. 고이치도 그 뒤를 따라갔다.

육교 중간쯤에서 가시와바라는 걸음을 멈추었다. 두 팔을 쳐들고 크게 기지개를 켰다.

"도쿄는 공기가 영 안 좋아. 역시 요코스카가 최고야."

"가시와바라 씨." 고이치가 말했다. "당신이 범인이죠? 우리 아버지 어머니를 죽였지요?"

가시와바라는 육교 손잡이에 몸을 기대고 양복 안주머니에 손을 넣었다. 담뱃갑을 꺼내 한 개비를 입에 물었다. 일회용 라이터로 불을 붙이려고 했지만 바람 때문에 잘 붙지 않았다. 몇 번 거듭한 끝에 겨우 불을 붙이자 고이치를 정면으로 바라보며 연기를 토해냈다.

"대답하기 전에 내 쪽에서 물어보고 싶은 게 있어."

"뭡니까?"

"금시계 말이야. 그리고 사탕 통. DVD 가게에 침입했던 좀 도둑이 바닷가에 버리고 간 자동차, 라고 해도 좋겠지." 가시와바라는 담배를 끼워 넣은 손가락 끝으로 고이치를 가리켰다. "그거, 모두 자네가 꾸민 일이었지?"

고이치는 침묵했다. 하지만 부정하지 않는 것으로 인정한 것이나 마찬가지였다. 역시 그렇군, 이라고 가시와바라는 말했다.

"현경 본부에서 도가미 마사유키의 지문을 채취한 뒤에 내가 그의 가게까지 차로 데려다줬어. 그때 물어봤지. 14년 전이 아니라 바로 최근에 그 금시계 비슷한 것에 손을 댄 적이 없느냐고. 그랬더니 히로오 주차장에서 시계 하나를 주우려다 말왔던 일이 있다, 그 시계하고 비슷한 것 같다고 하더라고. 근데 그 시계 뒷면에 스티커 같은 것이 붙어 있었다는 거야. 거기서 내가 확신을 했어. 누군가가 도가미 마사유키를 함정에 빠뜨리려고 하는구나 하고. 그런 일을 할 사람이라면 마음에 짚이는 건 한 사람밖에 없었어. 전에 자네가 몽타주와 비슷한 사람들의 리스트를 구해줄 수 있겠느냐고 내게 말했던 게 생각이 나더라고." 가시와바라는 천천히 담배를 빨아들였다. "아마 다이스케 군이 어딘가에서 도가미 마사유키를 봤고, 그래서 사건 날 밤에 목격했던 사람이라는 것을 알아냈겠지? 그 말을 들은 자네는 경찰이 도가미를 조사했는지 확인해보기 위해 내게 찾아왔었어. 그런데 자네 생각대로 리스트를 입수할 수 없게 되자 강제적인 수단을 쓰기로 했어. 가짜 증거를 조작해 경찰이 도가미를 의심하도록 작전을 편 거야."

고이치는 가시와바라와 마주하듯이 육교 반대쪽 난간에 등을 기대고 섰다.

"진범으로서는 몹시 당황스러웠겠군요. 다른 사람을 범인으로 모는 상황증거들이 줄줄이 나왔으니까요."

"응, 아주 훌륭했어. 도난 차도 그렇고 뒤집힌 보트도 그렇고, 도구 사용에 빈틈이 없었어. 그런 각본을 짠 건 자네였겠지?"

"뭐, 그럴지도."

"훌륭했어, 라고 한 번 더 말해두지. 하지만 아무래도 이해가 안 돼. 왜 그런 번잡한 짓을 했지? 다이스케 군이 사건 날 밤에 목격한 사람을 발견했다고 경찰에 연락했으면 다 끝날 일이었는데."

"우리에게도 나름대로 생각이 있었어요. 그렇게 하지 않으면 경찰이 제대로 움직여주지 않을 거라고 생각했다고요."

가시와바라는 어깨를 흔들며 웃었다.

"정말 자네 생각대로 어지간히 뛰고 돌아다녔네. 아니, 마구 휘둘렀다고 하는 게 좋을까?"

"그런가요? 다른 사람은 모르겠지만, 가시와바라 씨만은 전혀 휘둘리지 않았을 텐데요? 도가미 씨가 범인이 아니라는 걸 다 알고 있었으니까요." 고이치는 격앙되는 마음을 억누르며 말했다. "이제 슬슬 내 질문에 대답을 해주시죠. 우리 아버지와 어머니를 죽인 것은—."

고이치가 말을 멈춘 것은 누군가 육교를 올라오는 발소리가 들렸기 때문이다. 이윽고 나타난 것은 두 아이를 데리고 나온 엄마였다. 아이들은 둘 다 사내아이였다. 한쪽은 열 살 전후, 또 한쪽은 좀 더 아래로 보였다. 아마 형제일 것이다. 장난을 치느라 똑바로 걷지 않는 동생을 형 쪽이 나무라고 있었다.

젊은 엄마와 아이들은 고이치와 가시와바라 사이를 지나 반대쪽 계단을 내려갔다. 그 모습을 가시와바라는 가만히 쳐다보고 있었다.

"그 무렵의 자네들 같군."

"나는 좀 더 나이가 많았어요."

"그랬었나?" 가시와바라는 담뱃불을 발로 밟아 끈 뒤, 꽁초를 주워 바지 호주머니에 집어넣었다. 그리고 다시 한번 어머니와 어린 형제가 지나간 쪽으로 시선을 던졌다.

"그런 건 상관없잖아요. 빨리 대답해봐요, 당신이 범인이죠?"

가시와바라가 고이치 쪽을 바라보았다. 그 표정은 온화했다. 초조감이나 낭패의 기척조차 없었다. 마치 모든 것을 달관한 듯한 눈빛이었다.

"언젠가 이런 날이 올 줄 알았어. 14년 전의 그날 밤부터. 처음 자네들을 만났을 때부터 말이야. 언젠가 이 아이들에게 나는 크게 추궁을 당할 것이다—, 그런 예감이 들었지."

그것은 고백에 다름 아니었다. 온몸이 뭉클 뜨거워지는 것을 고이치는 느꼈다. 하지만 몸의 중심은 얼어붙을 만큼 차가워져 있었다.

"가시와바라 씨, 대체 왜요? 왜 죽였냐고요!" 그가 물었다. 이런 상황에서도 자신이 상대에게 '씨'라는 존칭을 붙이고 있는 게 화가 난다기보다 서글펐다.

가시와바라는 짙은 한숨을 내쉬었다.

"특별한 이유 같은 건 없어. 내가 나쁜 인간이라서 그랬어.

나쁜 인간이고 약한 인간이었기 때문에 그런 짓을 했어."

"그런 대답을 내가 받아들일 수 있겠어요? 우리 아버지와 어머니를 죽여서 대체 무슨 이득이 있었냐고요! 솔직히 말해요!" 두 눈에서 눈물이 쏟아졌다. 참으려고 했지만 눈물은 멈추지 않았다.

가시와바라는 육교 손잡이에 몸을 기댔다. 여전히 감정의 기복이 느껴지지 않는 눈빛으로 골똘히 고이치를 응시해왔다.

"……돈이야."

"돈?"

"응, 돈 때문이었어. 그날 밤, 자네 아버지는 200만 엔이라는 돈을 갖고 있었으니까."

"어째서 아버지가 그런 큰돈을?"

"도박 빚을 갚으려고 마련한 돈이었어. 여기저기서 긁어모은 모양이야. 하지만 실제 도박 빚은 500만 엔이 넘었어. 자네 아버지는 난감해져서 나한테 상의를 하러 왔었어. 내가 야쿠자 중에 아는 사람이 있다는 말을 한 적이 있었으니까. 나한테 얘기하면 200만 엔으로 어떻게든 해결되지 않을까, 기대했던 거야. 그래서 내가 제안했어. 내가 나서서 협상을 해볼 테니 그 200만 엔을 나한테 맡기라고. 그리고 그 돈을 받으러 갔던 게 그날 밤이었어."

"하지만 당신은 도박단과 협상할 마음도 없었고, 애초부터 그 돈을 가로챌 생각이었다는 얘기군요?" 자신의 얼굴이 일그러지는 것을 고이치는 느꼈다. "우리 아버지 어머니를 죽이면서까지."

그러자 가시와바라는 처음으로 얼굴 표정에 변화를 보였다. 미간이 일그러지고 입가에는 깊은 고뇌가 감돌았다.

"처음부터 그럴 생각은 아니었어. 내가 자네 아버지에게 제안을 했어. 그 돈을 나에게 빌려주면 그 대신 도박단이 적발되도록 힘을 쓰겠다고. 하지만 자네 아버지는 응하지 않았어. 그랬다가는 나중에 도박단에게 보복을 당할 뿐이라고 했어. 나중에는 자신을 속였다고 화를 냈어. 그렇게 말다툼이 벌어지고……." 가시와바라는 고개를 저었다. "아니, 변명 따위는 하고 싶지 않아. 나는 자네 아버지를 칼로 찔렀어. 돈이 꼭 필요해서 그랬어. 그 현장을 목격했기 때문에 자네 어머니도 찔렀고……. 그런 거야."

그가 내뱉은 한 마디 한 마디가 칼날처럼 고이치의 가슴을 찔렀다. 그뿐만 아니라 그의 몸뚱이를 안쪽에서부터 도려내는 것만 같았다.

그 자리에 털썩 주저앉고 싶은 것을 애써 견디고 있으려니 다음에는 격렬한 분노가 솟구쳤다. 갈기갈기 찢긴 마음의 상처 자리에서 검붉은 피 대신 증오가 흘러나왔다.

"용서할 수 없어. 도저히 그런 말은 받아들일 수 없다고! 돈 때문에 우리 부모님을 살해하다니, 그런 비참한 일이 어디 있느냐고!" 고이치는 두 주먹을 부르쥐었다.

하지만 한 걸음 앞으로 내밀려고 했을 때, 가시와바라가 제지하듯이 손을 내밀었다.

"더 이상 이쪽으로 다가오지 마. 자칫하면 오해를 사."

"무슨 소리야!"

"나는 좀 더 빨리 이렇게 되었어야 했어. 그날 밤이어도 좋았고, 내 아들놈이 죽은 날이어도 좋았어. 어쩌다가 오늘까지 구차한 목숨을 부지해버렸는지." 말을 마치자마자 가시와바라는 빙글 등을 내보이며 육교 손잡이에 올라탔다.

고이치는 헉 숨을 삼켰다. 미처 말이 나오지 않고 몸도 움직여지지 않았다.

가시와바라는 고이치를 돌아보았다.

"나 같은 인간은 되지 마라." 그리고 손잡이 너머로 사라졌다.

땅바닥에 뭔가가 부딪치는 소리, 급브레이크, 둔한 충격음, 그런 것들이 고이치의 귀에 와 닿았다. 비명이며 고함 소리도 들려왔다.

하지만 고이치는 우두커니 선 채 꼼짝도 하지 못했다. 육교 위로 불어오는 바람을 맞으며 꽁꽁 얼어붙어 있었다.

51

하기무라에게서 연락이 온 것은 가시와바라의 자살로부터 사흘째 되던 날이었다. 고이치는 하코자키에 있는 호텔 라운지에서 그를 만났다.

"연락이 늦어서 미안해." 하기무라가 사과를 했다. "보강 수사에 시간이 좀 걸렸어. 매스컴의 눈이 있어서 매사에 움직이기가 힘드네."

"매스컴에서 난리가 났으니 분명 힘드실 거라고 생각했어요."

공소시효 직전의 강도살인사건의 범인이 자살, 게다가 수사를 직접 담당했던 경찰이 범인이라고 하니 매스컴이 떠들어대는 것도 당연한 일이었다. 하지만 상세한 내막에 대해서는 아직 보도되지 않았다.

"범행을 고백하는 편지가 있다고 들었는데요." 뉴스에서 알게 된 것을 고이치는 물어보았다.

"응, 그가 자살하기 직전에 요코스카 경찰서에 전화를 했었어. 자기 책상 맨 아래 서랍에 들어 있는 봉투를 서장에게 갖다주라는 내용이었어. 전화를 받은 친구는 무슨 영문인지 몰라서 웬일이냐고 물었는데, 대답 없이 전화가 끊겼다는군." 하기무라는 고이치를 보았다. "그 전화, 자네와 함께 있을 때 했을 텐데?"

"네, 생각나요. 나와 이야기하기 전에 앞서 걸어가면서 전화를 했었어요. 그때는 그런 내용인 줄은 몰랐습니다."

"그 봉투 안에 고백의 편지가 들어 있었어. 본인이 쓴 것이 틀림없어. 진범은 자신이라고 밝히는 내용이야. 아무래도 오래전에 써둔 것 같아. 누군가 이 글을 읽을 즈음에는 자신이 이 세상에 없을 거라고 적혀 있었어. 그러니까 고백이면서 동시에 유서였던 셈이야."

그 고백의 편지 덕분에 고이치는 가시와바라를 살해했다는 혐의를 받지 않고 넘어갈 수 있었다. 물론 그의 자살 직후에 상당히 장시간에 걸쳐 경찰의 취조를 받기는 했지만.

"도가미 씨에게서 받아 온 우산에서도 그의 지문이 나왔어. 이것으로 드디어 〈아리아케〉 사건이 종결된 거야. 공소시효 직전에, 단 피의자 사망이라는 형태로 끝난 게 아쉽네."

"그 고백의 편지를 볼 수 없을까요?"

"아까 전화로도 말했었지만, 안타깝게도 그건 불가능해. 단지 질문에는 대답해줄 수 있어. 뭘 알고 싶지?"

"그야 물론 동기죠."

"그건 고이치 군도 이미 알고 있잖아? 편지에 적혀 있는 내용은 그가 고이치 군에게 얘기했던 것과 별반 차이가 없어."

"하지만 돈 때문에 사람을 죽였다는 게 도저히 이해가 안 돼요. 내가 그 사람을 속속들이 아는 건 아니었지만, 그런 짓을 할 사람은 아니라고 생각했거든요." 고이치는 머리를 긁적였다.

하기무라는 커피를 후르륵 마신 뒤, 후우 하고 긴 한숨을 토했다. "아들 때문이야."

"예?"

"헤어진 부인을 찾아가서 사건 당시의 이야기를 듣고 왔어. 가시와바라 씨의 아들이 선천성 질병을 앓고 있었어. 그때 급하게 수술을 하지 않으면 살리기 어려운 병이었다는 거야. 하지만 수술을 하려면 큰돈이 필요했던 모양이야. 그래서 부인이 전남편에게 울며 매달린 거지. 전남편은 자기가 어떻게든 해보겠다고 했고, 실제로 며칠 뒤에 200만 엔을 은행 계좌에 이체해줬다는 거야." 하기무라는 가만히 고개를 끄덕이며 고이치를 보았다. "어떤 사정이었는지 이해가 됐나?"

고이치는 입술을 깨물었다. 안타깝고 답답한 마음이 더 커진 느낌이었다. 도박이나 여자관계로 생긴 빚을 갚기 위해서, 라는 이유 때문이라면 그나마 낫겠다고 생각했다. 지금은 오로지 범인을 증오하고 싶은 심정이었던 것이다.

"그 사람, 아들이 죽었다고 했는데요?"

"응, 죽었어. 수술했는데 결국 목숨을 건지지 못했어." 하기무라가 말을 이었다. "천벌을 받은 거겠지?"

고이치는 눈썹을 찌푸리며 하기무라를 쳐다보았다. "그건 좀 이상한 얘기죠."

"아, 미안." 하기무라는 곧바로 사과했다. 스스로도 무신경한 소리를 했다고 깨달은 모양이었다.

"나도 마음이 좀 복잡해. 〈아리아케〉 사건 수사에 관해서는 그 사람이 누구보다 열심이었어. 집념을 느꼈다고 해도 좋을 만큼. 하지만 이제 와서 생각해보니 그게 모두 다 자신의 범행을 감추기 위한 일이었어. 다이스케 군이 목격한 사람을 필사적으로 찾으려고 했던 것도 당연한 일이었어. 그 사람이 뭔가 알고 있을지도 모르니까 자신이 가장 먼저 찾아내서 입을 막고 싶었겠지. 그 한편에서 비닐우산에 관한 탐문 수사에는 소극적이었어. 이런 건 찾아봤자 소용없다는 말까지 했으니까. 실은 그쪽이 자신에게 더 치명적이라고 생각했기 때문이겠지."

"나와 계속 연락을 취했던 것도 똑같은 목적이었을까요?" 고이치가 물었다. "우리가 뭔가 기억해내거나 뭔가를 알아내는 걸 경계하기 위해서?"

"글쎄, 그건 아닌 것 같아. 한 가지 내가 말할 수 있는 건 그 사람이 자네들을 걱정했던 건 진심이었다는 거야."

"부모를 죽여놓고 그 자식들은 걱정해주었단 말인가요?"

"보상이라고나 할까. 아니, 그런 건 아니겠군. 어쩌면 그 사람의 내면에는 두 명의 인간이 있었는지도 모르지. 어린 아들을 위해 살인을 저지르는 사람, 그리고 부모가 살해된 어린아이들을 가엾어하는 사람, 그 두 사람이. 아니, 그저 얼핏 생각나서 해본 소리야." 하기무라는 머리를 긁적이고는 고이치를 보았다. "근데 봉투에 한 가지 더, 고백한 내용이 있었어. 또 다른 죄에 대해서도 털어놓았더라고."

"또 다른 죄? 뭔데요?"

"금시계와 사탕 통에 대한 거. 그리고 도난 차량에서 발견된 DVD, 전복된 보트, 모래사장에서 발견된 유서 등에 대해서 모두 자신이 한 짓이라고 적혀 있었어."

고이치는 침을 꿀꺽 삼켰다. "엇, 그건……."

"경찰의 시선이 도가미 마사유키 씨에게로 향하게 해서 공소시효 때까지 시간을 벌려고 했다는 거야. 〈아리아케〉 사건을 고백하는 글하고는 필기구가 달랐으니까 그건 나중에 쓴 모양이야. 아마 최근인 것 같아."

고이치는 멍하니 눈만 깜빡거리다가 유리잔의 물을 마셨다. 복잡한 심경이 가슴속에 부글거렸다.

"약간 미심쩍은 부분이 있지만 경찰에서 다시 그 일을 시시콜콜 조사하는 일은 없을 거야. 〈아리아케〉 사건은 이걸로 그만 마무리하자는 분위기가 지배적이라서 말이야."

하기무라가 지그시 응시해왔다. 고이치는 시선을 떨구었다.

어째서 가시와바라가 그런 글을 남겼는지, 잘 알 수 없었다. 하지만 증거 조작에 대해 고이치 형제가 의심받는 일이 없게 된 것은 사실이었다.

"그 밖에 다른 질문은?" 하기무라가 물어왔다.

"아뇨……, 지금은 아무 생각도 안 나는군요."

"그럴 거야. 나도 자네에게 물어보고 싶은 게 있긴 한데, 지금은 관두기로 하지. 아마 큰 문제는 아닐 거야." 하기무라는 계산서를 집어 들었다. "이제 다 끝났다―. 그걸로 됐지?"

고이치는 고개를 끄덕였다. 하지만 정말 이걸로 다 끝난 것인지, 스스로도 잘 알 수 없었다.

52

고이지의 이야기가 끝난 뒤에도 나이스케와 시즈나는 침묵한 채였다. 여느 때처럼 두 사람은 침대 위에 있었다. 다이스케는 양반다리를 하고 앉았고, 시즈나는 누워 있었다.

"사건의 진상은 그거야. 솔직히 말해서 나도 아직 혼란스러워. 하지만 어쨌든 전부 끝났어." 고이치는 두 사람을 내려다봤다. "너희들, 뭐라고 말 좀 해봐." 다이스케는 부루퉁한 얼굴이었다. 시즈나 역시 꼼짝도 하지 않았다.

고이치는 머리를 북북 긁었다. "나한테 뭐 불만 있냐?"

다이스케가 드디어 입을 열었다. "형한테는 불만 없어."

"그럼 왜 아무 말도 안 해?"

"할 말이 없어서 그래. 사실 나는 가시와바라인지 뭔지 하는 형사가 어떤 사람인지 잘 생각도 안 나. 형이야 가끔 만났는지 모르지만."

"가끔 만났으면서도 그자가 범인이라는 걸 눈치채지 못했다고 화가 난 거야?"

"그런 거 아니라니까. 불만 같은 거 없다잖아. 그게 아니고 우리가 지금까지 대체 뭘 했나 싶어서 그래. 완전히 잘못 짚고서 마구 폭주했다고 생각하니까 뭔가 허탈하고 바보 같다는 생각이 들어."

"완전히 잘못 짚은 건 아니야. 이런저런 작전을 펼쳤기 때문에 도가미 씨가 입을 열게 끌어낼 수 있었어."

"도가미가 말을 한 건 유키나리가 도와줬기 때문이지. 그리고 유키나리가 우리를 도와주기로 마음먹은 건 시즈나를 좋아했기 때문이고. 시즈나를 좋아하지 않았더라면—."

다이스케의 얼굴에 베개가 날아왔다. 물론 시즈나가 던진 것이다.

"크윽, 왜 이래!"

"작은오빠는 쓸데없는 말 좀 하지 마."

"아니, 사실을 말했을 뿐이야. 그리고 네가 화날 만한 얘기도 아니잖아?"

"시끄럽다니까? 그만 좀 해!" 시즈나는 침대에서 벌떡 일어서더니 곁에 있던 핸드백을 들고 현관으로 향했다.

"어디 가는데?" 고이치가 물었다.

"집에 갈 거야."

"이제 다 이해한 거야?"

그러자 그녀는 구두를 신던 손을 멈추고 돌아보았다.

"아빠 엄마가 살해된 것을 어떻게 이해할 수 있겠어? 하지만 이제 와서 어쩔 수도 없잖아. 그렇다면 어서 빨리 잊어버리는 수밖에. 아마 절대로 잊을 수 없겠지만." 그녀는 심통이 난 얼굴을 한 채 슬쩍 손을 흔들더니 문을 열고 나갔다.

고이치는 천장을 올려다보며 긴 한숨을 쉬었다.

"형, 앞으로 어쩔 거야?" 다이스케가 물어왔다.

"어쩌다니, 뭘?"

"앞으로 우리는 어떻게 살 것이냐는 거 말이야. 형이 전에 얘기했었지? 이게 마지막이다, 이 일만 끝나면 사기 치는 일은 접겠다, 라고."

고이치는 고개를 끄덕였다.

"그 생각에 변함은 없어. 앞으로는 올바르게 살아갈 거야."

"형, 나는 그것만으로는 안 된다고 생각해."

"안 된다니, 뭐가 안 돼?"

"사건의 진상을 알고 나서 나, 이런 생각이 들었어. 아무리

아들을 위해서라지만 돈 때문에 남의 부모를 죽인 가시와바라는 절대로 용서할 수 없어. 그런 더러운 돈이었기 때문에 그 아들도 목숨을 건지지 못했을 거야. 남에게서 빼앗은 돈으로 내 행복을 잡겠다니, 그건 완전히 사기야."

"다이스케, 너 혹시?"

"응, 경찰에 가려고. 당당하게 자수해서 처벌받고 다시 시작해야겠어. 안 그러면 언제까지고 양심에 찔릴 것 같아." 다이스케는 씨익 웃었다. "에이, 괜찮아. 난 아직 젊잖아."

고이치는 저도 모르게 얼굴을 일그러뜨렸다. 다이스케가 그런 결심을 하기까지 참으로 많은 갈등이 있었을 것이다. 아마 지금 막 생각나서 하는 말이 아니라 오래전부터 생각해온 것이리라. 동생의 고뇌를 알아차리지 못한 자신의 아둔함이 고이치는 한심하기만 했다.

"알았어. 나도 함께 간다."

"그건 안 돼. 자수는 나 혼자로도 충분해. 형은 피해자들에게 얼굴을 내보인 적이 없잖아."

"야, 그런 문제가 아니지. 그리고 내가 너를 혼자 보낼 것 같냐? 나를 그런 사람이라고 생각했어?"

고이치의 말에 다이스케도 괴로운 듯 입술을 깨물었다.

하지만, 이라고 고이치는 말했다.

"우리 둘이 자수해도 문제가 남기는 하는데."

"응." 다이스케는 고개를 끄덕였다. "시즈나만은 반드시 지켜줘야지. 우리는 소중한 인연의 한 가족이잖아?"

"말 잘했어." 고이치는 그렇게 답했다.

새 테이블클로스가 깔린 자리에 앉아 유키나리는 초대장 문장을 점검했다. 〈도가미 정〉 아자부주반점의 개점일이 코앞에 다가와 있었다. 오늘 중으로 초대장을 발송할 예정이었다.

문장에 잘못된 곳이 없다는 것을 확인하고 안도의 한숨을 내쉬었을 때, "점장님, 손님이 오셨습니다"라고 남자 스태프가 말을 건네왔다. "아리아케 씨라는 분인데요."

유키나리는 황급히 자리에서 일어섰다. "응, 안내해줘요."

곧바로 검은 점퍼를 걸친 아리아케 고이치가 들어오더니 유키나리를 보고 인사를 건넸다.

"어서 와요, 자, 이쪽으로." 유키나리는 맞은편 자리를 권했다. "커피로 할래요? 아니면 홍차?"

"아니, 괜찮아요. 그보다 중요한 이야기가 있어요." 그의 말투는 딱딱하게 긴장되어 있었다.

"지난번보다 더 중요한 이야기예요?"

"어떤 의미에서는 그럴 수도 있죠." 고이치의 진지한 눈빛은 변하지 않았다.

잠깐만, 이라고 말하고 유키나리는 입구로 향했다. 남자 스태프가 청소를 하고 있었다.

"잠깐 아무도 들어오지 못하게 해줄래요?"

알겠습니다, 라는 스태프의 대답을 듣고 유키나리는 테이블
로 돌아왔다.

"사람을 물린 건 야자키 씨가 여기 왔던 이후로 처음이군요.
그때도 엄청난 이야기를 들었어요. 어쩐지 겁이 나는데?" 일단
풀었던 입가를 그는 다시 팽팽히 당겼다. "자, 할 이야기라는
건 뭐죠?"

고이치가 등을 꼿꼿이 세웠다.

"우선 사과해야 할 일이 있어요. 시즈나는 우리에게 친여동
생이나 다름없다는 이야기는 경찰에게서 이미 들었겠지만, 그
애가 원래 도가미 씨에게 접근했던 이유는 이번 사건과는 전
혀 관계가 없었어요. 우리가 노린 건 원래 당신이었어요."

"예?" 유키나리가 입을 떡 벌렸다. "그게 무슨 말이에요?"

"실은 당신에게서 돈을 갈취할 생각이었어요. 당신을 노린
건 단순히 돈 많은 부자였기 때문이에요. 한마디로 우리는—."
고이치는 심호흡을 한 뒤에 말을 이었다. "사기꾼입니다. 그것
도 상습적인."

"사기꾼……?" 입 밖에 내어 말을 해보고서도 여전히 의미
를 파악하는 데 시간이 걸렸다.

멍해져 있는 유키나리에게 고이치는 자신들이 해온 일, 유

키나리에게 하려고 했던 일을 줄줄이 털어놓기 시작했다. 마치 물병에 뚫린 구멍에서 물이 흘러나오는 것 같았다. 유키나리가 말을 끼워 넣을 틈도 없었다. 하긴 그런 틈이 있었다 해도 분명 그는 입을 열지 못했을 것이다. 너무 놀란 나머지 소리마저 잃었다. 고이치의 입에서 나오는 믿기 어려운 이야기를 그저 멀거니 듣기만 하고 있었다.

"그러니까 우리는 범죄자예요. 당당하게 살아갈 자격 같은 건 없습니다." 자신들의 소행을 다 이야기한 뒤에 고이치는 고뇌에 찬 표정을 보였다.

유키나리는 주먹을 움켜쥐었다. 그 손의 안쪽은 땀에 젖어 있었다. 말을 하기 전에 침을 꿀꺽 삼켰다. 호흡을 가다듬은 뒤, 드디어 바싹 마른 입을 열었다.

"지금 그 말이 모두 사실이에요?" 목소리가 약간 갈라져 있었다.

"사실입니다. 거짓이라고 말하고 싶지만, 전부 사실이에요." 고이치는 고개를 숙였다.

유키나리는 이마에 손을 짚었다. 심장의 고동에 맞춰 지끈지끈 둔한 두통이 찾아왔다.

"믿을 수가 없군요. 왜 그런 짓을……."

"살기 위해서였어요. 기댈 친척 하나 없고 아무 힘도 없는 우리가 이 세상을 살기 위해서는 수단 방법을 가릴 여유가 없다고 생각했어요. 또 한 가지 변명을 하자면, 내 책임을 다하고 싶었어요. 맏이로서의 내 책임을 말이죠. 물론 지금은 그게 어처구니없는 잘못이었다는 걸 잘 알고 있어요. 어떤 이유가 되었건 동생들을 범죄자로 만들어서는 안 되었어요. 그런 것을 막는 게 맏이의 역할이었을 텐데 나는 정말 한심한 착각을 했어요." 가슴에 걸린 응어리를 토해내듯이 고이치는 말했다. 그 격렬한 말투는 스스로에 대한 분노에서 나오는 것 같았다.

"당신이 몹시 후회한다는 건 충분히 알겠어요. 하지만 왜 그 이야기를 내게?"

그러자 고이치는 정면으로 유키나리의 눈을 응시해왔다.

"우리는 범죄자예요. 나와 동생은 자수하려고 합니다. 하지만 시즈나만은 구해주고 싶어요. 그 애는 아직 나이도 어리고, 그저 잠깐 장난하는 기분으로 우리와 함께 움직였을 뿐이에요. 하지만 우리가 자수한다는 걸 알면 틀림없이 자기도 함께 가겠다고 할 거예요."

유키나리는 눈을 깜빡였다.

"그렇겠지요, 그녀라면."

"아니, 절대로 그렇게 할 수 없어요. 나와 동생은 경찰에게 시즈나에 관한 일만은 결코 말하지 않기로 맹세했습니다. 사기를 칠 때마다 매번 다른 여자를 아르바이트로 썼다고 말할 생각이에요. 하지만 그 아이가 제 발로 경찰에 가버리면 우리는 어떻게도 할 수가 없어요."

"그래도 내가 어떻게 해야 좋을지……."

고이치는 갑자기 의자에서 내려와 바닥에 무릎을 꿇었다.

"그래서 오늘 이렇게 찾아왔습니다. 시즈나를 경찰에 가지 못하게 하려면 당신에게 부탁하는 수밖에 없어요. 그 애는 당신을 사랑합니다. 진심으로 좋아하고 있어요. 당신이 설득한다면 그 애도 말을 들을 겁니다."

"그녀가 나를? 아니, 그럴 리가 없을 텐데요?"

"한 가족으로 살아온 내가 하는 말이니 확실합니다. 동생도 같은 의견이에요. 시즈나와 결혼해달라든가, 그런 얘기가 아니에요. 단지 설득해주기만 하면 됩니다. 제발 부탁합니다!" 고이치는 몇 번이고 머리를 숙였다.

유키나리는 혼란스러웠다. 아리아케 형제와 시즈나가 사기꾼이었다는 고백에 마음이 뒤흔들렸고, 시즈나가 자신을 사랑한다는 말에는 가슴이 두근거렸다. 그런 가운데서도 유키나리는 자신이 어떻게 해야 할지, 생각을 가다듬었다.

하지만 바닥에 무릎을 꿇은 채 일어서려고 하지 않는 고이치를 바라보는 사이에 점차 마음이 침착해지는 것을 느꼈다. 친혈육이 아닌데도 이만큼 깊고 강하게 한마음으로 맺어진 세 사람의 인연이 부럽다고 생각했다. 유키나리에게 이미 시즈나는 이 세상 어느 누구도 대신할 수 없는 존재였다. 그렇다면 그녀가 사랑하는 아리아케 형제 역시 소중한 사람들인 것이다.

"그만 일어나요, 고이치 씨." 유키나리는 말했다.

고이치가 얼굴을 들었다. "내 부탁을 들어주는 겁니까?"

"알겠습니다." 그는 고개를 끄덕였다. "다만 조건이 있어요."

"뭔데요?"

"한 가지 물건을 나한테 팔아주면 됩니다." 그렇게 말하고 유키나리는 미소를 지었다.

다카야마 히사노부는 차임벨 소리에 잠이 깼다. 또 택배가 왔나, 생각하며 도어 스코프를 들여다봤더니 낯익은 남자가 양복 차림으로 서 있었다. 그게 누구인지 생각해내는 데는 그리 오랜 시간이 걸리지 않았다. 그는 문을 열었다.

"휴일 아침 시간에 정말 죄송합니다."

머리를 숙인 것은 미나미다 시호에게서 소개받은 산쿄은행의 고미야라는 남자였다. 그 뒤편에는 낯선 남자도 한 명 서 있었다.

"무슨 일입니까?" 다카야마는 잔뜩 경계하며 물었다.

"다카야마 씨께서 전에 유럽 금융공사의 미국 달러표시채권을 계약하셨는데, 기억하고 계시지요?"

"물론 기억하고 있지요."

그러자 고미야는 몹시 미안하다는 듯 다시 한번 깊숙이 머리를 숙였다.

"실은 요즘 유럽 금융공사가 매우 애매한 상황이라서요, 이 대로 가다가는 달러표시채권이 부도 사태를 맞을 우려가 있습니다."

"뭐요?" 다카야마는 저도 모르게 몸을 뒤로 젖혔다. "어이가 없네. 틀림없이 안전하다고 했었잖아요. 내가 맡긴 돈은 어떻게 되는 거예요?"

"정말 면목이 없습니다. 하지만 고객님의 돈은 물론 전액 돌려드리겠습니다. 실은 오늘 현금으로 들고 왔습니다. 괜찮으시다면 이 자리에서 수속을 해주셨으면 합니다만."

고미야가 내민 두툼한 봉투 속을 들여다보고 다카야마는 숨을 헉 삼켰다. 만 엔짜리 지폐가 가득 차 있었다.

다카야마는 바닥에 무릎을 짚고 손끝에 침을 발라가며 지폐를 세어보았다. 모두 합해 200장이나 되었다.

"내가 맡겼던 건 150만 엔인데?"

고미야는 고개를 끄덕였다.

"실은 후배 미나미다에게서 연락이 왔어요. 그녀가 투자했던 50만 엔도 다카야마 씨에게 보내달라고 하더군요. 듣자 하니 개인적으로 빌린 돈이라고 하던데요."

"아, 그, 그랬죠."

"양해해주신다면 여기 이쪽에 사인과 도장을." 고미야가 서류를 내밀며 말했다.

서류에는 뭔지 모를 어려운 단어들이 줄줄이 적혀 있었다. 하라는 대로 다카야마가 사인을 하고 도장을 찍어주자 은행원들은 만족스러운 듯 돌아갔다.

문을 걸어 잠근 뒤, 다카야마는 현금이 든 봉투를 바라보았다. 실은 내심 안도하고 있었다. 이 돈이 날아갈까 봐 전전긍긍하면서도 해약 방법을 알지 못해 난감해하던 참이었던 것이다.

더 이상 미나미다 시호라는 여자와는 엮이지 말자고 다카야마는 굳게 결심했다.

다카야마 히사노부의 맨션을 나서자 다이스케가 얼굴을 찌푸렸다.

"드디어 4분의 1이 끝났네. 앞이 까마득하다. 형, 정말로 모두 돌려줄 생각이야?"

"어쩔 수 없잖아. 자수하기 전에 최대한 갚겠다고 유키나리와 약속했다니까." 고이치가 대꾸했다.

"돈을 돌려줘도 죄는 사라지지 않아."

"그야 그렇지. 하지만 사기죄가 약간 질이 안 좋은 장난 정도로 경감될 가능성은 있어. 너도 교도소에 오래 있는 것보다는 빨리 나오는 게 좋을 거고, 집행유예를 받을 수만 있다면 그게 가장 좋잖아."

"그거야 뭐, 당연히 그렇지. 근데 유키나리는 왜 이런 큰돈을 빌려준 거야?"

"빌린 게 아냐. 상품 판매 대금이야."

"상품? 무슨 상품?"

"이제 곧 알게 돼. 하긴 머지않아 돈은 갚을 생각이야. 시즈나도 언젠가는 진짜를 갖고 싶을 테니까." 그렇게 말하고 고이치는 먼 하늘을 바라보았다.

53

머뭇머뭇 망설이면서도 어느 새 시즈나는 가게 앞에 와 있었다. 그녀의 손에는 한 장의 초대장이 들려 있었다. 〈도가미정〉 아자부주반점의 개점 기념 디너 모임에 초대된 것이다. 카드에는 '꼭 와요. 올 때까지 기다리겠습니다'라고 손으로 직접 써넣은 메모가 있었다. 유키나리가 쓴 것이 틀림없었다.

갑자기 눈앞의 문이 활짝 열렸다. 저도 모르게 멈칫하며 물러선 시즈나에게 턱시도 차림의 유키나리가 환한 웃음을 던졌다.

"기다리고 있었어요. 잘 오셨습니다. 자, 이쪽으로."

유키나리는 시즈나를 안쪽 자리로 안내해주었다. 기둥으로 에워싸인, 언젠가 그가 마음에 꼭 드는 자리라고 했던 테이블이었다. 가게 안에 다른 손님은 한 사람도 없었다. 종업원의 모습도 없었다. 시즈나가 뭔가 이상하다고 생각하며 둘러보자 그는 쓴웃음을 지었다.

"당신에게 보낸 초대장은 날짜가 하루 빠르게 되어 있어요. 진짜 개점일은 내일입니다."

시즈나는 눈을 깜빡이며 유키나리를 바라보았다. "왜 이런 일을?"

"당신과 단둘이서 축하하고 싶었어요. 그냥 그것뿐이에요. 아무튼 거짓말을 해서 미안해요." 깔끔하게 실토한 뒤에 유키나리는 머리를 숙였다.

"나한테는 더 이상 볼일이 없으실 줄 알았는데……."

"그렇게 생각해요?"

"아니신가요?"

"그럼 내 쪽에서 묻겠습니다. 당신은 이제 더 이상 나한테는 볼일이 없습니까? 나는 당신에게 앞으로 평생 만나지 않아도 괜찮은 사람이에요?"

유키나리의 말투는 그 어느 때보다 뜨거웠다. 그 기세에 눌려 시즈나는 저절로 시선을 떨굴 수밖에 없었다.

"나는 아니에요." 그가 말했다. "나한테는 당신이 필요해요. 지금도, 그리고 앞으로도."

그의 말이 시즈나의 가슴속 남모르는 응어리를 꾸욱 움켜쥐었다. 그 힘은 너무도 강력했다. 그녀는 목이 메어 말이 나오지 않았다.

"우리는 아직 서로에 대해 거의 아무것도 알지 못해요. 조금 더 이야기를 나눌 필요가 있어요. 그것이 반드시 즐겁기만 한 일은 아닐 수도 있겠지요. 하지만 당신에 대한 내 마음은 결코 변하지 않아요." 유키나리는 작은 케이스를 내밀었다. 반지 케이스였다. "부디 받아줘요."

시즈나는 심장이 거칠게 뛰는 것을 느끼며 머뭇머뭇 손을 내밀었다. 할 말을 잃은 채, 케이스 뚜껑을 열었다. 거기에 담겨진 반지를 본 순간, 그녀의 가슴은 다시 한번 크게 뛰었다. 그녀는 유키나리를 가만히 바라보았다.

"어떻게 이걸?"

"그 반지를 당신에게 선물하는 게 내 역할이었잖아요?" 유키나리는 온화하게 웃었다. "나도 당신들과 한 가족이라는 인연을 맺고 싶어요."

시즈나는 눈에 보이지 않는 무언가에 감싸이는 것을 느꼈다. 그것은 따스하고 부드럽고 그립고 다정한 것이었다. 말은 나오지 않았지만 눈물이 왈칵 쏟아졌다.

그 반지는 바로 그 반지, 유키나리가 시즈나에게 선물하게 하려고 고이치가 준비했던 반지였다.

살아남은 세 사람의 행복한 범인 찾기

범죄에 희생된 피해자의 뒤에는 살아남은 가족이 있다. 그 충격과 상실의 상처는 슬픔이니 아픔이니 하는 섣부른 말로 표현하기에는 너무도 크나큰 '무언가'일 것이다. 히가시노 게이고의 이번 작품 『유성의 인연』은 강도살인사건으로 부모를 잃은 나이 어린 유족遺族의 이야기이다. 시사성 강한 주제를 명랑하게 풀어나가서 책을 발표한 해에 일본에서 가장 많이 팔린 소설 목록에 올랐다.

어느 날 밤, 갑작스럽게 맞닥뜨린 부모의 비명횡사에 나이 어린 세 남매는 맹세한다.

"그래, 범인을 알아내서 우리 셋이서 꼭 죽이자."

그로부터 14년—.

범인은 잡히지 않고 사건의 진상은 오리무중인 채, 공소시효가 코앞에 닥쳤다.

자칫 서글픈 역경의 줄거리가 될 것 같지만, 역시 히가시노 게이고, 오히려 스릴 넘치는 코믹한 분위기로 이야기를 풀어나갔다. 바로 지금의 젊은 세대가 원하는 경쾌한 오락성과 드라마틱한 재미를 충분히 담고 있어서 『유성의 인연』은 지금까지 발표된 그의 수많은 소설을 뛰어넘는 소설이라는 평가를 받았다.

그렇다, 피해자의 유족이라도 살아남은 자는 어떻든 즐겁게 살아가지 않으면 안 된다. 경제적 고통, 말 못 할 외로움, 수없이 부딪히는 장벽이 어찌 없었을까. 하지만 고이치와 다이스케, 그들의 어린 누이 시즈나가 의지할 친척 하나 없이 성인이 되기까지의 이야기를 작가는 대담하게 생략하였다. 그리고 한 가족이라는 인연의 끈으로 서로를 믿고 의지하며 그들은 세상 그 무엇도 무섭지 않은 스릴 만점의 '사기 작전팀'으로 성장해 버렸다.

우리, 저 별똥별 같다.
정처 없이 날아갈 수밖에 없고, 어디서 다 타버릴지도 몰라.
하지만 우리 세 사람은 이어져 있어.
언제라도 한 인연의 끈으로 이어져 있어.

그러니까 무서울 거 하나도 없어.

　하지만 '순수한 사기 테크닉만으로 승부'하려던 세 사람의 '사기 작전' 때문에 살인사건의 진상을 밝혀내는 일이 복잡하게 꼬여버린 것은 적잖이 아이러니한 일이 아닐 수 없다. 남의 눈에 눈물 나게 하면서 내가 행복해질 수는 없다—. 진부하지만 절대 진리라는 것을 다시 한번 실감했다고나 할까.

　피해자의 유족에게는 범인을 찾아 사건의 진상을 밝히는 일은 고인을 위해 반드시 풀어야 할 숙제이자 관문일 것이다. 고이치의 말처럼, 유족의 삶은 사건이 해결된 다음에나 정식으로 시작되는 것인지도 모른다. 그러나 '복수'에 집착하는 삶이란 불행할 수밖에 없다. 가족이라는 인연이 서로를 이어주는 든든한 끈이면서 동시에 서로를 얽어매는 밧줄일 수도 있는 것처럼.

　『유성의 인연』은 집착과 얽매임이라는 한없는 무거움에서 두 가지 키워드를 통해 매우 가볍게 날아오르는 과정을 보여준다. 첫 번째 키워드는, 오로지 진실만을 바라보기. 그리고 두 번째 키워드는 사랑이다. 더 많은 우리 독자들이 그것을 발견해주기를 빌어본다.

　히가시노 게이고의 추리소설은 이른바 '도구 사용에 빈틈이 없는 각본'으로 유명한데, 이번 작품에서는 특히 그 소도구에 일정한 특징이 있다. 어린 시절에 아버지가 해주신 하이라이스의 맛, 한밤중에 얼핏 본 용의자의 얼굴은 어린 소년의 망막에 낙인처럼 찍혔고, 소중한 물증에는 자기도 모르는 사이에 요리의 냄새가 배어든다. 그런 본능적 감각이 중요한 단서가 되어 사건은 하나둘 풀려나간다. 어쩌면 작가는 가족의 인연을 이어주는 끈이 그런 본능적 감각 같은 것이라는 이야기를 하고 싶었던 게 아닐까.

무엇보다 안타까운 것은 시즈나의 사랑이었다. 그녀는 진심 어린 사랑 앞에서 '더 이상 거짓말은 하고 싶지 않았다'. 수없이 지어낸 거짓 이름 대신, 그가 자신의 진짜 이름을 불러주었을 때, 그녀의 마음의 벽은 각설탕이 녹아내리듯 스르르 무너졌다.

빈틈없는 전개와 수많은 복선, 충격적인 반전은 히가시노 게이고의 추리소설에서 항상 발견되는 장점이지만, 이 소설의 결말만은 특히 가슴 뭉클한 감동까지 독자에게 선물해줄 것이다. 이만큼 '따스하고 부드럽고 그립고 다정한' 선물을 받은 여자가 이 세상에 또 있을까. 그저 흐뭇하고 또 흐뭇할 뿐이다. 그다음에 밀려오는 감동의 눈물 글썽글썽.

생각건대, 돌연한 사건으로 혈육을 잃은 유족, 그래도 어떻든 살아가야 하는 유족의 아픔은 이만큼 따스하고 부드럽고 그립고 다정하게 감싸주는 누군가의 사랑이 아니고서는 치유되지 못하는 것이리라. 끔찍한 사건의 피해자에게 무심코 던져지는 편견이나 무관심에 대해 우리가 할 일이 무엇인지 이 소설을 통해 다시금 생각하는 기회가 되기를 작가는 간절히 바랐을 것이다.

그래서 이 소설의 가장 멋진 캐릭터는 바로 도가미 유키나리, 라고 생각하지만 이건 그저 역자의 개인적 취향일 뿐이고, 히가시노 게이고는 그 밖에도 마음껏 빠져들 만한 매력적인 캐릭터를 넉넉히 준비해두었다. 사건을 바라보는 등장인물 각자의 시점이 적절히 배치되어 다양한 시야를 확보할 수 있다는 점도 음미해볼 대목이다.

인물의 감정이나 상황 묘사에 별다른 수식을 붙이지 않는 담백한 문체는 독자에게 마음껏 추리를 펼쳐나갈 '여백'을 제공한다는 것도 히가시노 추리소설의 큰 장점일 것이다. 이 소설은 그 인기의 여세를 몰아 10부작의 텔레비전 드라마로 만들어졌다. 묵직한 중량감을 가진 소설이지만, 여러 번 거듭해서 읽을 때마다 새로운 맛을 느끼게 되는 행복한 번역 작업이었다. 독자 여러분께도 한 번이 아니라 최소한 두 번 이상은 읽어보기를 권하고 싶다.

* 일본에서 통용되는 '양식'이라는 명칭에 대해 잠시 살펴볼 필요가 있다. '양식'이라고 하면 서양에서 들어온 요리라고 생각하기 쉽지만, 정확히 말한다면 '서양풍의 일본 음식'이라는 말을 줄

여서 쓴 것이라고 보는 게 옳을 것이다. 이 소설의 중심 소재가 된 하이라이스는 얇게 썬 쇠고기와 양파를 버터에 볶아 레드 와인, 데미글라스 소스와 함께 오래도록 끓인 것을 밥에 얹어 먹는 요리. 일본에서 독자적으로 개발한 요리법으로, 100여 년의 역사를 가진 대표적인 '일본 양식'의 하나이다. 일본의 '양식당'에서는 하이라이스 외에도 돈가스, 민스 커틀릿, 카레라이스 같은 메뉴가 등장한다. 모두가 서양풍의 맛일 뿐, 서양에 이것에 해당되는 요리가 있는 것은 아니다. 돈가스를 포크커틀릿, 하이라이스를 'Hashed beef with Rice(밥과 함께하는 얇게 저민 고기)'라고 하는 것은 이른바 일본어의 잔재를 피하기 위한 고육지책이라고 할까. 우리나라에서 한때 '경양식'이라는 것이 유행하였지만, 그것과도 의미가 다르다고 생각하여 원서 그대로 '양식당'이라고 번역하였음을 밝혀둔다.

양윤옥

유성의 인연 2

流星の絆

지은이 히가시노 게이고
옮긴이 양윤옥
펴낸이 김영정

초판   1쇄 펴낸날 2009년 1월 5일
개정판 1쇄 펴낸날 2020년 1월 31일
개정판 9쇄 펴낸날 2023년 5월 31일

펴낸곳 (주)현대문학
등록번호 제1-452호
주소 06532 서울시 서초구 신반포로 321(잠원동, 미래엔)
전화 02-2017-0280
팩스 02-516-5433
홈페이지 www.hdmh.co.kr

ISBN 978-89-7275-150-2 04830
      978-89-7275-148-9 04830 (세트)

* 책값은 뒤표지에 있습니다.
* 이 도서의 국립중앙도서관 출판예정도서목록(CIP)은 서지정보유통지원시스템 홈페이지
  (http://seoji.nl.go.kr)와 국가자료종합목록 구축시스템(http://kolis-net.nl.go.kr)에서
  이용하실 수 있습니다. (CIP제어번호 : CIP2020000857)